LEADING – DEUTSCHE AUSGABE

KYLIE GILMORE

Übersetzt von
ANNA DRAGO

Übersetzt von
KATRIN DOLLE

Leading: © 2022 von Kylie Gilmore

Übersetzt von: Katrin Dolle und Anna Drago

Coverdesign: Michele Catalano Creative

Herausgegeben von: Extra Fancy Books

ISBN-13: 978-1-64658-121-4

1

Galena

Ich bin keine Romantikerin. Als Biostatistikerin berechne ich die Erfolgschancen, bevor ich einen Plan in die Tat umsetze. Heute, mein Hochzeitstag, war eigentlich optimal geplant. Ich würde nie spontan durchbrennen. *Horror.*

„Atemberaubend", sagt Paige, während sie für mich den Verschluss an einer winzigen Perlenkette schließt. Sie ist die Gastgeberin des Inn at Lovers' Lane, wo ich an einem Samstag im Juni bei einer Zeremonie im Freien heimlich heiraten werde.

„Danke." Meine Stimme klingt leise, als käme sie aus großer Entfernung. Ich habe eine seltsame außerkörperliche Erfahrung, bei der ich zusehe, wie ich mich in einem Zimmer oben im Gasthaus fertig mache. Irgendwie fühlt sich nichts davon real an. Mein Verstand bewegt sich in einem verschwommenen, traumhaften Zustand, während ich versuche, zu meinem üblichen logischen Selbst zurückzukehren.

Alles ist perfekt – das Wetter, mein Kleid, meine zukünftige Ehe. Überhaupt kein Grund, sich Sorgen zu machen.

Vor zwei Monaten haben Kevin und ich ein Haus hier in Summerdale, New York, gekauft. Die Ehe war der nächste logische Schritt. Wir sind seit zwei Jahren und zwei Monaten zusammen, und zwei Jahre dieser Zeit haben wir zusammengelebt, zuerst in einer Wohnung und dann in einem Haus. Ich habe schon mein ganzes Leben davon geträumt, in einem Haus zu wohnen. Alles ist genauso, wie ich es mir wünsche. Ich sehe mir die Fakten noch einmal an:

Kevin und ich sind beide viel beschäftigte Profis.

Durchbrennen spart Zeit und Geld.

Die Chancen stehen gut für eine erfolgreiche gemeinsame Zukunft.

Kevin ist ein engagierter Wissenschaftler, den ich sehr respektiere. Er verlangt wenig von mir, so wie ich von ihm. Wie gesagt, perfekt kompatibel. Eine Dating-App dachte das sogar, und so haben wir uns kennengelernt.

Ich schüttle die Tüllschichten unten an meinem Traum-hochzeitskleid auf. Es ist ein durchgehendes weißes Kleid mit V-Ausschnitt, dünnen Schulterträgern, Perlenbund und einem Overlay aus Blumenspitze. Ich kann nicht glauben, dass es auch noch so erschwinglich war. Es sollte einfach so sein, wie meine Ehe. Das freut mich ein bisschen.

Vielleicht bin ich nicht ganz ich selbst, denn das *Leisure Travel* Magazin ist hier, um über die Veranstaltung zu berichten. Ich war nie jemand, der gern im Rampenlicht steht, sondern bin lieber im Hintergrund, denke tief über Probleme nach und kalkuliere die Chancen erfolgreicher Lösungen. Das mache ich bei der Arbeit, analysiere die Daten für neue Medikamente und medizinische Behandlungen in einem Pharmaunternehmen.

Wie auch immer, das Inn ist stolz auf seine Hochzeiten für „Durchbrenner". Das Timing hat funktioniert, und wenn ich ehrlich bin, gibt es einige familiäre Spannungen wegen Kevin, weshalb ich niemandem in meiner Familie von der heutigen Hochzeit erzählt habe, außer meinen Großeltern, die in Las Vegas leben, wo wir unsere Flitterwochen planen. Ich weiß, das klingt schlimm, aber in meiner traditionellen Familie ist es eine große Sünde, vor der Ehe zusammenzuleben.

Meine Eltern und Großeltern haben meistens so getan, als gäbe es Kevin nicht. Sie haben ihn nie getroffen, und es hat ihm nichts gemacht, bei Familienveranstaltungen ausgeschlossen zu werden. Ich bekomme jedes Jahr eine Weihnachtskarte von meinen Eltern, die nur an mich adressiert ist. Aber all das wird sich mit unserer Ehe ändern, oder? Sie *müssen* seinen Platz in meinem Leben anerkennen.

Nur meine Schwester Izzy hat ihn getroffen, und sie mochte ihn nicht, obwohl sie nie genau sagen konnte, warum. Ich wische Schweiß von meiner Stirn, mein Herz rast plötzlich. Ich habe meine einzige Schwester, meine nächstbeste Freundin, nicht zur Hochzeit eingeladen. Ich wollte sie einladen, aber ich hatte befürchtet, sie würde Einspruch erheben.

Nur Kevin, ich und die Zeitschriftenleute. Das Adrenalin rast durch mich, und ich kämpfe gegen den Drang zu rennen. Was ist heute los mit mir? Kayla ist hier, eine enge Freundin von mir. Ihre älteren Schwestern leiten das Hotel. Sie hat mich als Ehrenschwester beansprucht, weil wir, wie sie sagt, praktisch Zwillinge sind – beide Biostatistiker in derselben Firma, beide sowohl die Jüngste in unserer Familie als auch die Klügste. Ha!

Ich atme langsam tief durch. Ich habe es durchgerechnet. Diese Ehe ergibt vollkommen einen Sinn. Und ich habe kein Problem damit, dass Kevin keine Kinder will. Ich habe Izzys Mädchen, meine geliebten Nichten. Ich versuche, mir etwas Großartiges darüber einfallen zu lassen, ohne Kinder zu sein, zum Beispiel, dass wir sofort nach Tahiti abhauen könnten, obwohl wir uns selten Zeit von der Arbeit nehmen.

„Hier." Paige reicht mir einen Brautstrauß aus blassrosa Rosen mit Schleierkraut. Sie ist ein wenig schroff, weil sie gestresst ist, dass der Artikel im *Leisure Travel* gut läuft, außerdem ist sie merklich schwanger.

Ich starre auf die Blumen, meine Augen sind heiß und stechen vor Tränen. Ich bin sicher, dass meine Familie Kevin genauso lieben wird wie ich. Die Alternative ist zu schrecklich, um daran zu denken.

„Kein Weinen bis nach der Zeremonie", sagt Paige streng. „Wir haben keine Visagistin angeheuert, damit Sie Ihr Makeup ruinieren können." Sie drückt meine Schulter und dreht mich zum Ganzkörperspiegel. „Man sehe sich diese wunderschöne Braut an."

Ich blinzele ein paarmal, erkenne mich kaum selbst. Mein schulterlanges dunkelbraunes Haar ist so gestylt, dass es in sanften Wellen fällt, ohne einen Hauch von Krause. Ich trage Kontaktlinsen anstelle meiner üblichen schwarzen Brille, und meine getönte Haut leuchtet. Und das Kleid, oh, das Kleid, hat genau das richtige Maß an Eleganz, ist sogar romantisch. Perfekt für eine Sommerzeremonie im Freien. Ich habe es mit Paiges Zustimmung online bestellt, da es auf glänzenden Zeitschriftenfotos gut aussehen muss.

Der Magazinbeitrag wird sicher die kühle Seite mit meiner Familie betonen und damit die uncoole Tatsache, dass wir heimlich heiraten, ausgleichen. Wenigstens werden wir verheiratet sein, anstatt nur zusammenzuleben. Das sollte bei ihnen große Punkte bringen.

„Jetzt müssen wir Sie nur noch in die Pumps bringen", sagt Paige.

Sie holt die goldenen Schuhe mit den Blockabsätzen aus einer Ecke des Raumes. Ich ziehe meine weißen Sneakers aus und rutsche in die Pumps.

„Ich habe damit geübt", sage ich ihr.

„Gut. Das Letzte, was wir wollen, ist, dass unsere Braut auf halbem Weg zum Altar auf der Nase landet." Sie lacht.

Ich lächle, obwohl ich mir das so klar vorstellen kann, dass ich es nicht ganz schaffe, mitzulachen. Ich sage nicht, dass ich ein Tollpatsch bin. Nur, dass ich manchmal so in Gedanken verloren bin, dass ich meine Umgebung aus den Augen verliere.

Kayla kommt rein. „Oh, Galena, du siehst so wunderschön aus!" Sie umarmt mich. Kayla ist die nettere, süßere Version ihrer älteren Schwester Paige. Sie ähneln sich mit ihren braunen Haaren und hellbraunen Augen.

„Hey, pass auf, dass du ihr Kleid nicht zerknitterst!", protestiert Paige.

Kayla glättet eine Tüllschicht für mich. „Tut mir leid, dass ich das Anziehen verpasst habe, aber ich wollte sicherstellen, dass alle Details draußen perfekt sind. Wir sind gerade fertig geworden. Und dein Bräutigam ist da!"

Mein Magen dreht sich ein wenig.

„Großartig", sage ich heiser. Natürlich ist Kevin hier. Er war zu beschäftigt mit der Arbeit, um an der Planung des Durchbrennens oder dem Treffen mit den *Leisure Trave* Leuten im Voraus beteiligt zu sein, aber seine eigene Hochzeit würde er dann doch nicht verpassen.

Ich gehe zum Fenster und schaue in den Garten, wo eine weiße Hochzeitspergola in der Ferne wartet, dekoriert mit roten Rosen und Grün. Ein weißer Läufer führt dorthin. Für die Reporterin, den Fotografen und die Schwestern, die die Show im Gasthaus leiten, ist eine einzelne Reihe von Stühlen aufgestellt. Es sieht hübsch aus, aber leer. Nicht so, wie meine großartigen Fantasien über meinen Hochzeitstag. Schätze, ich dachte nur, ich würde mehr fühlen, mich von dieser wichtigen Gelegenheit verzaubern lassen. Stattdessen fühle ich mich ernüchtert.

Der Bürgermeister von Summerdale marschiert in einem marineblauen Anzug zur Pergola. Er ist der Standesbeamte. Levi Appleton. Er ist jung für einen Bürgermeister, Ende zwanzig, schätze ich, mit etwas längerem braunem Haar und einem Bart. Plötzlich sieht er auf und mir in die Augen. Ein Stoß trifft mich genau wie das letzte Mal, als sich unsere Blicke trafen, und das Mal davor. Er hat diese Wirkung auf mich. Ich kann es nicht erklären.

Ich habe ihn vor zwei Monaten zum ersten Mal hier im Hotel getroffen, zur Besprechung mit den Zeitschriftenleuten, und habe eine seltsame Erfahrung gemacht. Unsere Blicke trafen sich und sandten einen Ruck durch mich, mein Verstand war plötzlich leer. Ganz untypisch für mich, einen Ruck oder einen leeren Verstand zu haben. Ich denke immer. Danach erzählte mir Kayla von ihm. Sie kennt ihn gut, da er ihr unmittelbarer Nachbar und mit ihrem Mann befreundet ist. Sie sagt, er sei ein toller Kerl, zweimal gewählter Bürgermeister. Auch ihre Schwestern haben seine Loblieder gesungen. Ich dachte, der seltsame Ruck, den ich gespürt habe, als unsere Augen einander begegneten, war sein natürliches Charisma. Meine Theorie war, dass er einen großen Eindruck auf alle macht, wenn sie ihm das erste Mal begegnen, wie wenn man eine Berühmtheit trifft, mit all ihrem Charisma, oder einen Rockstar, was erklären könnte, warum er so ein beliebter Bürgermeister ist.

Aber die merkwürdigen Erfahrungen setzten sich jedes Mal fort, wenn ich ihm in der Stadt begegnet bin, während ich Besorgungen machte. Er war immer warmherzig und freundlich, nie zu freundlich, hat definitiv nicht geflirtet, aber als unsere Blicke einander begegneten, fuhr ein Ruck durch mich, gefolgt von einem Hitzestoß. Es ergab keinen Sinn. Warum sollte das nach einem ersten Treffen mit nichts weiter als einem freundlichen, warmherzigen Lächeln passieren? Super-Charisma? Vielleicht hat er diese Wirkung auf alle Frauen, obwohl es schwer zu sagen ist, weil ich ihn noch nicht mit einer alleinstehenden Frau gesehen habe, um das richtig zu beurteilen.

Ich reiße meinen Blick los und entdecke Kevins blonden Kopf, fixiert auf sein Handy, wie üblich, drüben bei einem weißen Zelt im Garten, das für einen kleinen Empfang mit Champagner und Häppchen hergerichtet ist.

Brooke stürmt in den Raum. Sie ist die mittlere Schwester zwischen Paige und Kayla und Miteigentümerin des Gasthauses. „Wie läuft's? Sind alle bereit?"

„Hier ist alles gut", sagt Paige.

Brooke kommt zu mir, ihre grünen Augen voller Sorge. „Geht's Ihnen gut, Galena? Sie sehen ein wenig, äh, unwohl aus."

Alle drei Schwestern starren mich an.

Ich stoße einen Atemzug aus. „Ich bin nur etwas nervös wegen der Zeitschriftenleute."

„Konzentrieren Sie sich auf Ihren Bräutigam", befiehlt Paige. „Dies ist Ihr besonderer Tag. Sie haben versprochen, so unaufdringlich wie möglich zu sein."

Ich nicke, obwohl mir der Schweiß den Rücken hinunterläuft. Meine Nerven bringen mich dazu, langsam zum Bett zu gehen und mich hinzusetzen. „Kann ich ein paar Minuten allein haben?"

„Natürlich!", sagt Paige und scheucht ihre Schwestern aus dem Zimmer.

„Du machst das schon!", ruft Kayla auf dem Weg nach draußen.

Ich hebe eine Hand als Erwiderung. Sobald sie weg sind, hole ich meine Handtasche vom Nachttisch und nehme mein Handy. Ich muss meiner Schwester schreiben. Ich würde ja anrufen, aber meine Nichten, vier und sechs Jahre alt, machen es ihr schwer, am Telefon zu reden. Sie kann jedoch fast immer eine kurze SMS schicken. Ich muss einfach nur nach ihr sehen, hören, wie es allen geht.

Oh, eine Nachricht von Kevin. Er wollte mich bis zur Zeremonie nicht in meinem Hochzeitskleid sehen, für den „Wow"-Faktor, aber hat sich trotzdem die Zeit genommen, mir eine SMS zu schreiben. Das ist nett. Ich tippe darauf.

Kevin: *Ich kann das nicht. Die Hochzeit ist abgeblasen. Kannst du die Angestellten informieren?*

2

Mir bleibt der Mund offen stehen, als die Worte vor meinen Augen verschwimmen. Das Handy fällt klappernd aus meiner schlaffen Hand auf den Boden, mein ganzer Körper wird kalt, und ich kollabiere rückwärts aufs Bett. Das Zimmer verblasst aus meiner Sicht, die Geräusche kommen aus großer Entfernung.

Unsinn, unsinnig, ergibt überhaupt keinen Sinn.

Ich schwebe weg, weg, weg.

Die Zeit vergeht für lange taube Momente ... bis eine vertraute weibliche Stimme dringend an meinem Ohr spricht; Druck auf meine Schultern und dann ein Schütteln.

Kaylas Gesicht schwebt über meinem, ihre Hände auf meinen Schultern. „Was ist passiert? Geht's dir gut?"

Ich starre sie an, der Schock weicht der harten Realität. Meine Lungen verengen sich, was es schwer macht zu atmen. Meine Gliedmaßen fühlen sich schwach an und zittrig. Ich will es erklären, aber die Worte wollen nicht kommen. Meine Augen werden heiß, meine Kehle wird eng. *Es ist vorbei.*

„Sie hat ihr Handy fallen lassen", sagt Paige. Oder ist es Brooke? Die Schwestern klingen ähnlich.

„Ist sie ohnmächtig geworden?"

„Hast du heute was gegessen?", fragt Kayla drängend.

„Haferflocken", bringe ich über den Kloß von Emotionen

heraus, der in meinem Hals festsitzt. Übelkeit droht. Vor Nervosität habe ich nur zwei Löffel voll geschafft. Ich verschränke die Arme und umarme mich selbst ganz fest Mehr als zwei Jahre zusammen, das meiste davon zusammengelebt, und jetzt: puff! Weg. An unserem Hochzeitstag. Ein Stöhnen entkommt mir. Ich schaffe es nicht zu sprechen.

Ich schließe meine brennenden Augen und drehe mich auf die Seite.

Kayla bewegt sich, um leise neben meinem Ohr zu sprechen. „Süße, du machst mir Angst. Müssen wir einen Krankenwagen rufen?"

Ich zwinge mich, mich aufzusetzen. Das Letzte, was ich will, sind Ärzte, die an mir herumfummeln. „Ich brauche keinen Arzt."

„Wir haben an die Tür geklopft und dich gerufen, aber du hast nicht geantwortet", sagt Kayla. „Wir haben etwas Blaues für dich gefunden."

„Etwas Blaues", wiederhole ich.

„Etwas Altes, etwas Neues, etwas Geborgtes und etwas Blaues. Ich weiß, dass es supertraditionell ist, aber ich fand es eine nette Geste."

Paige gibt mir mein Handy.

Meine Hand zittert, aber ich schaffe es, den Text von Kevin aufzurufen und ihr den Bildschirm zu zeigen.

„Mist!", ruft Paige.

Brooke schnappt sich das Telefon, und sie und Kayla rufen in empörter Einheit: „Nein!"

Die Schwestern fangen an, sich gegenseitig zu übertönen, und ich kollabiere zurück aufs Bett und starre die Decke an.

„Jemand muss die Zeitschriftenleute hinhalten."

„Das ist noch nie passiert."

„Da war diese eine Braut, die weggelaufen ist –"

„Es ist noch *nie* passiert."

„Haben wir noch ein anderes Paar, das wir in letzter Minute durchbrennen lassen können?"

„Gage und Skylar! Sie haben sich gerade erst verlobt und

haben dabei geholfen, das Gasthaus zu renovieren und zu dekorieren!"

„Großartiger Punkt! Ich bin dabei!"

Die Schwestern rennen zur Tür hinaus. Heiße Tränen kullern aus meinen Augen. Ich habe noch nie viel geweint. Nichts hat je so weh getan. Mein Leben verlief nach meinen sorgfältigen Plänen ... bis jetzt. Ich drücke eine Faust gegen meine Lippen, der Verrat wie ein Schlag in den Magen. Was ist passiert? Er hat nie angedeutet, dass er Zweifel hatte. Es gibt auch keine Logik, keinen Grund dazu.

Kayla kommt einen Moment später zurückgeeilt. „Es tut mir so leid. Kann ich dir aus dem Kleid helfen? Dich nach Hause fahren? Ich kann dich fahren, sobald ich gesprochen habe mit ..."

Das Geräusch ihrer Stimme verklingt, als ich den Fokus verliere. Zu viele Worte, um sie zu verstehen, während Gefühle jeden logischen Teil meines Gehirns verstopfen. Ich beiße mir auf die Unterlippe, meine Augen sind heiß. Ich sollte mit Kevin nach Hause fahren. Wohin ist er gefahren? Vielleicht zur Arbeit ins Labor, unbeeindruckt vom endgültigen Ende unserer Beziehung. Er arbeitet oft samstags.

„Was kann ich für dich tun?", fragt Kayla drängend.

Ich schließe die Augen. „Ich muss mich nur etwas ausruhen, okay?"

„Okay, du ruhst dich aus." Sie zieht mir die hohen Schuhe aus, breitete die Decke über mir aus und schiebt das Kissen unter meinen Kopf. „Bin gleich zurück."

Die Tür schließt sich hinter ihr. Nach ein paar weiteren Minuten voller Tränen fängt mein Gehirn wieder an zu arbeiten, um herauszufinden, wo ich mit meinen Berechnungen falschlag. Ich war mir so sicher, was Kevin angeht. Die Chancen standen gut. Besser als gut. Eine fast hundertprozentige Gewissheit einer erfolgreichen Vereinigung. Nichts ist hundertprozentig, aber ...

Der erste Zorn lässt mich die Bettdecke von mir werfen und meine Beine vom Bett schwingen, meine Füße fest auf dem Boden. Eine SMS? Er lässt mich an unserem Hochzeitstag *per SMS* sitzen? Nach zwei Jahren und zwei Monaten perfekter Kompatibilität!

Nur war es offensichtlich nicht perfekt.

Oben ist unten; links ist rechts; richtig ist falsch, falsch, falsch.

Wenn ich mich in ihm täuschen konnte, dann gelten meine sorgfältigen Berechnungen nicht mehr für irgendeinen Teil meines Lebens.

Ich stehe auf, meine Beine zittern ein wenig, und wische mir die Tränen von den Wangen. Jetzt werden meine Großeltern meinen neuen Mann auf unserer Hochzeitsreise in Las Vegas nicht kennenlernen. Meine Großeltern sind dort in Rente gegangen. Sie sind die einzigen Familienmitglieder, die von dem Durchbrennen wussten, und sie konnten es kaum erwarten, Kevin zu treffen, sobald es offiziell gewesen wäre

Nur wird es jetzt keine Flitterwochen mehr geben.

Ich bewege mich wie ein Zombie zum Fenster. Levi, der Standesbeamte, steht neben der Hochzeitspergola. Die Schwestern sind in alle Himmelsrichtungen verstreut. Wer weiß, wo sie hingegangen sind, um die Situation zu retten, wahrscheinlich hocken sie gerade mit den Magazinleuten zusammen. Es ist nur Levi da draußen, völlig unwissend über alles, was passiert ist.

Ich sollte ihm sagen, dass die Hochzeit abgesagt ist.

Ich ziehe meine Sneakers an, stopfe das Handy in meine Handtasche und renne nach unten und nach draußen. Er richtet sich auf, als er sieht, wie ich den kurzen Gang hinunter auf ihn zufliege, eine Braut ohne Bräutigam.

„Ist alles okay?", fragt er.

Ich halte kurz vor ihm an, mein Herz galoppiert vom Rennen, um diese verdammte Hochzeitssache zu beenden, und dann sehe ich in warme braune Augen auf. Ich kann mittlerweile nicht mehr zusammenzucken, aber sie stellen etwas mit mir an und bieten mir eine sichere Oase im Sturm meines Lebens. Kevins Augen sind blau, ein eiskaltes Blau. Er ist immer ruhig und gefasst. Ich empfand seinen Mangel an Drama als Zeichen unserer harmonischen Beziehung. Jetzt muss ich mich fragen, ob er mich jemals wirklich geliebt hat. Meine Unterlippe zittert, meine Augen brennen.

„Galena, ist alles in Ordnung? Was ist?"

Nein, nichts ist in Ordnung, und ich bin mir nicht sicher, ob es das jemals wieder sein wird. Es fällt mir schwer, die Worte zu finden, um zu erklären, was passiert ist und die Ungewissheit des Lebens, wie ich es kenne, aber was herauskommt, ist kaum ein Flüstern: „Die Hochzeit ist abgeblasen."

Er legt einen Arm um meine Schultern und führt mich zum weißen Zelt, wo ein paar runde Tische mit Stühlen aufgestellt sind.

„Setzen Sie sich!", sagt er und führt mich zu einem Stuhl.

Ich setze mich und schlucke.

Einen Moment später kauert er an meiner Seite und bietet mir eine kalte Flasche Wasser aus einem Eiskübel an, der auf einem Tisch in der Nähe steht. „Hier, trinken Sie."

Ich trinke einen langen Schluck, die kalte Flüssigkeit beruhigt das Engegefühl in meinem Hals. Eine Brise weht durch das Zelt und duftet nach süßen Sommerblumen. Es wäre eine schöne Hochzeit gewesen. Ich beiße mir auf die zitternde Unterlippe.

„Möchten Sie darüber sprechen?", fragt er.

„Nein."

„Okay."

Ich trinke mehr Wasser, weiß nicht, wohin ich jetzt gehen soll. Wenigstens zittere ich nicht mehr. Ich stelle die Flasche auf den Tisch.

„Soll ich mit Paige reden?", fragt er.

Ich begegne seinem besorgten Blick und wünsche mir plötzlich, dass er mich von all dem wegbringen könnte. Ich presse meine Lippen zusammen und schüttle den Kopf.

„Was kann ich für Sie tun?"

Es scheint ihm wirklich nicht egal zu sein. „Kein Wunder, dass Sie ein beliebter Bürgermeister sind", sage ich. „Sie sind bereit zu helfen, wenn die Menschen sie am dringendsten brauchen."

Er nimmt meine Hand und drückt sie. Es ist sowohl tröstend als auch elektrisierend. „Wo sind denn alle hin?"

Ich blicke zurück auf die Hochzeitspergola, mein Herz taumelt bei der leeren Szene. „Suchen ein neues Brautpaar, nehme ich an."

„Galena –"

Ich drehe mich zu ihm zurück. „Ich muss hier raus. Jetzt. Mit Ihnen."

Er steht auf und reicht mir seine Hand, um mir aufzuhelfen. Ich lege meine Hand in seine größere, Wärme umhüllt meine Finger, ein Prickeln, das mir den Arm hinaufrast.

„Sind Sie schon einmal Motorrad gefahren?", fragt er.

Ich starre ihn an, mein Mund bildet ein überraschtes O. „Ich bin noch nie in meinem Leben auf einem Motorrad gewesen, weil, statistisch gesehen –" Ich unterbreche mich. „Ach, egal. Klingt nach Spaß."

Er lächelt, und in den Winkeln seiner Augen bilden sich Fältchen. Wärme breitet sich von Kopf bis Fuß durch mich aus. „Ja?"

Ich nicke einmal und versuche, wie eine Frau auszusehen, die gerne auf Motorrädern davonfährt, mit Männern, die sie gleichermaßen zusammenzucken lassen und beruhigen. Was auch immer der Grund ist, Levi bringt mich aus dem Gleichgewicht.

Er nimmt meine Hand in seine. „Dann okay. Gehen wir."

Meine Beine fühlen sich wie Gelee an, als ich ihm blind durch einen Seitengarten folge. Adrenalin? Reiner Schrecken? Aufregung? Ich habe keine Ahnung. Das ist mein neues Leben mit null Berechnungen, bevor ich etwas mache. Ich gehe nach dem Instinkt.

Sobald die Hochzeitspergola hinter mir ist, entspanne ich mich. Der schwierige Teil ist vorbei. Ich komme hier raus.

Wir kommen an seiner Harley an, auf die er sich sofort setzt, er startet den Motor, und ich zögere nicht, mein Hochzeitskleid hochzuheben und darauf zu klettern. Wow, seht mich an. Spontan, impulsiv, risikofreudig, so ganz und gar Anti-Galena. Oder ist das Galena 2.0?

Ich schlinge meine Arme um Levis Taille, und wir sind weg. Mein Bauch springt, die Vibrationen branden durch mich, und ich halte mich angestrengter fest.

Wenige Augenblicke später kann ich meinen Griff bei der Fahrt lockern. Der Wind in meinen Haaren und die warme Sonne im Gesicht beruhigen mich. Alles in meinem Leben ist völlig außer Kontrolle, aber im Moment fühle ich mich überhaupt nicht panisch. Ich lege meine Wange an Levis warmen Rücken. Ich fühle mich sicher.

Levi

Also verklagt mich, aber ich hatte schon vor der Hochzeit gehofft, sie würden sich trennen. Das klingt schrecklich, aber so ist es. Ich habe noch nie so eine unmittelbare Anziehungskraft zu jemandem gespürt. Als wir uns das erste Mal trafen, schien Galena wie eine Frau zu sein, die sich wohlfühlte in ihrer eigenen Haut, mit ihrem verblassten Wonder Woman T-Shirt und Jeans. Ihre große, schwarz gerahmte Brille vergrößerte ihre schokoladenbraunen Augen. Und diese Augen sind scharf vor Intelligenz. Ihr Verhalten war selbstbewusst und sicher. Ich konnte es kaum erwarten, sie besser kennenzulernen, bis ich merkte, dass sie nicht mit Kayla zu Besuch im Inn war. Sie war dort, um ihre Hochzeit zu planen. Der Bräutigam war damals nicht bei ihr.

Je öfter ich Galena in der Stadt begegnete, desto ansprechender wurde sie. Sie ist schön, klug und ein wenig schrullig, eine unwiderstehliche Kombination. Kevin war nie bei ihr. Dann fing ich an, schlimme Sachen über ihn zu hören. Kayla und ihr Mann Adam, meine direkten Nachbarn, hatten ein Doppeldate mit ihnen. Adam sagte „Nie wieder", weil der Kerl ein egoistisches Arschloch war. Kayla fand das auch und sagte, Galenas Schwester mochte ihn genauso wenig, was auch der Grund war, warum Galena durchbrennen wollte.

Ich habe mich gefürchtet, ihr Standesbeamter zu sein, aber ich hatte mich bereits dazu verpflichtet. Ich würde mein Wort nie brechen, vor allem nicht mit *den Leisure Travel* Leuten, die da waren, um einen Bericht über das Inn zu machen. Jetzt ist sie endlich Single. Ich versuche, mein Glück in Anbetracht ihrer aktuellen Not zu unterdrücken. Kevin hat sie offensichtlich nicht verdient. Ich muss auf den richtigen Zeitpunkt warten.

Ich fahre in Richtung Lake Summerdale, da der Blick auf das von Bäumen gesäumte Wasser für die meisten Menschen entspannend ist. Ich bin mir nicht sicher, womit ich es hier zu tun habe: Eine entlaufene Braut oder eine sitzengelassene Braut. Ich weiß nur, dass sie Hilfe brauchte.

Galena umarmt mich fest, wärmt meinen Rücken. Wie oft habe ich mir vorgestellt, ihr näherzukommen, und jetzt ist sie hier.

Ich parke an einem abgeschiedenen Ort in der Nähe einer großen Trauerweide mit tiefhängenden Ästen, die das Wasser streifen. Ich blicke über meine Schulter zu Galena, die ihren Halt an mir lockert. Ihr Haar ist wild, vom Wind zerzaust. Sie ist die schönste Braut, die ich je gesehen habe. Und ich habe viele gesehen, als Standesbeamter im Inn at Lovers' Lane. „Hi!"

„Hi!" Sie sieht ein wenig benommen aus. „Das ist ein netter Platz. Beruhigend."

„Gut. Du steigst zuerst vom Motorrad. ‚Du' ist doch okay?"

Sie nickt, steigt ab, und ich folge ihr. Auf dem Weg zum Ufer hebt sie ihr Hochzeitskleid hoch, damit es nicht über den Boden schleift. Sie trägt weiße Sneakers unter ihrem Kleid. Das gefällt mir. Sie macht die Dinge auf ihre eigene Art. Ich wette, im Inneren hat sie eine wilde Seite, die sie regelmäßig rauslässt.

Ich schließe mich ihr an, während sie die Aussicht genießt. „Ich war mir nicht sicher, wohin du wolltest. Ich könnte dich aus der Stadt bringen, wenn du willst." *Ich könnte dich bis nach Kalifornien bringen! Ich bin zu allem bereit.*

Ihr Blick weicht nicht vom See. „Hier ist es gut. Mein Haus ist einen Block entfernt, etwa ein Drittel der Strecke um den See in dieser Richtung." Sie zeigt darauf. „Sunset Lane. Ist dir schon mal aufgefallen, dass der See wie eine Radnabe aussieht und die Straßen wie Speichen herausragen?"

„Ja, die Gründer der Stadt haben es so entworfen, damit der See das Zentrum der gesellschaftlichen Szene war und Radwege alles miteinander verbinden konnten. Es war eine Utopie für die Hippie-Gründer in den Sechzigern. Ich bin eine Straße weiter in der Harmony Lane, direkt neben Kayla und Adam."

Ihre Augen füllen sich mit Tränen. „Ach ja? Hast du ein Glück. Vielleicht hätten wir stattdessen ein Haus in der Harmony Lane kaufen sollen. Dann hätten wir Harmonie statt eines Sonnenuntergangs in unserer Beziehung." Sie wischt sich wütend die Tränen vom Gesicht.

Ich stehe still an ihrer Seite, gebe ihr Zeit, ihre Haltung wiederzuerlangen.

Nach ein paar Minuten dreht sie sich zu mir um. „Tut mir leid."

„Muss es überhaupt nicht. Was ist denn eigentlich passiert? Hast du es dir anders überlegt?"

„Nein. Er … oh, hier, ich zeige es dir." Sie zieht ihr Handy aus der Handtasche und zeigt mir die SMS.

Ich fluche leise. „Feiger Zug. Er hat dich nicht verdient."

Ihr Kopf zuckt zu meinem herum. „Du kennst mich doch gar nicht so gut."

„Ich weiß, dass du ein guter Mensch bist, und niemand verdient es, am Hochzeitstag mit einer dummen SMS sitzengelassen zu werden."

„Ja, nun …"

„Soll ich ihn ins Gefängnis werfen lassen? Ich bin der Bürgermeister; ich habe Verbindungen."

Sie lächelt, aber ihre Augen glänzen noch vor Tränen. „Das wäre wirklich nett."

Ich kämpfe gegen den Drang an, sie in meine Arme zu ziehen, um ihre Tränen zu stillen. Vielleicht sollten wir wieder zu meiner Harley gehen, damit sie mich erneut umarmen kann. So kann *sie* den Kontakt aufnehmen.

Sie reibt eine Hand über ihr Gesicht. „Ich bin ausgelaugt." Ihr Atem stockt, und sie blinzelt schnell. „Gah! Kann man gleichzeitig traurig und wütend sein?"

„Absolut! Wie wäre es, wenn ich dich nach Hause bringe? Du kannst dieses Hochzeitskleid ausziehen und in etwas Bequemeres schlüpfen."

Sie nickt, doch dann erstarrt sie. „Kevin könnte dort sein. Ich glaube nicht, dass ich mit ihm im Moment umgehen kann. Ich könnte ihn mit etwas bewerfen."

„Schmeiß ihn raus. Du verdienst Ruhe."

„Uns gehört das Haus gemeinsam." Sie schnaubt. „Scheiß drauf. Du hast recht. Ich verdiene etwas Ruhe." Sie tippt auf ihr Handy und hält es sich ans Ohr. Ein paar Augenblicke später sagt sie: „Mailbox."

Sie schreibt ihm stattdessen eine SMS.

Sobald sie damit fertig ist, frage ich: „Bereit?"

Sie wendet sich zum Gehen, bleibt dann aber stehen und starrt auf ihr Handy. „Verdammt. Er sagt, er ziehe nicht aus, weil das Haus ihm zur Hälfte gehört, und dass er heute Abend nach der Arbeit wieder da sein wird." Ein harter Ausdruck kommt über ihr Gesicht, sie streckt ihr Kinn vor. „Ich ziehe nicht aus. Es ist das erste Mal, dass ich in einem Haus und nicht in einer Wohnung wohne."

„Klingt kompliziert. Warte! Er ist einfach zur Arbeit gegangen, nachdem er dich bei der Hochzeit hat sitzenlassen?"

„Ich möchte nicht darüber reden", murmelt sie.

Wir gehen zurück zu meiner Harley.

„Wie hat dir die Fahrt gefallen?", frage ich.

„Wunderbar. Bis jetzt habe ich sowas gemieden, weil die Verletzungsgefahr im Vergleich zu Autofahrten – nein. Ich lebe mein Leben nicht mehr nach Berechnungen."

Ich steige aufs Bike. „Ich bin mir nicht sicher, was du meinst. Dein Leben ist eine Kalkulation?"

Sie zieht ihr Kleid hoch und klettert hinter mich, umarmt mich fest. „Fahr einfach los!"

Ich lächle, setze meinen Helm auf und fahre zu ihrem

Haus. Ich muss einen zweiten Helm besorgen. Es gibt wild, und dann gibt es grundlegende Sicherheit. Vor heute hatte ich noch nie einen Passagier dabei. Die Harley habe ich mir erst kürzlich gekauft, als ich beschloss, über meine lange Liste von Pflichten und Verantwortlichkeiten hinauszuschauen und meinen inneren wilden Mann freizulassen. Nichts sagt mehr Freiheit, als mit der Harley auf freier Straße zu fahren.

Nach ein paar Minuten auf der Sunset Lane schreit sie: „Das hier!"

Ich fahre in die Einfahrt zu ihrem Haus und parke. Es ist ein zweistöckiges Haus im Kolonialstil, weiß, mit schwarzen Fensterläden und einer rot bemalten Tür. Die meisten Häuser in der Stadt sind so, gebaut in den Siebzigern, mit Ausnahme der ursprünglichen Cottages rund um den See aus den Sechzigern. Und selbst die werden mittlerweile nach und nach durch größere, moderne Häuser ersetzt.

Sie steigt ab und lächelt mich schüchtern an. Sie sieht strahlend aus, obwohl sie eben noch so verärgert war. Mein Herz schlägt heftiger. „Ich fühle mich bei dir überraschend sicher. Ich meine, wenn ich mit dir fahre."

„Ich habe vor, noch einen zweiten Helm für Beifahrer zu kaufen." *Das heißt, du bist eingeladen.*

„Schlau. Hast du Zeit, kurz mit reinzukommen?"

Ich verberge meine Überraschung über die Einladung. Ich hätte nicht gedacht, dass eine sitzengelassene Braut in der Stimmung für Gesellschaft ist. „Absolut!" Ich steige von meinem Motorrad und sage mir, dass ich nur sicher sein will, dass es ihr gut geht. Nicht die Zeit, sich an sie ranzumachen.

Ich folge ihr ins Haus. Das Haus ist extrem ordentlich, und es gibt nur minimal Sachen. Gleich hinter dem Eingang sehe ich das Wohnzimmer zu meiner Rechten. Darin stehen ein marineblaues Sofa und ein gläserner Couchtisch, auf dem nichts steht.

„Ich werde mich umziehen", sagt sie und geht nach oben. „Such dir irgendwo einen Platz."

Ich lasse mich aufs Sofa fallen, das bequemer ist, als es aussieht. An der Wand gegenüber dem Sofa ist ein Fernseher angebracht. Ich weiß aber nicht, wo die Fernbedienung ist. Im Esszimmer nebenan steht ein kleiner runder Holztisch mit vier Stühlen. Die Wände sind weiß, Hartholzböden nackt. Vielleicht hatten sie keine Zeit, es bewohnter aussehen zu lassen. Ich hatte wohl einen Vorsprung, da ich das Haus von Mom gekauft habe, in dem ich aufgewachsen bin, nachdem sie in Ruhestand gegangen und nach Savannah, Georgia, gezogen ist. Meine Schwester ist mit ihrem Air Force-Mann in Deutschland, also wollte sie das Haus nicht. Sie ziehen häufig um.

Ich sehe auf mein Handy, das ich vorhin für die Zeremonie ausgeschaltet habe. Das mache ich immer aus Respekt vor dem Paar. Oh, Mist. Zahlreiche SMS und Sprachnachrichten von Paige. Ich soll zurück ins Inn kommen und Gage und Skylar für den Leisure Travel-Artikel verheiraten. Das ging aber schnell. Sie haben sich erst letzte Woche verlobt. Ich wette, sie tun es nur, um Paige, ihrer früheren Klientin, zu helfen.

Das Stampfen über mir erinnert mich an Galenas Dilemma. Ich muss bleiben, bis es ihr gut geht. Wo ist ihre Freundin Kayla bei all dem? Vermutlich hilft sie ihren Schwestern, eine Ersatzhochzeit zu arrangieren. Nun, sie können sich auch einen Ersatz-Standesbeamten besorgen. Skylar und Gage haben nicht genug Zeit, um eine Heiratserlaubnis zu bekommen, also wäre es sowieso nicht echt. Ich erinnere mich, wie Skylar erklärt hat, dass die ganze Stadt zu ihrer Hochzeit im nächsten Sommer in ihrem Haus am See eingeladen werden würde. Sie können die Abläufe für die Zeitschriftenleute durchgehen und trotzdem die richtige Hochzeit im nächsten Sommer veranstalten, wie sie es geplant haben. Galena hat hier Priorität.

Ich schicke Paige eine kurze SMS, lasse sie wissen, dass ich bei Galena bin, und schlage vor, dass Paige meinen Platz einnimmt. Dann stelle ich das Handy auf leise, damit ich mich auf die sitzengelassene Braut oben konzentrieren kann.

Ein paar Minuten später marschiert Galena nach unten und kommt auf mich zu, umklammert ihr zusammengeknülltes Hochzeitskleid. Sie hält es mir hin. „Hier. Du sagtest, du wohnst neben Kayla. Gib ihr das für jemand anderen. Sie hilft gern bei Hochzeiten."

Ich stehe auf und nehme ihr das Kleid ab. Ihr Haar ist in einem unordentlichen Knoten, und sie trägt wieder eine Brille und das gleiche verwaschene Wonder Woman-T-Shirt, das sie getragen hat, als ich sie das erste Mal traf, dazu eine rosa Pyjamahose mit Herzchen. Ich wette, das T-Shirt ist ihr Lieblingsshirt. Oder vielleicht sind ihre Lieblingssachen für ihre Flitterwochen im Auto ihres Ex-Verlobten. Was für ein Idiot. Er hat sie ohne Mitfahrgelegenheit sitzengelassen und ist zur Arbeit gefahren. „Kann ich sonst noch etwas für dich tun?"

Sie fährt mit einer zittrigen Hand durch ihr Haar und zieht dabei versehentlich Strähnen heraus, während sie auf das Kleid starrt. „Das ist erledigt."

„Setz dich doch, ich hole dir was zu trinken."

Ihre Augen treffen auf meine, und unsere Blicke verharren für einen elektrischen Moment. Sie umarmt mich plötzlich, das Kleid ist zwischen uns eingeklemmt.

„Danke für die schnelle Flucht!", flüstert sie.

Ich schaffe es, eine Hand aus dem Kleid zu ziehen und einen Arm um sie zu legen. „Kein Problem."

Sie klopft mir ein paar Mal auf den Rücken und tritt zurück. „Ich bin normalerweise kein großer Umarmer. Ich hoffe, das war nicht anmaßend."

Ich lächle. „Sobald wir zusammen fahren, ist Umarmung Teil des Deals."

Sie glättet ihr Haar zurück. „Richtig. Schätze, das stimmt. Ich habe dich den ganzen Weg hierher umarmt, nicht wahr?"

„Ja. Hey, es macht mir nichts aus, für moralische Unterstützung zu bleiben, bis dein Ex zurückkommt."

Sie atmet tief durch. „Nein, ich muss mich ihm selbst stellen. Du solltest besser gehen. Ich muss ein paar Telefonate erledigen."

„Okay, fühl dich frei, zu …"

Sie ist schon an der Tür und hält sie offen. Ich verstehe

Hinweise. Ich war wohl nur hier, um ihr das Hochzeitskleid aus den Augen zu nehmen.

Ich schiebe das Kleid unter einen Arm, ziehe meine Visitenkarte aus der Brieftasche und gebe sie ihr. Es ist meine Bürgermeisterkarte mit meiner persönlichen Telefonnummer drauf. Für mich gibt es keine Trennung von privat und beruflich. Die Gemeinde von Summerdale ist meine zweite Familie. „Das hier ist meine Privatnummer. Ruf mich an, wenn du irgendetwas brauchst, auch wenn es nur für eine Runde mit dem Motorrad ist."

Sie sieht auf die Karte. „Vielen Dank, Bürgermeister Levi. Tut mir leid, dass du heute keine Hochzeit feiern konntest."

„Es war am besten so. Und nenn mich bitte weiter Levi."

„Okay, Levi. Bye."

„Bye." Ich sehe zur Tür und dann zurück zu ihr. „Du bist fantastisch. Kevin wusste nicht, was er an dir hatte. Ich wüsste es."

Ihre Augen werden größer.

Zu viel?

Ich verlasse das Haus und sehe meine schwarzverchromte Harley, das Symbol meiner neuen Lebenseinstellung. Risiken eingehen, offen für neue Erfahrungen sein. Ich schlendere zu meiner Maschine und steige auf. Ich habe es gut gemacht. Was ist riskanter als einer Frau, die man will, zu sagen, was man wirklich fühlt?

An ihrem vermasselten Hochzeitstag.

Mist. Timing ist alles. Ich kann von Glück sagen, wenn sie jemals wieder mit mir redet.

3

Galena

„Es wird mir gut gehen." Ich umarme Kayla noch einmal. Ich muss. Sie umarmt mich immer wieder. Wir stehen an meiner Haustür, zum längsten Abschied meines Lebens.

„Bist du dir sicher?", fragt sie, hält sich an meinen Armen fest und sieht mir tief in die Augen.

Ich nicke. „Ich brauche nur Zeit allein, um Druck abzubauen."

Kayla ist der Hauptgrund, warum ich einer heimlichen Hochzeit im Inn zugestimmt habe. Ihre Schwestern brauchten ein durchgebranntes Paar, auf das sie sich verlassen konnten, wegen des bevorstehenden Artikels über das Inn und ihrer Hochzeitspakete für Durchbrenner. Wer hätte gedacht, dass es so enden würde? So viel zum Thema Logik und sorgfältige Berechnungen. Das Leben funktioniert nicht so, und heute musste ich diese harte Lektion lernen.

Kayla sucht in meinem Ausdruck nach Zeichen von Kummer. Ich versuche, weniger jämmerlich auszusehen, damit sie mich nicht wieder umarmt. Ich will mich unter die Decke in meinem weichen Bett vergraben. „Tut mir leid, dass ich gehen musste, während du noch mit der Neuigkeit zu kämpfen hattest. Wir waren alle nur so schockiert, und sind in Aktion gesprungen, um das Magazin-Shooting zu retten.

Ich habe gehört, Levi hat dich nach Hause gebracht. Er ist ein guter Kerl."

Selbst in meinem derzeitig geschockten und elenden Zustand, geht ein Zischen durch mich, als ich seinen Namen höre. „Schien mir auch so, als er so zu meiner Rettung eilte."

„Ja. Er wohnt nebenan, also sehe ich ihn ständig. Vor allem, weil er seinem Hund Baxter nachjagt. Der Hund haut immer ab. Er hat so seine eigenen Vorstellungen."

Meine Gliedmaßen fühlen sich schwer an. „Klingt nach einem schwierigen Hund. Ich bin wirklich müde."

Sie umarmt mich zum millionsten Mal. „Du ruhst dich jetzt aus. Aber bitte ruf mich an, wenn ich Schokolade bringen soll oder du Unterstützung brauchst, wenn Kevin nach Hause kommt." Kayla weiß, wie sie die wichtigsten Dinge abdecken kann – Gesellschaft, Schokolade und Unterstützung.

„Seinetwegen mache ich mir keine Sorgen. Er wird wahrscheinlich so tun, als wäre nichts passiert. Er regt sich nicht so leicht auf." *Irgendwie wie eine Leiche.* Ich schätze, meine dunkle Seite kommt nach dieser Katastrophe von einem Hochzeitstag raus.

„Schreib mir später, ok?"

„Okay."

Sie geht, und ich schließe die Tür hinter ihr und lehne mich für einen langen Moment dagegen. Visionen von meiner Zeit im Inn, als ich mich auf den großen Tag vorbereitet habe, der sich als große fette Null herausgestellt hat, schwimmen durch meinen Kopf.

Ich schleppe mich nach oben in mein Schlafzimmer. Sobald ich über die Schwelle trete und Kevins blöde Schafslederlatschen neben dem Bett und seinen neuesten Fantasy-Roman auf dem Nachttisch sehe, rastet etwas in mir aus. Ich schnappe mir sein Kissen, die Hausschuhe und sein Buch, öffne die Glasschiebetür zur Terrasse im ersten Stock und lasse alles über den Rand fallen. Es landet auf der Terrasse unten. Großartig. Wenn er bleiben will, kann er auf der

Terrasse schlafen. Ich will ihn nicht einmal so nah bei mir haben wie auf der oberen Terrasse.

Das hat sich so gut angefühlt, dass ich mir die Schubladen vornehme, seine Klamotten armweise übers Geländer zu werfen. Ich gehe ins Schlafzimmer zurück und sehe mich um. Sonst noch etwas? Ah! Das Badezimmer. Ich gehe da rein und leere seine Sachen aus dem Spiegelschrank und der Dusche und zögere. Wenn ich das runterwerfe, könnte es ein Chaos anrichten oder sogar wandernde Wildtiere verletzen. Wir wollen doch nicht, dass ein Reh oder Waschbär auf einer Tube Zahnpasta kaut, oder? Ich werfe alles in den Müll, außer seiner Zahnbürste und Zahnpasta. Damit habe ich einen besseren Plan. Ich ziehe seine Zahnbürste über die Toilette und stelle sie wieder in den Zahnbürstenhalter. Ich werde meine Zahnbürste getrennt im Spiegelschrank aufbewahren. Dann drücke ich seine Zahnpastatube in der Mitte. Er rollt sie immer von unten in ordentlichen Falten auf. Ha!

Galena 2.0 ist fantastisch! Impulsiv und spontan, und sie bekommt ihre Rache.

Gott, ich bin müde.

Ich gehe zum Bett und schlafe mit dem Gesicht nach unten für ein dringend benötigtes Nickerchen.

Als ich aufwache, gehe ich nach unten, nehme mir ein Glas Wasser und rufe meine ältere Schwester Izzy an, kurz für Isabella. „Hi, ich bin's."

„Was ist los?"

Ich will mich gerade schon ausheulen, als sie sagt: „Warte kurz." Und dann flüstert sie laut: „Geh und sieh dir deine Show im Sessel auf der anderen Seite an. Ich möchte nicht, dass du auch krank wirst. Amelia, Baby, halte durch. Ich komme mit dem kühlen Waschlappen."

„Was ist denn los? Geht's den Mädchen gut?"

„Amelia hat Fieber. Ich habe sie auf die Couch vor den Fernseher gesetzt. Ich versuche, Grace von ihr fernzuhalten, damit sie es nicht auch bekommt, aber es ist ein aussichtsloser Kampf. Sie will sich um sie kümmern."

Aww. Grace kümmert sich auch immer um ihre Puppen.

Sie wird eines Tages eine tolle Ärztin oder Krankenschwester sein.

„Ich lass' dich dann mal", sage ich.

„Warte nur kurz."

Ein paar Minuten später sagt sie: „Okay, alle sind zufrieden. Was ist passiert?"

„Ich bin heute fast durchgebrannt."

„Was!"

Ich ziehe das Telefon bei ihrer Lautstärke von meinem Ohr weg. Als ich es wieder an mein Ohr lege, ist sie voll in Fahrt. „... ohne mich zu heiraten! Ohne deine Familie! Was hast du dir dabei gedacht?"

„Es tut mir leid. Damals ergab es einen Sinn, und jetzt ergibt nichts mehr einen Sinn. Er hat mir kurz vor der Zeremonie eine SMS geschickt. Hier ist sein feiger Text." Ich kopiere und füge seine SMS ein und schicke sie ihr.

Totenstille.

„Izzy, hast du es?"

„Ja, ich hab' es. Ich wusste, es gab einen Grund, warum ich ihn nicht mochte. Ich konnte es nie genau benennen. Irgendwas an ihm sagte: ‚Verlierer'. Und es war offensichtlich, dass er egoistisch war. Na ja, hat er endlich sein wahres Gesicht gezeigt."

Die Spannung in meinen Schultern lässt nach. Izzy steht immer hinter mir. „Schade, dass Amelia krank ist. Ich könnte heute wirklich Amelia- und Grace-Knuddeln gebrauchen."

„Ach, Süße. Es tut mir so leid. Du musst dich schrecklich fühlen. Sobald es den Mädchen besser geht, treffen wir uns. Das verspreche ich."

Ein heftiger Schrei bricht aus. Eine meiner Nichten.

„Grace! Was machst du denn? Du hast den ganzen Saft über sie geschüttet!" Dann zu mir: „Ich muss auflegen. Hab' dich lieb. Halte durch."

Ich lege auf und gehe direkt an den Gefrierschrank, um meine Packung Rocky Road Eiscreme zu holen. Ich öffne sie und schnappe nach Luft. Kevin hat fast alles gegessen! Unten sind nur noch ein paar kleine Reste. Er *weiß*, dass das mein

Eis ist. Wie kann er es wagen, meinen Vorrat zu erschöpfen, wenn ich ihn am dringendsten brauche? Er hätte es zumindest ersetzen können. Bastard. Die Toilettenzahnbürste ist zu gut für ihn.

Mein Telefon klingelt, und ich sehe nach, wer der Anrufer ist. Grandma. Ich wollte sie später anrufen, um ihr zu sagen, dass die Flitterwochen gestrichen sind. Nur noch nicht. Ich lasse den Anruf auf die Mailbox gehen, fühle mich schuldig. Ich bin mit meinen Eltern, Großeltern und meiner Schwester in einer Zweizimmerwohnung in der Bronx aufgewachsen. Izzy und ich haben uns ein Schlafsofa im Wohnzimmer geteilt. Meine Familie steht sich sehr nah. Ich kann nicht glauben, dass ich fast ohne sie durchgebrannt wäre. Frische Luft. Ich brauche frische Luft.

Ich trete auf die hintere Terrasse, sehe mir den Berg Kevin-Mist an und gehe wieder rein. Deshalb bin ich durchgebrannt. Ich wusste, dass es Spannungen wegen Kevin gab. Izzy hat klargemacht, dass sie ihn nicht mag, und Mom sagte mir, ich solle nicht mit ihm zusammenziehen. Nachdem wir eingezogen waren, gaben meine Eltern vor, ich lebte allein.

Kevin war mein erster richtiger Freund, und alles schien so gut zwischen uns zu passen. Es schien so, als ob es überhaupt kein Risiko gebe, wenn ich mit ihm zusammenziehe, vor allem, da ich ohnehin die meisten Nächte bei ihm zu Hause verbracht habe. Es war praktisch, und wir beide haben bei der Miete gespart. Meine Eltern haben meiner logischen Argumentation nicht zugestimmt.

Mein Verstand wandert zu Levi. Die Wärme seines Lächelns, der Ruck, der jedes Mal durch mich fährt, wenn unsere Blicke einander begegnen. Das ist bei Kevin nie passiert. Wir waren mehr wie Mitbewohner mit für neun Uhr morgens geplantem Samstagssex. Vielleicht war das Leben mit Kevin doch nicht so toll, wie ich gedacht hatte. Vielleicht hätte ich für den Mann, den ich heiraten wollte, so empfinden sollen, wie ich bei Levi fühle. War ich wirklich dabei, für ein Leben mit langweiligem, geplantem Sex zu unterschreiben?

Mein Handy vibriert mit einer Sprachnachricht. Ich verziehe das Gesicht, aber höre es mir trotzdem an.

Grandmas Stimme kommt durch, stark und stabil. „Hi, Süße, ich wollte nur mal hören, wie es heute gelaufen ist und sagen –"

„Herzlichen Glückwunsch!", rufen sie und Grandpa gemeinsam.

„Kann es nicht abwarten, dich zu sehen!", sagt Grandpa.

„Kann es auch nicht abwarten, deinen neuen Mann kennenzulernen", sagt Grandma. „Wir sehen euch bald! Bye!"

Ich hatte mich so darauf gefreut, sie zu sehen. Es ist schon ein Jahr her, seitdem ich sie zuletzt besucht habe. Kein Bräutigam, keine Flitterwochen in Las Vegas. Ich blinzele Tränen zurück und gehe nach oben. Genug mit dieser Gefühlsduselei. Ich gehe joggen, um meinen Kopf freizubekommen.

Ich ziehe ein schwarzes Tanktop mit integriertem Sport-BH an und tausche meine Pyjamahose gegen eine graue Jogginghose. Schnüre meine Sneakers, dehne mich und bin bereit. Ich höre die Haustür aufgehen. Mein Herz klopft, als ich mich auf den Weg zur Treppe mache, um mich endlich dem Feigling zu stellen, der mich an unserem Hochzeitstag abserviert hat. Auch noch vor den Zeitschriftenleuten!

„Oh, du bist hier", sagt Kevin. Er sieht aus, wie er immer aussieht, wenn er von der Arbeit nach Hause kommt, ruhig und zufrieden. Sein kurzes blondes Haar ist zerzaust, sein Kiefer sauber rasiert, als Vorbereitung für heute. Normalerweise rasiert er sich nicht am Wochenende. Er trägt sein weißes Hemd und eine dunkelgraue Anzughose, als wäre er direkt vor unserer Hochzeit ins Labor gegangen. Ihm liegt nur etwas an seiner Forschung.

Ich gehe nach unten und zu ihm, wo er vor der Haustür steht. „Hast du viel Arbeit erledigt bekommen?"

„Ja. Es gibt immer mehr zu tun. Wir sind in der Endphase von —"

„Tu nicht so, als wäre heute nichts passiert."

„Es fühlte sich einfach nicht nach dem richtigen Zeitpunkt an. Ich hoffe, du bist nicht wütend."

„Wütend? Natürlich bin ich wütend. Ich habe mir ein Kleid gekauft. Ich war aufgeregt wegen dem, was der glücklichste Tag meines Lebens sein sollte, und du hast mich per SMS verlassen!"

„Ich habe dich nicht verlassen. Ich habe nur gesagt, dass ich dich nicht heiraten kann." Er wirft mir ein geduldiges Lächeln zu. „Ich würde gerne da weitermachen, wo wir vorher aufgehört haben. Es war toll zwischen uns, einfach zusammenzuleben."

„Nun, Kevin, man kann nicht in der Zeit zurückgehen und das, was getan wurde, einfach rückgängig machen. Es ist vorbei, und ich finde, du solltest hier nicht mehr wohnen."

Er verschränkt die Arme. „Es ist auch mein Haus. Ich gehe nirgendwohin."

Meine Brust zieht sich zusammen, und ich habe das Gefühl, kaum Luft zu bekommen. Ich bin heute nicht bereit, diesen Kampf zu führen. Ich muss mich sammeln und einen Weg finden, ihn rauszubekommen. „Du kannst heute Nacht im Gästezimmer schlafen, während du dich nach einer neuen Unterkunft umsiehst. Du bist in meiner Nähe nicht mehr willkommen."

„Sobald du dich beruhigt und das rational durchdacht hast ..."

Ich höre den Rest nicht, weil ich aus der Tür, in Richtung See unterwegs bin und weit weg von ihm sein muss.

Levi

Ich betrete mein Haus, lege das Hochzeitskleid auf die Rückenlehne des Sofas und gehe direkt in den Garten, um meinen Hund Baxter zu holen. Er ist ein zweijähriger Beagle und ein Fluchtkünstler. Ich wollte nur für eine Stunde weg sein, also habe ich ihn auf der hinteren Terrasse gelassen, wo er gerne unter dem Terrassentisch liegt. Der hintere Garten ist von einem eins achtzig hohen, hölzernen Sichtschutzzaun umgeben, der unten mit Hühnerdraht versehen ist, um zu verhindern, dass er sich darunter durchschiebt. Es ist so sicher, wie ich es nur machen kann.

Er ist nicht hier. Verdammt. Wenn ich ihn drin gelassen hätte, wäre er wieder an meinen Wäschekorb gegangen und hätte ein Loch in mein Hemd gekaut. Ich weiß nicht, wie er es immer schafft, meine teuersten Hemden zu zerstören.

„Baxter!" Ich gehe die Verandatreppe hinunter in den Garten und sehe unter der Veranda nach. Nö. Ich überprüfe den Garten und finde ein neues Loch. Er hat jenseits des Hühnerdrahts begonnen und sich darunter vorgearbeitet. Ich mache auf dem Absatz kehrt und gehe zurück zum Haus. Nichts hält diesen Hund unter Kontrolle. Ich habe mit einem Maschendrahtzaun begonnen, den er hochgeklettert ist, und dann ist er von oben in den Garten des Nachbarn gesprungen, dann hab' ich den unsichtbaren Elektrozaun für Hunde ausprobiert, und er ist direkt durch ihn gerannt, und jetzt habe ich einen teuren, sehr Sicht geschützten Zaun, den er durch Tunnelarbeiten darunter besiegen konnte.

Ich schnappe mir seinen grauen Plüschhasen Walter vom Esszimmerboden, gehe zur Tür hinaus und lasse mich durch das Tor in Adams und Kaylas Garten, in der Hoffnung, dass Baxter da ist. Baxter jagt Walter zuverlässig. Beagles wurden gezüchtet, um Kaninchen zu jagen.

Ich schüttele Walter, damit er lebendig aussieht, die langen Ohren und schlaffen Arme und Beine wackeln. „Baxter, schau, was ich gefunden habe! Walter ist entkommen!"

Kein Baxter. Ich gehe um die Ecke des Hauses und sehe mich um, überprüfe sogar die hohen Pflanzen des Gartens.

Ein Klopfen gegen Glas erregt meine Aufmerksamkeit. Baxter steht in Adams Haus, die Pfoten an der gläsernen Terrassentür, der Schwanz mit der weißen Spitze wedelt. Sieht so aus, als hätte er beschlossen, seine Freunde zu besuchen, Adams englische Bulldogge Tank und die hellbraune getigerte Katze Simba. Die drei sehen so verschieden aus und verhalten sich auch so unterschiedlich. Baxter sieht begeistert aus, mich zu sehen, Tank sieht gelangweilt aus und Simba säubert sich.

Ich schüttele den Kopf, gehe zur Haustür und läute. Ein Chor von Bellen erhebt sich. Ein paar Minuten später erscheint Adam an der Haustür. Er ist Zimmermeister, groß, drahtig und muskulös. Wir gehen regelmäßig zusammen auf dem See angeln.

Er zuckt mit seinem Kinn in meine Richtung. „Hey, ich habe Baxter in unserem Garten gefunden, also hab' ich ihn reingelassen."

„Danke! Ich nehme ihn jetzt mit nach Hause."

„Ich glaube, er wünscht sich einen Freund. Er kommt ständig, um Tank und Simba zu besuchen."

„Tut mir leid." Ich packe Baxter am Halsband, als er versucht, durch die Vordertür zu fliehen. Tank steht nur drinnen und starrt Baxter an, mit seinen großen, ernsthaften Bulldoggenaugen und dem eingedrückten Gesicht. Simba sieht um die Ecke der Esszimmerwand. „Ich habe mit dem hier schon alle Hände voll zu tun. Ich kann mir nicht vorstellen, noch so einen zu haben." Ich hebe Baxter hoch, und er schnappt nach Walter, dem Hasen in meiner anderen Hand. Ich hätte beide fast fallen lassen.

Adam versucht zu helfen, aber ich schaffe es, Beagle und Hasen festzuhalten. „Ein Kumpel könnte Baxter voll beschäftigen."

„Vielleicht. Lass mich ihn zu Hause absetzen, und dann komme ich mit einem Hochzeitskleid für Kayla zurück. Galena wurde gerade am Altar sitzengelassen und hofft, Kayla könne es für eine andere Braut gebrauchen."

„Im Ernst? Das ist ätzend. Ja, bring es vorbei. Ich bin sicher, Kayla wird etwas finden, das sie damit tun kann. Arme Galena, obwohl ich Kevin nicht mochte. Er hat kaum auf sie geachtet, als wir alle zusammen ausgegangen sind. Alles hat sich um ihn gedreht."

„Es war am besten so." Ich gehe raus, insgeheim erfreut. Sie ist besser dran, obwohl es gerade schmerzhaft ist.

Ich bringe Baxter zu mir nach Hause und schmeiß Walter zu ihm, aber Baxter ist schon von der Hasenjagd zum Krümelschnuppern auf dem Küchenboden übergegangen. Er hat einen Weltklassenriecher, und seine langen Schlappohren helfen ihm, mehr Düfte zu ihm zu bringen. Er hat größtenteils weißes Fell mit großen schwarzen Flecken und rötlich-braune Flecken an Kopf, Ohren und Rücken. Er ist ein Rassehund. Kaum zu glauben, dass er ins Tierheim gebracht wurde, als er ein Jahr alt war. Anscheinend passiert das oft bei Beagles, weil die Besitzer oder Nachbarn nicht mit der Lautstärke der Beagle-Geräusche umgehen können. Sie kläffen, bellen (klingt wie Hundejodeln) und jaulen. Nicht so toll, wenn man in einem Apartment mit Nachbarn wohnt, aber hier in der Vorstadt ist es in Ordnung. Außerdem bin ich zu Hause allein, und ich habe nichts gegen seine Geräusche.

Nachdem ich Adam Galenas Kleid gegeben habe, komme ich nach Hause und ziehe meinen Anzug aus. Was für ein Tag. Ich habe erst vor einem Jahr damit begonnen, als Standesbeamter bei Hochzeitszeremonien zu fungieren, als das Inn on Lovers' Lane eröffnet wurde. Die Besitzer haben mich gefragt, ob ich das machen würde, und ich erfuhr, dass Bürgermeister es rechtmäßig vollstrecken dürfen. Es ist ein Nebenjob, leichtes Geld für wenig Zeit. Es ist auch nicht zur Routine geworden. Es ist sogar wirklich cool, die Zeremonie mit jedem Paar zu sehen und wie dabei die Liebe zwischen ihnen auf verschiedene Weise zum Ausdruck gebracht wird. Menschen faszinieren mich.

Ich füttere Baxter und wärme ein paar Reste vom chinesischen Essen für mich auf. Es ist nur genug Schweinefleisch Lo Mein für einen Snack. Ich sollte ein richtiges Abendessen vom Horsemar Inn holen, nachdem ich mit Baxter seinen Spaziergang gemacht habe. Ich esse über dem Spülbecken und blicke aus dem Fenster in den Garten. Was würde Baxter da drin halten? Ich glaube langsam, ich muss eine Kuppel mit Oberlichtern bauen. Eine Beagle-Biosphäre. Ha!

Ein paar Minuten später ist er mit dem Fressen fertig, also lasse ich ihn raus und behalte ihn im Auge. Er macht sein Geschäft und kommt sofort zurück. Er kennt die Routine. Wir machen normalerweise nach dem Abendessen einen Spaziergang um den See, wenn es noch hell ist.

Ich beende mein Essen, werfe den Behälter weg und schnappe mir seine Leine vom Haken an der Hintertür. „Zeit rauszugehen."

Er springt aufgeregt auf, weil er das Wort „Gehen" versteht. Ich hocke mich hin und gebe ihm etwas Liebe, streichle ihn hinter den Ohren, wie er es so gerne mag, bevor ich ihm die Leine umlege. „Ich weiß, du sehnst dich nach wilden Abenteuern, aber du musst aufhören, mir wegzulaufen. Eines Tages werde ich dich vielleicht nicht mehr finden."

Er sieht mich mit seinen großen braunen samtigen Augen an und blickt ganz unschuldig drein.

Mein Herz wird weicher, aber ich halte meine Stimme fest. „Ich meine es ernst, sonst musst du die ganze Zeit drinnen eingesperrt sein. Es sei denn, ich bin hier, um dich im Garten zu beobachten. Ist es das, was du willst?"

Er leckt mein Gesicht.

Ich stehe auf und wische mir die Wange ab. Er rennt zur Haustür, die Leine fliegt hinter ihm her. Zeit für unser nächstes Abenteuer. Ich sollte einen Beiwagen für meine Harley besorgen. Dann könnten Baxter und ich zusammen fliehen.

Als wir am Ende des Blocks ankommen, sehe ich eine dunkelhaarige Frau, die über den Lakeshore Drive rennt und auf den Pfad um den See zusteuert. Ist das Galena? Baxter zieht mir die Leine aus der Hand, während er auf sie zurast. Mist! Was, wenn ein Auto kommt?

Ich renne so schnell ich kann und erwische Baxter am Straßenrand, wo er plötzlich Interesse daran hat, an einem Stoppschild zu schnüffeln. Ich nehme seine Leine und erteile ihm eine strenge Standpauke über das Abhauen.

„Sprichst du immer mit deinem Hund, als ob er Englisch versteht?", fragt eine weibliche Stimme.

Meine Lippen verziehen sich zu einem Lächeln. Baxter hat mich zu der Frau gebracht, an die ich nicht aufhören kann zu denken. Braver Junge.

4

Galena

Ich war fast am Lakeshore Drive, als ich einen Kiesel in meinem Sneaker spürte und anhalten musste. Da hörte ich einen Mann, der einem Hund mit Schlappohren eine strenge Standpauke hielt, der gerade an einem Stoppschild schnüffelte. Levi. *Der gute Kerl.* Kayla hat das gesagt, und er war bis jetzt gut zu mir.

Levi grinst, schließt die Distanz zwischen uns, Hund im Schlepptau. Wärme überflutet mich. Viel Wärme. Hitze eigentlich. Ich hatte noch nie so eine instinktive Reaktion auf einen Typen.

Nicht, dass ich viel Erfahrung habe. Kevin war der Erste, mit dem ich es ernst meinte. Tatsächlich war er mein Erster. Ja, ich war eine 24-jährige Jungfrau. Ich bin in keiner sexfreundlichen Umgebung aufgewachsen, um es gelinde auszudrücken, und ehrlich gesagt, kein Mann hat mich je ausreichend gereizt, um mich dazu zu bringen, dorthin gehen zu wollen. Kevin ist fast genau wie ich – pragmatisch und analytisch – und ich habe mich sofort wohlgefühlt. Ich fange an zu glauben, dass Komfort überbewertet wird.

Levis braune Augen funkeln vor Humor. „Ich spreche kein Beagle, also ist Englisch das Beste, was ich tun kann."

Ich lächle und gehe in die Hocke, um seinen Hund zu

streicheln. Er sieht mich mit seinen großen braunen Augen an und kommt näher, schnüffelt an meinem Ohr. Ich lache.

„Das ist Baxter, ein erfahrener Fluchtkünstler. Er ist mir abgehauen und zu dir gerannt. Ich glaube, als er dich laufen sah, dachte er, es sei ein Jagdspiel."

„Du kannst mich jederzeit jagen", sage ich Baxter, als er mir den Hals leckt und mich zum Kichern bringt. Ich richte mich gerade auf und sehe Levi in die Augen, während er meinen Gesichtsausdruck betrachtet. Er fragt sich, wie es der sitzengelassenen Braut geht.

Ich blicke hinaus auf den See, eine sanfte Brise kräuselt das Wasser, die grünen Blätter der umstehenden Bäume schwingen sanft. Die Brise fühlt sich gut auf meiner Haut an. Ich konzentriere mich auf die Gegenwart. Es hat keinen Sinn, die Sache mit der sitzengelassenen Braut von vorhin aufzuwärmen.

„Wie hältst du dich?", fragt Levi mich endlich und bedeutet mir, mich ihnen auf ihrem Weg anzuschließen. Er ist jetzt lässig angezogen in einem blauen T-Shirt und Khaki-Shorts, und etwas an ihm lässt mich entspannen, als könnte ich ihm vertrauen.

„Ich habe Schock und Wut durchgemacht, also schätze ich, dass ich jetzt auf dem Weg zur Akzeptanz bin."

„Das ging aber schnell. Gut für dich."

„Nun, mein Ex, Kevin, hat dazu beigetragen. Er kam nach Hause und tat so, als wäre nichts passiert. Er dachte sogar, wir könnten zum Status quo zurückkehren."

„Wow. Er klingt ahnungslos."

„Das fasst es ungefähr zusammen. Also sagte ich ihm, er solle sich eine neue Wohnung suchen. Derzeit ist er wohl im Gästezimmer. Oder auf der Terrasse. Dort habe ich all seine Sachen hingeworfen."

„Fühlst du dich zu Hause sicher?"

Ich schaue ihn an, berührt, dass er sich sorgt. Es ist nicht so, als würden wir uns gut kennen. „Er ist harmlos. Ihm liegt nur was an seiner Forschung. Er arbeitet an der Genom– ach, das ist dir egal. *Mir* ist es mittlerweile egal. Und es ist nicht so, als hätten wir ein verrücktes Sexleben gehabt." Ich schlage mir eine Hand vor den Mund. Das hier ist nicht meine Schwester oder Kayla. Ich bin nur so mitgenommen von den heutigen Ereignissen, dass ich nicht meine übliche Zurückhaltung habe.

Er lacht. „Schon gut. Die Leute erzählen mir alles Mögliche als Bürgermeister. Sie wollen, dass ich ihre Probleme löse."

„Tut mir leid! Du bist einfach so, ich weiß nicht, akzeptierend. Ich habe das Gefühl, ich könnte dir alles erzählen, und du würdest einfach sagen, okay, was willst du als Nächstes tun?"

Er lächelt, und in den Winkeln seiner Augen bilden sich Fältchen. Meine Brust wärmt sich bei diesem Lächeln. „Freut mich sehr, dass du so empfindest. Dein Ex interessiert sich also mehr für Wissenschaft als für dich, habe ich das richtig verstanden?"

„Wir sind beide viel beschäftigte Profis und ehrlich gesagt, mir hat der Sex-am-Samstag-Morgen-Zeitplan nichts ausgemacht, da ich da Zeit hatte, um ..." Ich unterbreche mich und lache ein wenig darüber, dass ich zu viel erzähle. „Sagen wir einfach, dass es für ihn wahrscheinlich nicht so anders wäre, wenn er in das Gästezimmer zöge."

„Klingt nach einer zahmen Beziehung. Nicht so viel Leidenschaft, wie man sich bei jemandem erhoffen könnte, mit dem man den Rest seines Lebens verbringen wird."

Genau das habe ich mir auch gedacht. „Ich habe es aus jedem Blickwinkel betrachtet, die Erfolgschancen berechnet und" – ich seufze – „ich habe völlig falschgelegen."

„Das passiert."

Was für ein verständnisvoller Typ.

Ich merke, dass ich noch mehr erzähle. „Deshalb habe ich mich entschieden, Galena 2.0 zu werden, spontan und risikobereit."

„Das habe ich auch vor Kurzem beschlossen. Ein paar Risiken eingehen, Abenteuer erleben. Damit könnten wir uns amüsieren."

Ich werfe ihm einen Seitenblick zu. *Flirtet er mit mir?* Das inspiriere ich normalerweise nicht bei Männern. Meine Schwester sagt, ich verstecke mich hinter meiner großen, schwarz gerahmten Brille und meinen alten, fadenscheinigen Klamotten. Meine T-Shirts und Jeans sind durch ihr Alter superweich – Perfektion –, aber ich sehe das nicht als Verstecken an. Ich bin einfach ich selbst. Ich kleide mich für die Arbeit angemessen, hauptsächlich in Blusen, maßgeschneiderten Hosen und flachen Schuhen.

Mist, der Moment des möglichen Flirts ist vergangen, und es ist ja sowieso nicht so, als ob ich zurückflirten könnte. Würde ich an meinem katastrophalen Hochzeitstag überhaupt etwas anfangen wollen? Was soll es schon, dass Levi attraktiv und nett und gerade so intensiv ist, dass er Fantasien darüber anregt, mit ihm auf seiner Harley zu unbekannten Zielen zu fahren? Ich brauche eher einen Freund als einen anderen Mann in meinem Leben.

Wir halten im Schatten eines hohen Ahornbaums, an dem Baxter besonders interessiert zu schnüffeln scheint.

Ich nehme einen tiefen Atemzug der frischen Luft. Eine Entenfamilie schwimmt vorbei – eine Mama, gefolgt von vier flauschigen Küken. So niedlich! Rechts von mir sitzt ein Paar in einem Ruderboot, und weiter den Weg runter fahren Kinder mit dem Fahrrad. Warum habe ich mir nie die Zeit genommen, den See zu besuchen? Ich wohne einen Block entfernt, und alles, was ich getan habe, war, ihn mir durch mein Teleskop von der Terrasse im ersten Stock aus anzusehen. Ich bin fertig mit zahmen, distanzierten Beziehungen. Von jetzt an werde ich mir den See aus nächster Nähe ansehen. Und auch mit Menschen.

Baxter drückt seine Nase gegen mein Knie, was mich überrascht. Ich drehe mich um und streichle ihn. Hunde auch, Kumpel. Aus nächster Nähe und persönlich.

Levi wirft einen Stein über den See. „Schön, nicht wahr? Ich habe mein ganzes Leben hier verbracht, und ich werde es nie leid, es mir anzusehen. Jede Jahreszeit ist spektakulär, vor allem der Herbst."

Ich lasse den Seeblick auf mich wirken, versuche, ihn in Erinnerung zu behalten. Hier ist es so friedlich. „Ich freue mich darauf, ihn dann zu sehen."

Er ist still, und ich spüre, dass er mich ansieht. Ein plötzlicher Nervositätsanfall lässt mich die Stille füllen. „Ich bin froh, dass du heute im Inn und danach für mich da warst und jetzt auch. Ich habe weder diesen noch den anderen Teil geplant."

„Ich bin auch froh. Als wir uns das erste Mal getroffen haben, dachte ich, du wärst jemand, den ich besser kennenlernen wollte."

Ich sehe ihm in die Augen, und mein ganzer Körper erwärmt sich, mein Puls flattert unberechenbar. Er flirtet auf jeden Fall, und er ist sehr direkt. „Sprichst du immer so frei?"

„Das ist etwas Neues, das ich ausprobiere, wenn ich eine Frau treffe, die ich wirklich mag."

Ich stecke eine lose Haarsträhne hinter mein Ohr, plötzlich bin ich mir meiner selbst überbewusst. Ich trage meine Laufkleidung, hab' meine Haare in einen unordentlichen Knoten geworfen. Auch keine Kontaktlinsen. Ich trage die Brille, von der meine Schwester sagt, sie verstecke meine Schönheit. Vielleicht bemerkt Levi eine innere Schönheit, die die meisten Männer übersehen. „Danke." Meine Stimme klingt atemlos. „Ich mag dich auch."

„Wie wäre es mit einem Bissen im Horseman Inn? Ist nicht weit von hier."

Ich denke darüber nach, wie das Abendessen in meinem Haus sein wird, höchstwahrscheinlich mit Kevin, der in der Nähe isst, während er ein wissenschaftliches Journal auf seinem Handy liest, und stimme sofort zu. „Klingt gut. Ich war schon ein paar Mal dort, und es hat mir gefallen."

„Großartig. Ich muss Baxter nur nach Hause bringen. Wollen wir uns in einer halben Stunde dort treffen, oder ich könnte auch bei dir vorbeischauen, und wir gehen zusammen hin."

Kevin würde wahrscheinlich nicht gerne einen anderen Kerl vor dem Haus sehen, der mich zum Essen abholt. Es würde wie ein Date an dem Tag aussehen, an dem wir uns getrennt haben. Ist es ein Date?

„Ich treffe dich dann da", sage ich.

„Bist du jetzt bereit, nach Hause zu gehen, oder wolltest du deinen Lauf beenden?"

„Ich habe Hunger. Lass uns jetzt gehen."

Er dreht sich zu Baxter um. „Gehen wir. Komm schon, Junge."

Baxter steht langsam aus dem Schatten des Baumes auf, wo er geschlafen hat, und streckt sich die Vorder- und Hinterbeine. Dann sieht er erwartungsvoll zu Levi auf. Levi streichelt ihn und geht los.

Ich schließe mich ihnen an. Ich will irgendwie fragen, ob er das für ein Date hält, aber ich will die Dinge nicht unangenehm machen. Das Ausmaß an emotionalem Aufruhr, den eine sitzengelassene Braut an einem Tag ertragen kann, ist begrenzt.

Er wirft mir ein charmantes schiefes Lächeln zu. „Was hast du von mir gehalten, als wir uns das erste Mal getroffen haben?"

Meine Wangen werden warm, als ich mich daran erinnere, wie ich mich sofort zu ihm hingezogen gefühlt habe und es mich verwirrt hat, weil ich im Inn war, um meine heimliche Hochzeit zu planen. Ich hätte ihm keinen zweiten Blick zuwerfen sollen, aber ich konnte meine Augen nicht von ihm lassen. Nichts davon kann ich sagen. „Ähm, na ja, Kayla hat mir gesagt, dass du Bürgermeister bist, und ich fand es ungewöhnlich, dass du so jung und schon in der zweiten Amtszeit bist. Außerdem hast du sehr entspannt gewirkt und dich wohl dabei gefühlt, über eine Hochzeit mit einer Gruppe von Frauen zu sprechen."

„Ich kann mit jedem reden. Du musst verstehen: Ich bin hier aufgewachsen. Die Gemeinde von Summerdale ist für mich wie eine Familie."

Baxter stürzt sich nach vorn und bellt einen schwarzen Minipudel an, der ihn nur anstarrt und keine Angst zeigt.

Levi hält die Leine fester, und die Frau, die den Pudel hält, hält ihre Leine fester.

„Hi, Terri, wie geht's den Kindern?", fragt Levi, als wir näher kommen.

Baxter macht sich daran, am Hintern des Pudels zu schnuppern, der aufjault und sich schnell umdreht.

„Gut, danke. Wie geht's dir?"

„Kann mich nicht beschweren. Terri, das ist Galena ..." Er dreht sich zu mir um. „Tut mir leid, ich habe deinen Nachnamen vergessen."

„Torres. Galena Torres." Ich schüttle ihr die Hand. „Ich bin erst vor ein paar Monaten hergezogen."

„Herzlich willkommen! Sie haben sich einen guten Menschen ausgesucht, um Sie herumzuführen."

Ich lächle. „Ich habe den See heute zweimal gesehen, was mehr ist als die gesamte Zeit, in der ich hier gelebt habe, mit Ausnahme eines weit entfernten Blicks von meiner Terrasse aus."

„Oh, haben Sie das Glück, auf dem Lakeshore Drive zu leben?", fragt Terri.

Ich erwäge zu sagen, dass ich den See einen Block entfernt durch mein Teleskop sehe, aber entscheide schnell, dass das zu nerdig klingt. Manchmal will man einfach cool bleiben. Wie wenn man mit dem sexy Bürgermeister von Summerdale zusammen ist.

Ich deute auf meine Straße. „Ich wohne einen Block entfernt. Ich kann ihn von meiner Terrasse im ersten Stock aus sehen."

Sie neigt den Kopf. „Ja?"

„Mmm-hmm." Kein Blick durch ein Teleskop mit Superkraft. Nur eine superstarke Sehkraft. Deshalb halten mich die Leute für seltsam, außer Kayla und meiner Schwester. Sie verstehen mich.

Levi lächelt Terri an. „Wir gehen gerade zum Abendessen ins Horseman Inn. War schön, dich zu sehen."

„Genießt euer Date!", sagt sie und geht weiter, ihr Pudel muss sich beeilen, um Schritt zu halten.

„Wir sind bloß Freunde!", rufe ich ihr nach. Ich fühle mich gezwungen zu erklären, dass wir kein Date haben, seit Kayla mir erzählt hat, dass sich Klatsch und Tratsch in der Stadt schnell verbreiten.

Sie dreht sich um und sieht mit einem breiten Lächeln zu Levi und dann zu mir. „Okay. Bye."

Baxter zieht, um dem Pudel zu folgen, aber Levi befiehlt in einem tiefen Bariton: „Komm!" Ein heißer Schauer läuft mir die Wirbelsäule hinunter. Baxter folgt Levi sofort. Lieber Gott, ich würde auch dieser tiefen kommandierenden Stimme folgen. Meine Haut prickelt an Orten, wo es nicht prickeln sollte.

Ich sehe Levi auf dem Weg verstohlen an. Sein Bart ist *heiß*. „Du musst alle kennen."

„So ziemlich. Ich werde dir alle vorstellen."

„Ich kenne schon Kayla und ihre Schwestern."

„Ich habe noch nie gesehen, dass du mit ihnen aus gewesen wärst."

„Ich war zwischen der Arbeit und den Besuchen bei meiner Schwester nicht viel hier. Sie ist alleinerziehende Mutter, also verbringe ich viel Zeit in ihrer Wohnung, hänge mit ihr und den Mädchen rum. Oder ich spiele den Babysitter, damit sie eine Pause für lebenswichtige Dinge bekommt." Der Mann meiner Schwester hat sie betrogen, und sie ist eine Frau, die keine zweiten Chancen gibt. Meine Eltern meinten, sie hätten es noch einmal versuchen sollen, für die Kinder. Aus ihrer Sicht ist die Ehe für immer.

„Magst du Kinder?", fragt Levi.

„Meine Nichten sind die Welt für mich."

„Interessant."

„Was?"

„Ich meine, mich zu erinnern, dass du erwähnt hast, dass dein Ex keine Kinder wollte, deswegen wolltest du seinen Namen nicht annehmen."

Ich habe das Kayla während der Besprechung zur Hochzeitsplanung vor allen Leuten im Inn erklärt. Ich hätte nicht gedacht, dass Levi mir so viel Aufmerksamkeit geschenkt hat.

Ich sehe ihn an. „Wow, du erinnerst dich an vieles vom ersten Mal, dass wir uns getroffen haben."

„Du hast einen Eindruck hinterlassen."

Jedes Nervenende wird lebendig und lässt mich hyper-wach fühlen. Ich habe ihn beeindruckt, ohne es auch nur zu versuchen. Das ist so weit von meinem normalen Umgang mit Jungs entfernt, dass ich herausplatze: „Ich weiß nicht, warum."

„Ist nur eine Tatsache. Deine Nichten sind also deine Welt, und doch hattest du nicht vor, Kinder zu bekommen."

„Nun, das ist jetzt nicht mehr vom Tisch, oder? Ich wollte keine Kinder mit jemandem haben, der sie nicht wollte."

„Na schön. Erzähl mir von deinen Nichten."

Das tue ich. Ich kann den ganzen Tag über Amelia und Grace reden. Sie sind so lustig, niedlich und klug.

Das Nächste, was ich weiß, ist, dass wir wieder bei mir sind.

„Tut mir leid, dass ich dir ein Ohr abgekaut habe", sage ich.

„Ich habe es gern gehört. Wir sehen uns in einer halben Stunde im Horseman Inn, oder wenn du mehr Zeit brauchst –"

„Bin in zwanzig Minuten da. Ich komme um vor Hunger. Kevin hat mein Rocky-Road-Eis gegessen, und ich war vor der Hochzeit zu nervös, um viel zu essen."

„Dann kaufen wir dir definitiv danach ein Eis. Warst du schon mal in Summerdale Sweets?"

„Noch nicht. Kayla sagt, es ist göttlich."

Er lächelt sein zerknittertes Lächeln, das ich immer mehr liebe. Es ist so ehrlich und warm. „Bis nachher."

„Bye", sage ich mit atemloser Stimme.

Ich stürze in mein Haus, schockiert vom Klang meiner eigenen Stimme. Galena 2.0 bietet allerlei Überraschungen.

Kevin sitzt mit seinem Laptop auf dem Sofa im Wohn-zimmer und isst einen Müsliriegel. „Du warst heute nicht im Supermarkt?"

Ich verkrampfe den Kiefer. „Nein, Kevin. Ich war zu sehr

damit beschäftigt, zu einer nicht existenten Hochzeit zu gehen und dann zu einer nicht existenten Hochzeitsreise aufzubrechen." Ich eile nach oben, um meine Laufkleidung auszuziehen.

„Ich werde was bestellen!", ruft er. „Möchtest du was?"

„Hier gibt es keinen Lieferdienst!", rufe ich zurück. Kevin geht nicht gerne nach der Arbeit aus.

„Mist. Wann gehst du wieder einkaufen?"

„Niemals!", brülle ich und schließe die Schlafzimmertür hinter mir ab, um mich umzuziehen. Ich schwöre, wir werden morgen ein paar Dinge klären. Wir sind *nicht* mehr in einer Beziehung, und ich muss gar nichts für ihn tun. Das große, weinerliche Baby. Ich war sehr fürsorglich und häuslich bei ihm, habe mich um das Einkaufen und Kochen gekümmert. Ich habe ihm sogar jeden Tag sein Mittagessen eingepackt. Nicht mehr!

Ich ziehe ein hellblaues T-Shirt an, das so alt ist, dass es butterweich ist. Heute nur beruhigende Dinge für mich. Ich sehe meine bequeme Jeans mit den ausgefransten Knien an. Ist das gut für ein erstes Date? Ich schüttele den Kopf über mich selbst. Das ist ja kein Date. Levi ist nur ein netter Kerl, der mich zum Essen eingeladen hat. Zwei Personen können ein freundliches Abendessen haben, ohne dass es etwas Romantisches bedeutet.

Ich ziehe meine neue Jeans ohne Löcher und lose Fäden an. Sie ist steifer, aber vorzeigbarer zum Abendessen mit dem Bürgermeister. Er kennt hier jeden und wird mich heute Abend wahrscheinlich noch mehr Leuten vorstellen. Ich bürste mir die Haare und putze meine Brille. So. Ich kann los. Es macht mir nichts, zu früh da zu sein. Je weniger Zeit ich zu Hause verbringe, desto besser.

Ich gehe nach unten. „Ich gehe aus."

„Gehst du Einkaufen? Nimm diesmal die Vollmilch."

Ich bemühe mich sehr, höflich zu bleiben. „Von jetzt wirst du selbst für dich einkaufen müssen. Ich gehe mit einem Freund was essen."

„Gott, Galena, ist ja nicht so, als müsstest du nicht auch was essen."

Ich atme entschlossen aus. „Kevin, es ist vorbei. Das verstehst du, richtig? Du bist künftig auf dich allein gestellt, was Essen angeht und alles andere, was du brauchst. Ich will, dass du so schnell wie möglich eine neue Unterkunft findest. Morgen überlegen wir uns einen Plan. Du wirst entschuldigen, dass ich nicht in der Stimmung bin, alle Einzelheiten an dem Tag zu besprechen, an dem du mich am Altar hast sitzenlassen."

Ich gehe zur Tür hinaus.

„Ich habe dir doch geschrieben, bevor du zum Altar gegangen bist!", brüllt er mir hinterher.

Ich stoße meinen Mittelfinger in die Höhe und gehe weiter. Es sieht mir wirklich nicht ähnlich, obszöne Gesten zu machen, aber das ist Galena 2.0. Wie konnte ich jemals denken, dass Kevin mein Traumtyp ist? Nur weil wir uns nie gestritten haben? Wollte ich wirklich den Rest meines Lebens mit einem Mann verbringen, der so emotional verkümmert ist, dass er nicht versteht, dass unsere Hochzeit zu verlassen, das Ende unserer Beziehung bedeutet?

Ich laufe zügig die Straße hinunter, begierig darauf, mehr Abstand zwischen uns zu schaffen, und freue mich darauf, mehr Zeit mit einem *guten* Typen zu verbringen. Die wilde Art, die eine Harley fährt. Vielleicht war das die ganze Zeit mein Typ, und es brauchte den Aufstieg zu Galena 2.0, damit mir das klar wurde.

Vielleicht lese ich zu viele Superhelden-Comics.

Mir fällt auf, dass ich die Superheldin in meinem eigenen Leben sein könnte, und das bringt Schwung in meinen Gang. Mir gefällt das.

Levi

Ich komme früh zu unserem Essen, und sie ist schon da. Hat sie sich so sehr darauf gefreut wie ich, oder gehört sie nur zu diesen Leuten, die immer früh dran sind? Spielt keine Rolle. Sie ist hier, sieht sexy aus mit ihren offenen dunklen Haaren, trägt ein enges T-Shirt und Jeans, die ihre Sanduhr-Figur betonen. Auch ihre Brille hat was Süßes. Sie lässt sie aussehen wie eine schlaue Wissenschaftlerin, die nur darauf wartet, loszulassen.

Sie winkt mir zu. „Hi, ich war ein wenig zu früh da. Zu Hause sind die Dinge angespannt."

Meine Freude, sie zu sehen, lässt nach bei der Erinnerung, dass sie mit ihrem Ex zusammenlebt. Was, wenn sie versucht, die Dinge mit ihm zu klären?

Was, wenn sie in Gefahr ist?

Ich überwinde die Distanz. „Was ist passiert?"

Sie atmet kräftig aus. „Er wollte, dass ich für ihn einkaufe. Er ist überzeugt, dass wir wieder ein Paar sein können, das zusammenlebt." Sie schüttelt den Kopf. „Ich habe mich vorher um alles für ihn gekümmert."

„Möchtest du, dass ich mal mit ihm spreche?"

Sie mustert mich einen Moment lang, bevor sie die Augenbrauen zusammenzieht. „Nein, ist schon okay."

„Wenn du einen Platz zum Übernachten brauchst, ich hab'
viel Platz." Ihre Augen werden größer, und ich merke, dass
ich zu weit gegangen bin. „Oder bei Kayla nebenan. Ihr
würde es wahrscheinlich auch gefallen, dich dazuhaben."

Sie neigt den Kopf. „Ich kann auch jederzeit zu meiner
Schwester gehen, wenn ich eine Pause brauche. Trotzdem
danke."

Ich gehe zum Tischanweiser. „Einen Tisch für zwei.
Könnten wir den Ecktisch im vorderen Speisesaal haben?"

Der junge Tischanweiser nimmt sich zwei Speisekarten.
„Hier entlang."

Im Speisesaal vorn gibt es einen großen gemauerten
Kamin und mehrere quadratische dunkle Holztische für zwei
oder vier Personen. In den Siebzigern wurden ein Speisesaal
und gegenüber eine Bar hinzugefügt, wo sich die Einheimi-
schen treffen, um sich das Spiel in den Fernsehern hinter der
Bar anzusehen oder einfach nur abzuhängen.

Wir folgen dem jungen Mann an unseren Tisch, einen
ruhigen, intimen Platz. Der Angestellte zieht Galena den
Stuhl für sie vor, und sie sagt: „Oh! Danke!" Sie scheint nicht
an Gentleman-Manieren gewöhnt zu sein. Ein weiterer Schlag
gegen ihren Ex. Ich hätte es getan, wenn der Tischanweiser
nicht so schnell gewesen wäre.

Ich nehme ihr gegenüber Platz.

Sie sieht sich um. „Ich habe vorher nur im Barbereich
gesessen. Das ist schön mit dem riesigen Kamin."

„Es ist der originale Kamin aus dem 18. Jahrhundert. Dies
war früher eine Postkutschenhaltestelle zwischen New York
City und Boston."

„Cool."

Wir sehen uns die Speisekarten an. Ein Kellner erscheint,
sobald wir sie niederlegen, und nimmt unsere Bestellung auf.
Galena nimmt den Kobe-Burger, Trüffel-Pommes und einen
Schokoladen-Shake. Ich bin froh, dass sie nicht zu der Sorte
Frau gehört, die nur in einem Salat herumpickt. Ich bestelle
Hühnchen-Parmigiana, eines meiner Lieblingsgerichte auf
der Speisekarte.

Nachdem der Kellner weg ist, suche ich in Galenas Gesichtsausdruck nach Zeichen von Kummer, nachdem sie heute bei ihrer Hochzeit abserviert wurde. Sie scheint okay zu sein, also erinnere ich sie nicht daran. „Also, welche Teile von Summerdale hast du bisher gesehen? Ich könnte dir eine Tour mit den Highlights bieten. Wir sind in einer Stunde durch."

Sie lacht. „Ich habe ehrlich gesagt noch nicht viel gesehen."

„Nun, dann wird es Zeit!", ruft eine ältere Frau mir über die Schulter.

Ich stoße den Atem aus, als Mrs. Joan Ellis sich unserem Tisch nähert. Sie ist gerade neunzig geworden, weißhaarig, aber scharfsinnig wie immer. Sie war meine Lehrerin in der dritten Klasse, eine Frau, die immer sachlich ist und – insgeheim – als General Joan bekannt ist, weil sie so streng ist. Sie hat keinen Filter und sagt, was immer sie denkt. In letzter Zeit heißt das, Liebe für die Singles in der Stadt zu finden. Sie kommt sich wie Amor vor. Wenn sie nur wüsste, dass wir sie alle als General sehen!

Ich erzwinge einen erfreuten Ausdruck, auch wenn ich innerlich zusammenzucke. Die Frau hat es zu ihrer Mission gemacht, mich mit jemandem, irgendwem verheiratet zu sehen. Es ist peinlich, wie sie mein Loblied vor ahnungslosen Frauen singt. Und sie fragt mich immer, ob ich in meinem einsamen Junggesellenhaus genug zu essen bekomme. Ich bin nicht einsam. Ich habe Baxter. Und es ist ja nicht so, als hätte ich nie Dates. Die Leute in der Stadt stellen mich immer ihren Töchtern, Nichten, Cousinen und Enkelinnen vor. Einer der Vorteile, in der Stadt zu arbeiten und zu leben, in der ich aufgewachsen bin, ist, dass ich mich selten bemühen muss, jemanden kennenzulernen. Ständig stolpert mir jemand in den Weg. Als ob die ganze Stadt ihren Bürgermeister heiraten sehen will. Nicht, dass es bei mir für irgendjemanden klick gemacht hätte, aber ich bin *nicht* einsam.

„Hi, Mrs. Ellis, wie geht's Ihnen?", frage ich.

„Mir geht's gut, danke. Schön, dass du zu einem anständigen Essen gehst, anstatt dir in deinem einsamen Junggesellenhaus irgendwas Gekauftes aufzuwärmen." Sie wendet ihren durchdringenden Blick zu Galena. „Ist er nicht ein feiner junger Mann?"

Hitze kriecht mir den Hals hoch. Sehen Sie?

Galenas Wangen werden rosa. „Ja, aber das hier ist nicht—"

„Es ist Abendessen", sage ich.

General Joan winkt das beiseite. „Eure Generation will nie ein Etikett auf die Dinge kleben. Ändert aber nicht die Tatsachen. Es ist nichts falsch daran, jemandem den Hof zu machen, vor allem nicht bei unserem Bürgermeister. Levi, stell uns vor."

Ich mache mich eilig an die Vorstellung. „Galena, das ist Mrs. Joan Ellis. Mrs. Ellis, das ist Galena Torres."

General Joan neigt den Kopf. „Torres, interessant. Italienisch oder Spanisch? Die Familie meines Mannes hatte auch einige Torres mit spanischem Hintergrund."

Das wusste ich nicht.

Galena spielt mit ihrer Stoffserviette. „Torres ist Italienisch von der Seite meines Vaters. Die Familie meiner Mutter stammt ursprünglich aus Spanien, dann aus Argentinien. Sie ist zum College hierhergezogen und geblieben, als sie meinen Vater kennenlernte."

Ich hätte nie jemanden so offen nach seinem Hintergrund gefragt. Trotzdem ist es cool, das zu hören. Galenas getönte Haut leuchtet gesund. Ich frage mich, ob ihre Farbe von italienischer oder spanischer Seite stammt. Vermutlich beides.

„Oh Mann, Levi hat es schlimm erwischt", verkündet General Joan.

Einige Paare an Tischen in der Nähe lachen.

„Wir sind nur Freunde", beharrt Galena.

„Ja." Ich werfe den Paaren für ihr Lachen einen finsteren Blick zu. Ich mache mir keine Sorgen darüber, Stimmen unter den Stadtbewohnern zu gewinnen. Ich trete immer ohne Gegenkandidaten an. Entweder will niemand die Verantwortung übernehmen, oder sie geben sich alle zufrieden, mich im Amt zu behalten. Der vorherige Bürgermeister war im Amt, bis er mit siebenundachtzig starb. Es scheint, als wäre der Job des Bürgermeisters von Summerdale lebenslänglich. Bei dem Gedanken verkrampft sich meine Brust.

Gibt es noch einen anderen Job, den ich gerne machen würde? Mache ich das Beste aus meiner Zeit hier auf der Erde? Ist es bedeutsam? Signifikant genug? Ich habe mir in letzter Zeit diese schwierigen Fragen gestellt, wegen des vorzeitigen Todes meines Vaters mit vierunddreißig. Bin ich leidenschaftlich daran interessiert, Bürgermeister zu sein, oder verpflichtet, der Gemeinschaft etwas zurückzugeben, die mir durch die schwierigste Zeit meines Lebens geholfen hat?

General Joan tätschelt meinen Arm und unterbricht meine existenzielle Krise. „Das ist gut, wenn es einen wegen einer Frau schwer erwischt hat. Das sagt man heute so, Levi." Sie dreht sich zu Galena um. „Gefällt Ihnen sein Bart? Ich fürchte, es grenzt an Wilder-Mann-Territorium."

Galenas Hände flattern durch die Luft. „Äh, der Bart ist schön. Nicht zu wild."

„Levi ist ein guter Mensch", sagt der General mit einem entscheidenden Nicken. „Sie können keinen verantwortungsvolleren Mann finden. Jetzt sieh mich nicht so an, Levi. Verantwortungsbewusst ist das neue Sexy."

Ich verschlucke mich an einem Lachen, während die Hitze in meinem Nacken mir ins Gesicht schleicht. „Sind Sie allein hier?"

Sie ignoriert meine Frage und foltert mich lieber weiter. „Hoffentlich wirst du nicht mehr lange allein in deinem einsamen Junggesellenhaus essen. Wo habt ihr beiden euch kennengelernt?"

Ich sehe Galena an, die aussieht, als hätte sie Schmerzen, und wende mich wieder unserer Störenfriedin zu. „Mit wem sind Sie heute Abend hier, Mrs. Ellis?"

„Harper und Caroline." Harper ist ihre Enkelin, die sie großgezogen hat. Sie war in der Schule in meiner Stufe. Jetzt ist sie eine berühmte Schauspielerin. Caroline ist Harpers

Tochter. Ich schätze, sie ist etwa zwei Jahre alt. Ich habe sie beide schon eine Weile nicht gesehen.

Der General setzt in einem verschwörerischen Ton Richtung Galena fort: „Unser Levi hier hat meine Harper in der achten Klasse zum Tanz ausgeführt und gute Arbeit dabei geleistet, jede Regel zu befolgen, die ich ihm auferlegt habe." Sie dreht sich zu mir zurück. „Ich hätte dich für Harper ausgesucht, wenn sie nicht nach Hollywood abgehauen wäre."

Ja, der sexy Regelbefolger. Danke, Mrs. Ellis.

Galena neigt den Kopf und sieht nachdenklich aus. Fragt sich wahrscheinlich, wer Harper ist, da Mrs. Ellis Hollywood erwähnt hat. Bevor ich sie daran erinnern kann, wo sie Harper gesehen haben könnte, sagt der General: „Harper ist auf der Damentoilette und überredet Caroline, das Töpfchen zu benutzen. Ich sagte ihr, sie solle das Gleiche machen wie ich, als Harper klein war. Ihr sagen, dass sie die hübschen Schlüpfer tragen kann, wenn sie das Töpfchen benutzt. Harper konnte in zwei Tagen aufs Töpfchen gehen."

Ich unterdrücke ein Lachen. Wenigstens bin ich nicht der Einzige, über den sie peinliche Details erzählt.

Galena meldet sich zu Wort. „Meine beiden Nichten haben es in einer Woche mit M&Ms und einer Belohnungstabelle gelernt."

„Ich hoffe, sie haben sich ihre Zähne nicht verdorben", sagt der General.

„Nein, ich glaube nicht –"

„Da ist Harper ja!", ruft General Joan. „Und? War es ein Erfolg?"

„Ja!", sagt Harper triumphierend, als sie auf uns zukommt und ein Kleinkind auf der Hüfte hält. Carolines hellbraunes Haar ist in Zöpfen, die sich locken. Harper hat ebenfalls braune Locken. Ihr grimmig aussehender Bodyguard Joe hält sich im Hintergrund. Er hat einen rasierten Kopf, eine Tätowierung am Hals und pralle Muskeln. Harper hatte nie einen Leibwächter in der Stadt, aber jetzt, wo sie Caroline hat, ist er immer bei ihr.

Ich lächle sie an und zucke mit dem Kinn Richtung Joe. Er erwidert das Zucken mit dem Kinn und sieht sich weiter wachsam um.

Harper strahlt ihre Tochter an. „Sie ist jetzt Profi, da sie von den hübschen Höschen mit den rosa Blumen gehört hat."

General Joan setzt ein seltenes Lächeln auf. „Siehst du? Die Methoden ihrer Großmutter sind doch nicht veraltet!"

„Urgroßmutter", sagt Harper und küsst ihre Wange. Caroline streckt die Arme nach ihrer Urgroßmutter aus, und Harper übergibt sie.

„Ich bin großartig", sagt der General und sieht fast weich aus, während sie mit Caroline spricht. „Was für ein großes Mädchen du bist!"

Caroline duckt sich schüchtern gegen die Schulter ihrer Urgroßmutter. Ein paar Leute an nahegelegenen Tischen flüstern über Harper. Sie ist hier aufgewachsen, aber es gibt immer noch Neuankömmlinge, die überrascht sind, eine Berühmtheit persönlich zu sehen.

Harper dreht sich um, winkt ihnen zu und geht dann für ein kurzes Selfie mit einer aufgeregten Gruppe von Damen hinüber. Sie kommt einen Moment später an unseren Tisch zurück und lächelt mich strahlend an. „Hi, Levi, Wie geht's dir?"

„Gut. Ist schon eine Weile her. Das ist –"

„Oh mein Gott, Sie sind Harper Ellis!", ruft Galena. „Ich habe Sie geliebt in *Capital Asset* und *Living Gold* und *Dark Blade*. In *Dark Blade* waren Sie hammerhart. Es war unglaublich und dem originalen Comic so treu. Wow. Ich wusste nicht, dass Sie hier wohnen. Ich bin gerade hergezogen."

Harper lächelt. „Schön, Sie kennenzulernen ..."

„Galena", sagt sie und starrt Harper mit einem Ausdruck von Ehrfurcht an.

„Willkommen in Summerdale", sagt Harper. „Ich besuche nur Grandma, während mein Mann in Vancouver filmt. Er spielt in den *Reise zur Galaxie*-Filmen. Es wird episch!"

„Garrett Rourke", sage ich zu Galena und informiere sie über Harpers Mann.

Galena nickt enthusiastisch. „Ich kenne ihn. Na ja, ich *kenne* ihn nicht persönlich, aber wow." Sie legt eine Hand an ihre Wange, eindeutig überwältigt.

Caroline greift nach Harper, und General Joan übergibt sie. „Mommy, wann kommt Daddy nach Hause?" Wow, das war eine klare Sprache für so ein kleines Mädchen.

Harper küsst die runde Wange ihrer Tochter. „Er kommt nächstes Wochenende zu Besuch. Nur noch siebenmal schlafen, und das nächste Mal werden wir ihn besuchen."

Caroline flüstert ihrer Mom ins Ohr.

General Joan sagt uns: „Ich versuche Harper zu überzeugen, ihr nächstes Projekt hier vor Ort mit der Produktionsfirma ihrer Freundin Claire Jordan zu filmen." Galena schnappt nach Luft, als sie den Namen der berühmten Schauspielerin hört, was der General ignoriert, wahrscheinlich weil sie an den ganzen Wirbel um berühmte Schauspieler gewöhnt ist. „Sie haben ihren Sitz in der Nähe in Connecticut. Harper hat für sie gespielt und Regie geführt. Claire stellt gerne weibliche Regisseure ein, weil nur so wenige die Möglichkeit bekommen, Regie zu führen. Ihre Branche ist der Zeit immer noch hinterher."

„Hier zu filmen ist eine tolle Idee", sage ich, als ich an die Schauspieler und die Crew denke, die in die Stadt kommen würden, sich ein wenig umsehen und etwas Geld ausgeben wollen. Es könnte ein gutes Geschäft für das Inn, den Supermarkt, Summerdale Sweets und das Horseman Inn sein. „Wir haben bereits Sloane Robinsons Fernsehsendung für den Turbokanal, die hier in Murrays Werkstatt gedreht wird. Du weißt schon, *The Right Fix*?"

Harper lacht. „Ich bin diejenige, die Sloane wegen der Show angesprochen hat. Es hilft, dass die Werkstatt ihrem Vater gehört, das erleichtert die Planung."

„Wir werden Plätze für künftige Projekte finden", sage ich. „Sag mir einfach, welche Art von Location du benötigst, und ich werde dafür sorgen, dass es funktioniert."

„Danke, Levi, du bist der Beste." Harper drückt meine Schulter. „Ich freue mich immer, Summerdale besuchen zu können. Vielleicht könnten wir auch Grandma in einen Film bringen."

Der General wird tatsächlich rot und winkt das weg. „Unsinn. Ich möchte nicht vor der Kamera stehen."

Galenas Augen weichen nicht von Harper, da sie aufmerksam zuhört.

„Möchtest du ein Foto mit Harper?", frage ich Galena. „Wenn das für dich okay ist, Harper."

„Sicher", sagt sie und stellt ihre Tochter ab. „Nur Caroline darf nicht ins Bild. Wir halten sie aus dem Rampenlicht."

Harper geht hinüber zu Galenas Stuhl, und Galena steht auf und gibt mir mit zitternder Hand ihr Handy.

Ich würde ihr gerne sagen, dass sie sich entspannen soll. Harper ist ein Schatz. Ich mache das Foto und gebe ihr das Handy zurück.

„Ich will Daddy!", ruft Caroline und sieht flehend zu ihrer Mom auf. „Daddy sagen, dass ich jetzt ein großes Mädchen bin. Wann kommt Daddy nach Hause?"

Harper hebt sie hoch. „Noch siebenmal schlafen."

„Dein Daddy arbeitet", sagt General Joan streng.

„Daddy soll vorlesen", sagt Caroline.

Harper dreht sich zu uns zurück. „Wir sollten jetzt besser los. Es ist fast Schlafenszeit, da vermisst sie ihren Daddy am meisten. Der Zeitunterschied macht es schwierig. Er scheint besser darin zu sein, Gutenachtgeschichten zu erzählen, wenn man das glauben kann."

Galena schüttelt feierlich den Kopf. „Sie weiß noch nicht, was für eine großartige Schauspielerin Sie sind."

„Aww, danke." Harper stößt meine Schulter an. „Die musst du behalten."

Die drei verabschieden sich schnell und drängen Caroline aus der Tür, während sie immer lauter wird und nach ihrem Daddy fragt.

Nachdem sie gegangen sind, lehnt Galena sich über den Tisch zu mir. „Das war so aufregend! Ich hatte keine Ahnung, dass Harper von hier ist, und du hast sie auch noch in der achten Klasse zum Tanz ausgeführt! Wie war das?"

Ich hebe eine Schulter und senke sie wieder. „Damals war sie ja noch nicht berühmt, also war es wie ein normales Rendezvous in der achten Klasse in der Sporthalle. Meine Mom hat uns gefahren. Ich habe Harper ein Sträußchen fürs Handgelenk geschenkt und sie um halb zehn nach Hause gebracht. Das war übrigens eine halbe Stunde, bevor der Tanz zu Ende war. Eine der vielen Regeln ihrer Großmutter, bevor sie zugestimmt hat, Harper gehen zu lassen. Mrs. Ellis kam am Tag vor dem Tanz bei mir zu Hause vorbei, um mich gründlich über die Regeln für das Ausführen ihrer Enkelin zu informieren, und ist dann am nächsten Tag vor Harper, als ich sie abholen wollte, die Regeln noch einmal durchgegangen." Ich lächle und schüttele den Kopf, weil es im Nachhinein lustig klingt. Galena lächelt nicht, lauscht nur aufmerksam.

„Was noch?", fragt sie.

Ich erinnere mich an all die Regeln, die der General aufgestellt hat. Etwas davon sollte Galena zum Lachen bringen. Es war ziemlich übertrieben. „Wenn wir langsam tanzten, musste ich genug Abstand halten, dass Mrs. Ellis zwischen uns durchlaufen konnte, auch wenn sie nicht da war. Sie sagte mir, sie habe Spione unter den Eltern, die ihr berichten würden, und ich glaubte ihr. Außerdem musste ich auf unnötige Berührungen verzichten, durfte nicht fluchen, mich nicht mit ihr aus der Sporthalle schleichen und sollte Harper sagen, dass sie klug ist, anstatt hübsch, damit Harper sich nie auf ihr Aussehen verlassen würde."

„Das gefällt mir."

„Es ging irgendwie nach hinten los. Als wir zum Tanz kamen, fragte Harper mich, wie sie aussehe, und ich sagte ihr, dass sie klug aussehe."

„Wie cool."

„Ich bin mir nicht sicher, ob Harper das auch fand." *Das erklärt wahrscheinlich, warum wir nie ein zweites Date hatten.*

Galena schiebt sich die Haare hinter die Ohren. „War ich zu peinlich, weil ich so den Fan bei ihr habe raushängen lassen?"

Ja. „Nein, überhaupt nicht. Ich bin sicher, dass viele Leute ein Foto mit *der* Harper Ellis wollen."

„Sie hat ihren Namen aus beruflichen Gründen behalten, wie ich es auch geplant hatte."

„M-hmm."

„Normalerweise würde ich schweigen und daran denken, wie cool es war, sie kennenzulernen, aber ich bin die neue Galena, die Risiken eingeht, ihren Impulsen folgt und nichts zurückhält."

„Klingt nach einer großartigen Lebensweise. Warum sich zurückhalten? Mach dich an das, was du willst."

„Ganz genau! Du warst auch toll mit ihrer Großmutter. Sie hat dich immer wieder blamiert, und du bist nie ins Straucheln geraten."

„Ja, nun", murmele ich, noch peinlicher berührt, weil sie bemerkt hat, dass es mir unangenehm war. Ich hatte gehofft, mein Bart hätte jegliche Röte in meinem Gesicht überdeckt.

„Ich würde dir gern meine Großeltern vorstellen."

„Ja?"

Was bin ich, der Puffer für launische Senioren ohne Filter?

„Ja." Sie lehnt sich über den Tisch und flüstert: „Möchtest du morgen mit mir nach Vegas fahren?"

Mir bleibt der Mund offen stehen.

6

Galena

Die Worte flogen einfach so aus meinem Mund. Bevor ich erklären kann, dass sein freundlicher und respektvoller Umgang mit Mrs. Ellis mich auf den Gedanken gebracht hat, er wäre toll zu meinen Großeltern, die auf gute Manieren stehen, kommt der Kellner mit unserem Essen.

Mir läuft das Wasser im Mund zusammen, als ich das ganze Essen und den Shake sehe. Heute ist ein Schokoshake-Tag. Ich habe heute kaum was gegessen, weil ich so nervös war wegen der Hochzeit. Jetzt übernehme ich Verantwortung für mein Leben, angefangen mit Schokoshakes.

Der Kellner unterhält sich mit Levi, und obwohl ich ihn mit meiner Einladung nach Vegas eindeutig schockiert habe, schafft es Levi immer noch, sich warmherzig und freundlich zu verhalten. Er kann großartig mit Menschen umgehen. Im Gegensatz zu mir. Ich bin besser mit Zahlen, obwohl meine Nichten eine verspielte Seite hervorbringen, der ich mich vor ihrer Geburt kaum hingegeben habe.

Ich schlürfe etwas Schokoshake, während der Kellner Levi von einer Sorge seiner Mom erzählt, weil irgendwelche wilden Tiere ständig ihre Mülltonnen umwerfen. Sie sind sich nicht sicher, ob es Waschbären oder Wildkatzen sind.

Summerdale ist nicht gerade eine Brutstätte krimineller Aktivitäten.

Ich nehme einen großen Bissen vom Burger und kaue. Es ist nicht so verrückt, Levi nach Vegas einzuladen, das versichere ich mir. Betrachten wir doch mal die Fakten – ich habe bereits den Flug, das Hotel und den Mietwagen gebucht und ich möchte Grandma und Grandpa sehen. Warum sich zurückhalten? Nur weil meine Hochzeit abgesagt wurde, bedeutet das nicht, dass die Flitterwochen in Vegas vergeudet sein sollten. Richtig?

Nun, nicht gerade mehr Flitterwochen. Eine platonische Freundschaftsreise? Ich könnte in diesem Fall auch eine meiner Freundinnen fragen, nicht wahr? Okay, Galena, seien wir ehrlich. Levi sieht gut aus mit seinem Bart und den Muskeln. Mehr als gut. Er ist sexy auf eine Art, die meinen ganzen Körper wärmt und südliche Regionen zum Prickeln bringt, was noch nie bei einem Mann passiert ist. Galena 2.0 ist bereit, noch mehr zu erleben. Mindestens mehr als für Samstagmorgen neun Uhr geplanten Sex.

Wow. Mein Samstagmorgen hat sich gerade geöffnet. Ich kann jetzt so viel mehr erledigen. Vielleicht kann ich morgens um den See joggen. Das wäre viel schöner, als das Laufband am Ende des Tages zu benutzen.

Sobald der Kellner geht, lehnt sich Levi über den Tisch. „Meinst du das ernst mit Vegas?"

Die Intensität seines Blicks und seine Nähe machen mir Gänsehaut an den Armen. Ich habe plötzlich das Gefühl, ihn auf eine Sexkapade einzuladen. Ich! Ha-ha. Vielleicht tue ich das.

Galena 2.0 wäre dabei. Was in Vegas passiert, bleibt in Vegas …

Ich schnappe mir meine Stoffserviette und lege sie mir auf den Schoß, bin plötzlich nervös. Ich habe noch nie einen Typen auf eine Sexkapade eingeladen. „Ja, ich meine es ernst. Es ist alles arrangiert, und ich möchte nicht, dass es vergeudet wird."

„Warum ich?"

Ich rolle den Rand meiner Serviette hin und her. Ich kann

ihm nicht sagen, dass ich all diese lustvollen Gedanken habe. Ich bin über mich selbst schockiert. Ich bin noch nie eine Person mit lustvollen Gedanken gewesen. „Mrs. Ellis sagt, du bist ein guter junger Mann, ein großer Regelbefolger und sehr verantwortungsbewusst. Du bist perfektes Großeltern-material."

Er blickt aus dem Fenster, seine Lippen zu einer flachen Linie zusammengepresst. Ich bin mir nicht sicher, ob er darüber nachdenkt oder ob er das mit dem Großelternmate-rial beleidigend fand. Vielleicht bin ich zu weit in die nicht gerade lustvolle Richtung gegangen. Sollte ich hinzufügen, dass dies eine unverbindliche Situation ist? Ich wollte heute jemand anderen heiraten. Ich bin natürlich noch nicht emotional bereit, mich in eine neue Beziehung zu stürzen.

Er blickt weiter aus dem Fenster und sagt: „Du hältst sehr viel von Mrs. Ellis' Urteilsvermögen, dafür, dass du sie gerade erst kennengelernt hast."

Und ich kenne dich kaum. Bin ich verrückt oder verhalte ich mich endlich vernünftig? Eine leidenschaftslose Ehe wäre lebens-länglich gewesen.

Ich schwafle weiter, weil ich schon so tief drinstecke. „Mrs. Ellis scheint mir eine Frau zu sein, die ihre Meinung äußert, und sie betet ihre Urenkelin eindeutig an. Sie scheint ein guter Mensch zu sein, daher kann ich ihrem Urteil vertrauen."

Er ist still, also gehe ich direkter vor, auch wenn es schwer für mich ist, kitschigen Gefühlskram zu äußern. Ich war immer diskret und zurückhaltend. „Und ich glaube, du bist großartig." Meine Stimme bricht. Ich möchte hinzufügen, dass er auch sexy ist, aber ich bin atemlos, als er sich zu mir umdreht, seine braunen Augen erwärmen sich, ein langsa-mes, sexy Lächeln bildet sich auf seinem wunderschönen Gesicht. Mein Magen flattert. *Das ist neu.* Ich dachte, Magen-flattern passiert nur bei den Typen in den Liebesromanen, die meine Schwester liest. Ich habe vielleicht aus Neugier ein paar gelesen.

Unsere Blicke begegnen einander für einen elektrisch geladenen Moment. Meine Lippen öffnen sich, mein Herzschlag pocht in meinen Ohren. Ich kann mich nicht erinnern, ob er zugestimmt hat, mich nach Vegas zu begleiten. Momentan kann ich so ziemlich an gar nichts denken.

Er beugt sich über den Tisch und bedeutet mir näherzukommen. Ich beuge mich vor, mein Atem stockt. Seine Stimme senkt sich zu einem rauen Register, das mir einen heißen Schauer über den Rücken schickt. „Ich bin dabei."

Ich lehne mich zurück, beunruhigt über all die Körperempfindungen, die ich gerade erlebe – Schmetterlinge in meinem Bauch, heißer Schauer, prickelnde Nervenenden. Es ist, als würde ich einen ganz neuen Körper erleben, vollkommen lebendig nach einer langen, halb wachen Existenz.

Gott, ich hoffe, er merkt das alles nicht. Ich plappere weiter, um ihn abzulenken. „Es ist nur so, dass ich schon die Flitterwochen in Vegas geplant hatte, und zwar teilweise, um meine Großeltern zu besuchen, die dort leben. Ich fahre morgen los, also –"

„Galena, du musst mich nicht überzeugen. Ich bin dabei."

Ich rutsche auf meinem Platz hin und her, Energie fließt durch mich. Das geschieht wirklich. Galena 2.0 hat das Kommando übernommen. Zur Hölle damit, eine sitzengelassene Braut zu sein. Jetzt bekomme ich eine Sexkapade, und ich muss Grandma und Grandpa nicht enttäuschen, indem ich nicht zu Besuch komme. Fast klatsche ich mir vor die Stirn. Ich kann nicht glauben, dass ich an diese beiden Dinge gleichzeitig gedacht habe. Konservative Großeltern und Sexkapade sollten niemals zusammenkommen. Ich lächle über meine dummen Gedanken vor mich hin. Aber sie erwarten, Kevin zu treffen. Ich habe ihnen noch nicht gesagt, dass die Hochzeit abgesagt wurde. Gott, ich kann die elende Geschichte nicht noch mal durchgehen. Morgen ist früh genug. Ich werde es ihnen persönlich sagen und Levi als Freund vorstellen. Was er ja auch ist. Sie müssen die sexy Details nicht kennen.

Eine ganze Woche in Vegas. Ich sehe erst jetzt, dass ich den potenziellen Sündenfaktor in der Stadt der Sünde übersehen habe. Levi stellt es nach vorn und in die Mitte. Adrenalin rauscht durch mich. Ich fühle mich, als könnte ich jetzt sofort den ganzen Weg nach Vegas laufen. Und das sind mehr als zweitausend Meilen! Mein Herz rast. Ich muss mich wirklich beruhigen. Wie soll ich das durchziehen?

Ich umklammere die Serviette in meinem Schoß. „Nur damit das klar ist, ich bin noch nicht bereit, etwas anzufangen –"

„Absolut! Ich könnte eine Pause gebrauchen, und Vegas klingt perfekt."

Wir lächeln einander an. Mein Herzschlag verlangsamt sich marginal. Er versteht, dass es eine Situation ohne Verpflichtungen ist. Natürlich tut er das. Er weiß, dass ich vor dem Altar sitzengelassen wurde. *Wow. Ich werde das wirklich tun.*

Er schüttelt den Kopf. „Ich habe nicht erwartet, dass mein Tag so laufen würde."

„Wie wäre es mit meinem Tag?"

Wir lachen und machen uns wieder an unser Essen. Ich komme um vor Hunger und beende schnell meinen Burger, während Levi Hühnchen Parmigiana isst und mit Leuten redet, die am Tisch vorbeikommen, um mit ihm über Stadtangelegenheiten zu sprechen. Er ist höflich, sagt ihnen aber, dass sie während der Bürozeiten anrufen oder Mails schreiben sollen, da er nicht im Dienst ist. Sie werden nicht mal wütend. Die meisten sehen mich an und schenken ihm ein verständnisvolles Lächeln. Sie denken wahrscheinlich, wir sind bei einem Date. Vorher habe ich mir Sorgen um Gerüchte in der Stadt gemacht, aber ich sage mir, es ist okay. Ist ja nicht so, als bekäme Kevin vom Klatsch was mit. Und ich genieße es zu sehr, mit Levi zusammen zu sein, um mich deswegen schlecht zu fühlen.

Ich esse zu Ende und sehe mich im Restaurant um. Es ist ein hübsches historisches Lokal mit originalen Pfosten- und Balkendecken.

„Du hast noch vier Pommes übrig", erinnert mich Levi. „Isst du nicht zu Ende?"

„Ich bin satt. Ich esse normalerweise neunzig Prozent."

„Warum nicht hundert Prozent?"

„Weil ich dann satt werde."

Der Hauch eines Lächelns streift sein Gesicht, bevor er sich wieder an sein Essen macht.

Nach ein paar Augenblicken habe ich das Bedürfnis, das näher zu erklären. „Es sei denn, das Restaurant serviert eine extra große Portion, dann esse ich die Hälfte."

Er verbirgt ein weiteres Lächeln, indem er seinen Mund mit einer Serviette abwischt. Sein Teller ist jetzt sauber. Schätze, er ist ein Mitglied des Sauberer-Teller-Clubs. „Interessant. Also habt ihr eure Flitterwochen um einen Besuch deiner Großeltern herum geplant? Sexy."

Er zieht mich auf, und ich verstehe, wie unsexy es klingt. Schlimmer noch, es war alles meine Idee. Kevin dachte, wir könnten beide das Wochenende freinehmen, um unsere Hochzeit mit einem Filmmarathon zu Hause zu feiern. Nicht, dass ich einen Filmmarathon nicht mag. Ich dachte nur, wir sollten den Anlass unserer Ehe mit etwas Besonderem feiern. Und ich habe meine Großeltern vermisst. Ich habe sie schon ein Jahr lang nicht gesehen.

„Damals erschien es mir sinnvoll", murmele ich.

„Ich wette, es war dein Ex, der es so hat aussehen lassen, als wäre das der richtige Weg, da er so ein wenig inspirierender zahmer Kerl ist."

Dadurch fühle ich mich so viel besser, obwohl ich die ganze Reise geplant habe. Levi sieht das Potenzial für Galena 2.0 in mir – einer Frau, die sich nach Leidenschaft und Aufregung sehnt. Nicht nur mit einem Kerl. Ich gehe einen neuen Vertrag ein für ein Leben voller Aufregung. Meine alten Gewohnheiten haben mich schließlich nicht sonderlich weit gebracht.

„Wie sind deine Großeltern?", fragt er.

Ich blinzle ein paar Mal und erkenne plötzlich, dass ich eine gute Geschichte über Levi brauche. Sie sind nicht dumm. Und ich hatte noch nie einen Freund.

„Sie sind großartig", sage ich. „Irgendwie traditionell. Sie waren nicht glücklich darüber, dass ich vor der Heirat mit Kevin zusammengelebt habe, obwohl es sinnvoll war, die Wohnkosten zu teilen."

„M-hmm, sicher. Miete sparen."

Ich halte bei seinem Sarkasmus inne. Ich erwäge zu erklären, dass ich immer bei Kevin übernachtet habe, sodass es bequemer war, einzuziehen, aber möchte ich wirklich meine gescheiterte Beziehung bei Levi wieder aufwärmen? Nein, also rede ich weiter von meinen Großeltern. „Und sie legen sehr viel Wert auf Manieren. Deine Manieren sind übrigens großartig." Ich schwafele, denn je mehr ich in seine funkelnden braunen Augen blicke, desto mehr prickelt jedes Nervenende. Ich war mir noch nie so bewusst, was mein Körper alles tut.

„Danke! Deine traditionellen Großeltern haben sich also für Las Vegas entschieden, um in Rente zu gehen?"

„Nur weil sie traditionell sind, heißt das nicht, dass sie keinen Spaß haben wollen. Grandpa liebt Poker. Grandma liebt die Spielautomaten, obwohl ich ihr erklärt habe, dass die Chancen keinen Sinn ergeben." Ihr glückliches Lächeln fällt mir ein. Sie waren bereit, meinen neuen Mann mit offenen Armen willkommen zu heißen, obwohl sie es nicht mochten, dass wir zuerst zusammengelebt haben. Sie lieben mich bedingungslos.

Ich nippe an meinem Wasser. „Die Sache ist, sie erwarten, meinen Mann zum ersten Mal zu treffen. Ich habe Kevin irgendwie von meiner Familie ferngehalten, weil sie unser Zusammenleben nicht gutgeheißen haben, und er wollte sowieso nicht zu Familienfeiern mitkommen." Ich atme tief durch. „Ich bitte dich natürlich nicht, so zu tun, als wärst du mein Mann. Wir sagen einfach, du bist ein Freund. Könnten wir vielleicht, ähm, sagen, dass du schwul bist?"

Seine Brauen schießen in die Höhe. „Deine traditionellen Großeltern wären mit einem Schwulen einverstanden?"

„Auf jeden Fall. Ihr Sohn, mein Onkel, ist schwul, und sie haben nie auch nur mit der Wimper gezuckt. Sie sagen, dass er so auf die Welt gekommen ist, und er ehrt seinen Schöpfer, indem er sich selbst treu bleibt."

„Progressiv und traditionell. Kann es nicht abwarten, sie kennenzulernen."

„Kannst du also mein schwuler Freund sein?"

Er wirft mir einen schiefen Blick zu. „Nein."

„Was soll ich dann über dich sagen? Sag ihnen *nicht*, dass wir uns ein Hotelzimmer teilen. Es gibt zwei Queensize-Betten, aber trotzdem ... sie könnten einen falschen Eindruck bekommen." *Den Sexkapaden-Eindruck. Die ungezogene Galena hat sich schon wieder vor der Hochzeit mit einem Typen eingelassen.* Ich denke, ich könnte sagen, dass Levi sein eigenes Hotelzimmer gebucht hat, aber ich hasse es zu lügen.

Er greift über den Tisch und drückt meine Hand. Ein Stoß läuft mir den Arm hinauf bei dem Kontakt, trotz des beruhigenden Tons in seiner Stimme. „Lass uns einfach improvisieren. Stell es dir wie ein Abenteuer vor. Ist das nicht das, was die neue Galena tun würde?"

Ich starre auf seine größere Hand, die meine umhüllt. So warm und prickelnd. „Galena 2.0."

Er lässt meine Hand los und lächelt mich an. „Wir haben gerade Mrs. Ellis' Regel gebrochen, einander nicht unnötig zu berühren." Er sieht sich um. „Nur gut, dass ihre Aufpasser-Spione nicht hier sind."

Ich lache. Er ist großartig darin, die Dinge leicht und locker zu halten. „Ich werde für dein Ticket bezahlen. Hoffentlich können wir dich auf denselben Flug setzen."

„Ich mach' das schon. Ich habe für mein nächstes Abenteuer gespart. Wenn ich nicht den gleichen Flug bekomme, treffe ich mich einfach irgendwo mit dir. Alles gut."

Wir lächeln einander an, und meine Brust wärmt sich, mein ganzer Körper prickelt. Ich bin mir plötzlich sicher, dass ich das Richtige getan habe, ihn einzuladen. Ich glaube nicht, dass ich je so viele Höhen und Tiefen an einem Tag erlebt habe.

Galena 2.0 stimmt zu.

Levi

Ich bin später geflogen als Galena. Sie hatte den ersten Flug am Morgen, also bin ich drei Stunden hinter ihr. Sie holt mich am Flughafen ab. Ich frage mich, was wir als Erstes machen werden. Ins Casino, zu einem All-you-can-eat-Buffet gehen, oder es uns vielleicht im Hotel gemütlich machen? Ich würde lügen, wenn ich sagte, dass ich das Potenzial hier nicht gesehen habe. Es ist Vegas. Dinge passieren, besonders mit der Chemie, die wir haben. Ich habe es gespürt, und ich weiß, dass sie es auch getan hat. Ich konnte es in ihren Augen sehen, im Erröten ihrer Haut, im Klang ihrer sexy, atemlosen Stimme.

Natürlich kann ich nicht vergessen, dass ihr Ex zu Hause auf sie wartet. Für mich ist diese Sache mit Galena keine Affäre. Sie ist die erste Frau seit langer Zeit, auf die ich mich freue. Das Letzte, was ich will, ist, ihr Lückenbüßer zu sein. Ich war schon mal dieser Typ bei meiner Ex Alissa, ohne zu wissen, dass sie mich benutzte, um über jemanden hinwegzukommen, bis es plötzlich vorbei war, und ich mit gebrochenem Herzen zurückblieb, während sie glücklich zu dem nächsten Kerl sprang, den sie wirklich mochte.

Ich bin zu schnell. Tatsache ist, Galena mochte mich so sehr nach nur einem Tag, dass sie mich eingeladen hat, eine Woche mit ihr zu verbringen. Baxter mochte sie auch. Er hat nicht gebellt oder ihr den Rücken gekehrt. Er dreht mir den Rücken zu, wenn er wütend ist, wie wenn ich ihn zum Tierarzt bringe oder in den Zwinger stecke. Zum Glück für Baxter passen Adam und Kayla die ganze Woche auf ihn auf. Ich bin sicher, dass er eine tolle Zeit mit Tank und Simba haben wird. Zu denen haut er ja auch immer ab.

Ich entdecke Galena an der Gepäckausgabe, wo wir uns treffen wollten. Ihr dunkles Haar ist in einem tiefen Pferdeschwanz aus dem Gesicht gebunden, was ihre runden Wangen und vollen Lippen betont. Süß und sexy. Mein Blick wandert zu einer langen Reihe von Knöpfen, die über die

Mitte ihres hellblauen Kleides mit einem Muster kleiner Rosen hinunterlaufen. Ich stelle mir vor, das Kleid aufzuknöpfen, langsam mehr Haut zu enthüllen … zu früh.

Richte dich nach ihr. Sie könnte innerlich von ihrem Ex zerstört sein, obwohl sie von außen toll und sexy aussieht.

Ich hebe eine Hand in ihre Richtung. „Galena!"

Sie lächelt und wippt auf ihren Fersen. „Du hast es geschafft!"

Ich überwinde die Distanz, will sie umarmen und herumschwingen. Stattdessen küsse ich ihre Wange und passe auf, dass ich nicht gegen ihre große, schwarz gerahmte Brille stoße. „Schön, dich zu sehen!"

Sie drückt ihre Brille die Nase hoch, ein schwaches Rosa auf ihren Wangen. „Finde ich auch. Wie lang ist es her? Einen ganzen Tag?"

„Fühlt sich an wie eine Woche."

Sie kichert, und meine Hoffnungen steigen. Sie freut sich, mich zu sehen. „Hast du eine Tasche aufgegeben?"

„Nö. Nur mein Handgepäck."

„Großartig. Gehen wir. Ich habe bereits den Mietwagen bekommen und im Hotel eingecheckt."

Die Hitze trifft mich, sobald wir rausgehen. Es müssen achtunddreißig Grad sein. Palmen vor einem wolkenlosen blauen Himmel. Cool. Ich habe Palmen bis jetzt nur im Fernsehen gesehen. Tatsächlich habe ich den Nordosten nie verlassen. Warum bin ich nicht öfter gereist? Es schien immer mehr für die Arbeit zu tun zu geben. Selbst als ich vor dem Bürgermeisterjob Geschichtslehrer war, habe ich im Sommer für das nahe gelegene historische Gehöft gearbeitet und freiwillig in verschiedenen Stadtkomitees. Mein Verantwortungsbewusstsein gegenüber Summerdale hat mich dort festgehalten, und ich habe nur gelegentlich Roadtrips unternommen.

Ich kann immer noch nicht glauben, dass ich eine Woche lang die Arbeit verlassen habe. Ich habe der Stadtsekretärin gesagt, ich würde mich bei meiner Rückkehr um alle Nicht-Notfall-Probleme kümmern. Hoffentlich gibt es keine Notfälle. Der letzte Notfall war ein Hurrikan, der den Strom für eine Woche lahmlegte. Zu Hause sah der Wetterbericht gut aus.

Galena fragt mich nach meinem Flug, während wir zum Kurzzeit-Parkplatz laufen.

„Da es mein erster Flug war, bin ich froh, dass wir sicher und gesund gelandet sind."

Sie packt meinen Arm. „Oh mein Gott, du bist noch nie geflogen? Und du hast es allein geschafft? Bei meinem ersten Flug hab' ich Grandmas Hand für Start und Landung gehalten. Geht's dir gut?"

Ich lache. „Ja, mir geht's gut. Es war großartig. Ich möchte jeden Moment optimal nutzen, bereit für neue Erfahrungen."

„Mach nur nichts zu Riskantes. Wie aus einem Flugzeug zu springen."

„Nee. Zu viele Menschen verlassen sich auf mich, um ein Risiko für mein Leben einzugehen."

Kurz darauf hält sie neben einem weißen Jeep Wrangler und öffnet die Hintertür für meine Taschen. „Ich bin noch nie einen Jeep gefahren. Ich dachte, das macht vielleicht Spaß."

„Cool." Ich verstaue meine Reisetasche und meinen Rucksack im Jeep, mache hinten zu und steige auf der Beifahrerseite ein.

Galena startet den Motor, und wir fahren los. Ich sehe aus dem Fenster und merke, wie ich die fremde Landschaft anlächle. Man sehe sich all die sandigen, beigefarbenen Autobahnabtrennungen und Gebäude an. Eine Wüsten-Farbpalette. Wir sind noch nicht mal auf dem Strip. Gleich nachdem ich gestern Abend meinen Flug gebucht und mich um Arbeits- und Baxter-Arrangements gekümmert hatte, habe ich begonnen, nach Las Vegas zu recherchieren. Ich bin mehr als begeistert, hier zu sein und alles zu erleben.

„In welchem Hotel sind wir?", frage ich.

„Im Venetian Resort."

„Das ist das mit den Kanälen und der Brücke, richtig? Wie ein Mini-Venedig."

„Ja, aber ich habe es hauptsächlich gebucht, weil es als das romantischste Hotel in Las Vegas geratet wurde. Ich habe recherchiert."

Sie klingt nicht so begeistert von romantischen Dingen. Ich denke, es könnte unserer Situation nicht schaden. „Für mich ist das in Ordnung."

„Bist du müde?"

„Nein, ich stehe gerade irgendwie unter Strom. Bin aufgeregt, hier zu sein."

„Großartig. Wenn du mir nur ein paar Hintergrundinformationen über dich geben könntest, damit es nicht so klingt, als hätten wir uns gerade erst vor meinen Großeltern getroffen, wäre das ganz hilfreich."

Ich sehe mich um und stelle fest, dass wir auf dem Weg in ein Vorstadtgebiet sind. „Besuchen wir jetzt deine Großeltern?"

„Ja, sie können es kaum erwarten, mich und meinen, ähm, Freund zu sehen."

„Du hast ihnen nicht gesagt, dass ich dein schwuler Freund bin, oder?" Das könnte auf Dauer ein großes Problem werden. Fangen wir auf dem richtigen Fuß an.

Sie biegt rechts ab. „Es macht Spaß, dieses Auto zu fahren."

„Was hast du ihnen von mir erzählt?"

Sie zieht die Blende runter, rückt ihre Brille zurecht und sieht mich an, bevor sie sich wieder auf die Straße konzentriert. „Nicht viel. Deshalb brauche ich ja diese Hintergrundinformationen über dich."

„Definiere ,nicht viel'."

„Ich habe nicht gesagt, dass du schwul bist."

„Okay, also was möchtest du wissen?"

„Wo du aufgewachsen bist, ein wenig über deine Familie, dein College, deine Karriere. Gib mir die Highlights."

Ich entscheide mich, offener über mein Leben zu sein, als ich es normalerweise bin, weil ich hier bin, um Risiken einzugehen, selbst solche, die den Mut erfordern, verwundbar zu sein. Vielleicht hat es Levi 2.0 getriggert, dreißig zu werden. Ha! „Aufgewachsen in Summerdale. Dad starb, als ich sieben war und meine Schwester Avery fünf. Jeder in Summerdale hat unserer Familie geholfen, kam mit einem Auflauf vorbei oder hat mich und Avery zu sich geholt, wenn Mom arbeiten musste. Es war ein guter Ort, um aufzuwachsen, und ich freue mich, jetzt als Bürgermeister etwas zurückgeben zu können."

„Dein Verlust tut mir leid."

Ich schlucke den Kloß in meiner Kehle herunter. Irgendwie wird es nie einfacher, darüber zu reden. „Danke! Dad starb, als er vierunddreißig war, nur vier Jahre älter als ich. Er hatte eine Herzanomalie, von der niemand wusste. Es hat mich wirklich dazu gebracht, über das Leben nachzudenken und daran, wie ich meins lebe. Deshalb bin ich offen für neue Erlebnisse wie eine Harley zu kaufen und spontan nach Vegas zu fliegen. Ich greife das Leben mit beiden Händen. Man weiß nie, wie viel Zeit man noch hat."

„Du erkundest deine wilde Seite."

„Sie war die ganze Zeit da."

Sie sieht mich mit besorgten Augen an. „Klingt, als denkst du, du wirst wie dein Vater enden. Warst du bei einem Arzt?"

„Ja, mir geht's gut. Aber ein Teil von mir kann nicht anders, als zu denken, dass mir die Zeit abläuft."

„Geht's uns nicht allen so?"

Ich halte inne, ihre Worte treffen mich. „Hm. Schätze, das stimmt." Mein drohendes Gefühl des Untergangs lässt nach. Ich rede nie darüber, aber seit ich dreißig bin, sind die meisten meiner Entscheidungen davon abhängig. Das Leben in vollen Zügen zu genießen, ist das, was wir alle tun sollten, nicht nur ich.

„Ist deine Familie noch in der Nähe?", fragt sie.

„Mom ist jetzt in Georgia, und Avery ist bei ihrem Mann in Deutschland. Er ist bei der Air Force. Noch keine Kinder."

„Wir haben also beide Schwestern gemeinsam. Meine ist älter und deine jünger. Du hast erwähnt, dass du dreißig bist. Ich bin sechsundzwanzig. Ach, und meine Schwester heißt Izzy. Meine Nichten –"

„Amelia und Grace."

Sie sieht mich an, ihre Augen leuchten. „Das weißt du noch!"

„Du hast mir erst gestern alles über sie erzählt."

„Richtig. So viel ist in so kurzer Zeit passiert. „Okay, wir haben jedenfalls einen großartigen Start. Was machen deine Eltern beruflich?"

„Mom war Englischlehrerin an der Highschool, bevor sie in Rente ging. Sie hat davon geträumt, einen Roman zu schreiben, hatte aber nie Zeit. Dad war stellvertretender Direktor einer Highschool in einem anderen Bezirk und hat davon geträumt, eines Tages nach Costa Rica zu ziehen und ein Ökoresort zu leiten. Er ist in Summerdale aufgewachsen."

Mom hat den Roman immer noch nicht geschrieben, und Dads Traum wurde angeschnitten. Kein Wunder, dass ich dringend etwas Cooles tun muss, bevor mir die Zeit abläuft. Wenn ich bloß wüsste, was diese coole Sache ist. Ich weiß nur, dass ich neue Erfahrungen brauche, um es herauszufinden.

„Schreibt deine Mom jetzt Bücher, wo sie im Ruhestand ist?", fragt Galena.

„Nö. Sie spielt Mah-Jongg und geht in den Buchclub. Das war's."

„Ich denke, das könnte auch Spaß machen. Ich bin in der Bronx in New York aufgewachsen, in einer überfüllten Wohnung mit meinen Eltern, meiner Schwester und meinen Großeltern. Izzy und ich haben uns ein Schlafsofa im Wohnzimmer geteilt. Mom leitet eine gemeinnützige Organisation für Kunst, und Dad war Postbote, bevor er in Rente ging. Ich habe eine Magnetschule für Mathematik und Naturwissenschaften besucht, und von dort bin ich ans College gegangen, habe Statistik studiert, meinen Master gemacht und bin jetzt Biostatistikerin. Ich liebe meinen Job! Liebst du deinen Job auch?"

Ich denke darüber nach. „Ich mag ihn, aber ich empfinde keine Leidenschaft dafür."

„Oh, nun, es ist gut, ihn zu mögen. Nicht jeder empfindet Leidenschaft für seine Arbeit. Meiner passt nur zufällig genau zu dem, was ich liebe. Ich darf den ganzen Tag mit Tabellen und mathematischen Modellen spielen. Und ich weiß, dass meine Arbeit vielen Menschen hilft. Ich erteile den Zulassungsstempel für medizinische Behandlungen oder lehne sie ab, wenn sie für die Wirksamkeit statistisch nicht signifikant sind."

„Das ist großartig. Sonst noch etwas, das du über mich wissen möchtest?"

„Was war dein Hauptfach im College?"

„Geschichte."

„Interessant. Was macht man damit?"

„Ich war ein paar Jahre lang Geschichtslehrer an einer privaten Highschool, aber dann wurde die Bürgermeisterstelle frei, und ich habe mich stattdessen dafür entschieden. Ehrlich gesagt hat es mir nicht so gefallen zu unterrichten."

„Aber du kannst so gut mit Menschen umgehen!"

„Ich hatte nicht viel Geduld mit Teenagern, denen Geschichte nicht gleichgültiger sein könnte und denen ihre Handys wichtiger waren. Ihre Anspruchshaltung ging mir auf den Wecker. Vielleicht war es nur diese Schule, aber ich war bereit, nach Summerdale zurückzukommen. Und Mom war bereit, in den Ruhestand zu gehen und in ein wärmeres Klima zu ziehen, also war es für mich ein guter Zeitpunkt, unser Familienheim von ihr zu kaufen."

„Wow, der Kreis schließt sich. Ich würde nie wieder in meine alte Wohnung ziehen wollen. Nicht, dass ich könnte. Meine Eltern sind auch wegen des wärmeren Wetters in den Süden gezogen. Florida."

Sie biegt in einen Ortsteil mit beigefarbenen einstöckigen Häusern mit einem Schild vorn, auf dem Sunny Horizons steht. „Es ist eine aktive Community für Erwachsene, die mindestens fünfundfünfzig Jahre alt sind. Es gibt einen Pool, einen Tennisplatz, einen Golfplatz und ein Fitnesscenter. Der wahre Grund, warum meine Großeltern sich für diese hier entschieden haben, ist die Nähe zu den Casinos. Es gibt auch einen Shuttlebus. Sie wollen hin, ohne sich Gedanken über das Parken machen zu müssen."

Sie sieht mich an. „Ich sollte wahrscheinlich erwähnen,

dass ich meinen Großeltern nicht wirklich gesagt habe, dass du hier sein würdest."

„Hast du nicht? Ich dachte, sie wüssten es, weil wir diese ganze ,Unsere-Geschichten-klären'-Sache gemacht haben."

„Nun, sie *werden* es wissen, wenn ich euch vorstelle, also ist es gut, dass wir die Geschichte des anderen kennen."

„Sie erwarten also Kevin, und ich werde in etwa zwei Minuten zur Entrüstung deiner Großeltern werden."

„Wie könnten sie über jemanden wie dich entrüstet sein, der all deine großartigen menschlichen Fähigkeiten besitzt?"

Ich öffne meinen Mund, um zu argumentieren, dass sie es ihnen hätte sagen sollen, aber sie fährt fort.

„Ich stelle dich als meinen Freund Levi vor und komme dann zu der Nachricht, dass Kevin aus dem Spiel ist. So werden sie nicht zu viele Fragen stellen. Sie würden mir nie viele persönliche Fragen in Gesellschaft stellen. Ich will nur das alles nicht noch einmal aufwärmen, weißt du? Ich möchte diese Reise genießen und erst nach meiner Rückkehr daran denken."

Ich stoße einen Atemzug aus. *Welche Wahl habe ich?* „Okay, du kennst sie am besten."

Sie biegt nach links und reduziert das Tempo für eine Gruppe älterer Frauen mit bunten Schirmkappen in einem Golfwagen. „Du bist nicht wütend?"

„Es ist deine Familie. Ich begleite dich nur. Können wir danach ins Casino gehen?"

„Ich hoffe wirklich, du gehörst nicht zu denen, die auf Spielautomaten stehen. Mathematisch —"

„Bei diesem Ausflug geht es um Spaß, auch wenn es mathematisch nicht vernünftig ist. Du hast auch den Jeep für eine lustige Fahrt gemietet."

Sie sieht verlegen aus. „Ich habe ihn sogar getauscht, als ich hier ankam. Ich hatte einen vernünftigen Camry gemietet."

„Warum siehst du so schuldbewusst dabei aus?"

„Der Jeep hat mehr Geld gekostet, und es scheint mir ein schuldbehaftetes Vergnügen zu sein, ein Auto zu fahren, das

Spaß macht, statt eines vernünftigen. Ich habe nicht einmal nach der Kraftstoffeffizienz gefragt."

„Entsetzlich!"

Sie lacht. „Ich weiß!"

„Keine schuldbewussten Freuden auf dieser Reise. Nur Vergnügen." Meine Stimme klingt rau, ein Hinweis auf Potential.

Ich höre, wie sie kräftig einatmet, während sie das Lenkrad fester packt. Ihre Knöchel treten weiß hervor. Sie biegt in die Einfahrt ihrer Großeltern, schaltet den Motor aus und starrt geradeaus. „Richtig. Ein Vergnügungsausflug. Das ist es, was Flitter – was Urlaub sollte sein." Sie dreht sich zu mir zurück. „Keine Flitterwochen, nur ein Urlaub."

Ich lächle. „Hat dir schon mal jemand gesagt, dass du zuckersüß bist?"

Ihre Lippen teilen sich. „Nein. Hat dir schon mal eine Frau gesagt, dass du der sexyste Mann bist, den sie je getroffen hat?" Sie schlägt sich eine Hand vor den Mund.

Das wird interessant werden.

7

Galena

Ich betrete das Haus meiner Großeltern und möchte so schnell wie möglich wieder abhauen. Das Wohnzimmer ist voll mit älteren Gästen, die ich noch nie bei einer Party zu meinen Ehren getroffen habe. Es gibt Glückwunschballons in Silber und Pink, zusammen mit einem riesigen Glückwunschschild. Drüben im Esszimmer auf meiner rechten Seite sehe ich einen Tisch, der mit Essen beladen ist, mit einer weißen Hochzeitstorte in der Mitte.

Ich hätte die schlechte Nachricht wohl eher überbringen sollen. *Untertreibung.* Ich hatte keine Ahnung, dass sie eine Party schmeißen. Schätze, meine Familie ist an Bord, sobald wir einen Ring tragen.

„Herzlichen Glückwunsch!", ruft Grandma aus und umarmt mich.

Ich atme ihren vertrauten Blumenduft ein, mein Verstand rast. Ich ziehe mich zurück, um ihr nettes Gesicht mit den Lachfältchen an ihren braunen Augen anzusehen. Sie trägt eine Cateye-Brille, das graue Haar fällt ihr auf die Schultern. „Grandma, wer sind diese Leute?"

Sie deutet auf sie, lächelt. „Unsere Nachbarn. Wir hatten so viel Glück mit den Leuten in unserer Sackgasse. Ich weiß, ihr hattet keinen Empfang, weil ihr durchgebrannt seid, also wollten wir eine kleine Party für euch schmeißen. Seid ihr überrascht?"

„Sehr."

Grandpa strahlt mich an. Er sieht gut aus in einem weißen Anzughemd mit kurzen Ärmeln, sein graues Haar glänzend vor Gel und seitlich gescheitelt. „Da ist ja mein Mädchen." Er zerdrückt mich fast in einer Umarmung. Er ist kein großer Mann, aber er hat ein großes Herz und starke Arme. „Herzlichen Glückwunsch! Wir bedauern, dass wir die Zeremonie verpasst haben, aber jetzt sind wir bereit, mit euch zu feiern."

„Ihr musstet doch nicht –"

Seine dunklen Augen funkeln vor Freude. „Natürlich mussten wir!"

Er dreht sich zu Levi um, und Levi hält ihm seine Hand zum Schütteln hin. Grandpa schiebt Levis Hand beiseite. „Willkommen in der Familie!" Er umarmt Levi und klopft ihm auf den Rücken.

„Ähm ...", fängt Levi an, aber dann umarmt ihn Grandma und heißt ihn ebenfalls in der Familie willkommen.

Grandma lächelt Levi breit an. „Ich bin Betsy, und das ist mein Mann Nick."

Grandpa grummelt: „Du kannst mich Mr. Torres nennen."

„Schön, euch beide kennenzulernen", sagt Levi.

„Ähm ...", fange ich an, aber Grandma unterbricht mich.

„Wir haben eine Hochzeitstorte für euch, und unsere Freundin Brenda kann ausgezeichnete Fotos machen. Sie hat versprochen, einige der traditionellen Aufnahmen zu machen, die wir verpasst haben. Ihr müsst wirklich hungrig sein. Ich hole die Lasagne aus dem Ofen."

Sie eilt davon, und Grandpa fängt gleich an, uns Paaren über siebzig vorzustellen, die so lebhafte Energie haben wie meine Großeltern. Es folgen herzliche Glückwünsche, und dann zeigt uns Mrs. Nuckowski, eine zierliche Frau mit tiefschwarzem Haar und einer weißen Strähne, die an ihrer Stirn beginnt und bis nach hinten läuft, einen Geschenktisch im hinteren Teil des Raumes mit einer Auswahl an Umschlägen und großen eingepackten Geschenken. Ich habe das vorher bei all den Gästen gar nicht gesehen. Mein Magen dreht sich langsam.

Mrs. Nuckowski deutet auf den Geschenketisch. „Nur ein paar Dinge, die bei der gemeinsamen Einrichtung eures Zuhauses hilfreich sein könnten. Ich kann sie euch schicken lassen, damit ihr sie nicht mit ins Flugzeug nehmen müsst. Ich bekomme Rabatt auf den Versand durch das Unternehmen meines Sohnes."

„Das ist zu viel", flüstere ich und starre die Geschenke an. Ich schätze, die großen Kisten sind Geräte oder Geschirr. Haushaltssachen. Kevin und ich haben das Zeug schon gekauft, aber jetzt, wo wir uns trennen, wird es vielleicht gut sein, das zu haben.

Ich zucke innerlich zusammen und sehe Levi an, der mich anlächelt. Ich schicke ihm eine telepathische Nachricht, *Wir können nicht unter falschem Vorwand Hochzeitsgeschenke annehmen!*

Er nimmt meine Hand und drückt sie. Ein Wärmerausch schießt mir direkt in den Arm. Selbst wenn ich beunruhigt bin, reagiert mein Körper mit all seinen neuen Empfindungen auf ihn.

Mrs. Nuckowski lächelt freundlich. „Wir wissen, wie es ist, wenn man frisch verheiratet ist und gerade erst anfängt. Herzlichen Glückwunsch, euch beiden!"

„Danke", antwortet Levi für uns.

Ich bin sprachlos und schaffe nur ein kleines Winken, als sie weggeht und sich unter die anderen Gäste mischt.

Ich starre auf die verschiedenen Geschenke.

Levi stupst meinen Arm mit seinem an. „Es scheint so, als hättest du die Wahrheit erwähnen sollen, bevor wir New York verlassen haben."

Ich drehe mich zu ihm um. „Ich hatte keine Ahnung, dass sie all das tun würden."

„Jetzt ist es zu spät. Mach einfach mit." Er beugt sich zu meinem Ohr hinab. „Es macht sie glücklich."

Wir drehen uns um, und ein Blitz geht los. Eine Frau mit

gefärbtem rotem Haar in einem schwarzen Strick-Jumpsuit hat gerade ein Foto von uns gemacht.

Sie bewegt ihre Finger zu einem kleinen Winken. „Ich bin Brenda. Deine Großeltern haben mich gebeten, Fotos zu machen. Achtet gar nicht auf mich. Amüsiert euch einfach."

Grandma gestikuliert in unsere Richtung. „Kommt und esst was. Ihr müsst nach eurer langen Reise hungrig sein."

Levi nimmt meine Hand in seine und schickt mir einer Energiestoß direkt in den Arm, während er mit mir zum Esszimmer geht.

Grandma reicht mir einen Teller. „Ich habe all deine Favoriten gemacht."

Ich nehme den Teller und sehe mir zum ersten Mal das Angebot genau an – Lasagne, Makkaroni mit Käse, grüne Bohnen mit Mandelsplittern, roter Wackelpudding mit Fruchtcocktail, sogar Sellerie gefüllt mit scharf gewürztem Frischkäse. All meine Lieblingsspeisen aus der Kindheit. Heiße Tränen stechen meine Augen. Grandma hat das Essen speziell für mich zusammengestellt.

„Das ist eine emotionale Zeit", flüstert sie. „Genieß es."

Nachdem ich meinen Teller gefüllt habe, geselle ich mich zu Levi ins Wohnzimmer. Er sitzt in einem von zwei gepolsterten marineblauen Blumensesseln, die nebeneinanderstehen.

Ich drehe mich zu ihm, und ein Blitz geht los.

„Keine Ringe?", fragt die Fotografin Brenda.

„Sie werden gerade noch graviert", sagt Levi glatt.

Mein Kopf ruckt zu ihm. Wie tief werden wir mit den Lügen hier gehen? Seine Augen weiten sich in meine Richtung. Er amüsiert sich zu sehr.

„Ist jemand bereit, Braut und Bräutigam seine Eheringe zu leihen?", fragt Brenda. „Nur für die Bilder. Ihre werden gerade graviert."

Jeder, buchstäblich jeder, einschließlich meiner Großeltern, will helfen. Dann streiten sie sich alle darum, wer derjenige sein wird, der uns die Ringe gibt.

„Sie ist meine Enkelin!", sagt Grandma, nimmt ihren Ehering ab und stößt ihn mir in die Hand.

Grandpa macht das Gleiche für Levi. Der Ring passt nicht. „Harry, komm her!", brüllt Grandpa. „Wir brauchen jemanden mit großen Händen." Er lächelte Levi an. „Ich habe Klavierspielerhände."

„Das hast du."

Damit geht Grandpa zu seinem elektronischen Keyboard auf der anderen Seite des Raumes und spielt „At Last" von Etta James. Einer seiner Nachbarn schließt sich ihm an der Klaviatur an und singt wunderschön.

Levis Ring ist gesichert, und er dreht sich zu Brenda. Ich setze ein Lächeln auf, während sie ein Foto von uns macht.

„Näher aneinander", fordert Brenda. „Tut so, als mögt ihr einander."

Levi lacht und legt seinen Arm um mich. Ich lege meinen Arm um seine Taille, obwohl ich es nicht gewohnt bin, öffentlich Zuneigung zu zeigen. Meine Wangen brennen, als ich alle Augen auf uns spüre.

Brenda macht ein paar Fotos. „Okay, zurück zu eurer Mahlzeit. Danach schneiden wir den Kuchen an."

Ich mache mich wieder ans Essen. Levi auch. Die Leute kommen immer wieder vorbei, um uns zu gratulieren und uns nach dem Leben in Summerdale zu fragen. Das ist Levis Fachgebiet, und er hält Hof, indem er jedem von den skurrilen Menschen in der Stadt erzählt – einem Tamalеliefernden Postboten, einem Ladenbesitzer, der dem Weihnachtsmann ähnelt, und Mrs. Ellis, die jeder heimlich General Joan nennt, und die sich selbst aber für Amor hält. Ich lache. Ich habe sie tatsächlich kennengelernt.

Dann beginnt er, über alle Feste jeder Saison zu berichten, über all die besonderen Anlässe, die Menschen zusammenbringen, und ich finde mich fasziniert von einer Stadt, die ich gerade erst begonnen habe zu erkunden. Ich habe nur gearbeitet und keinen Spaß gehabt.

„Wir werden euch begleiten müssen, um diese beiden zu besuchen!", sagt Brenda zu Grandma.

„Je mehr, desto besser", erklärt Grandma. „Ich bin einfach nur glücklich, dass Galena jemand Besonderen gefunden hat. Ihre Schwester hatte nicht so viel Glück." Sie presst die Lippen aufeinander.

Grandpas Kiefer zuckt. „Lass uns nicht über ihn reden. Er ist den Atem nicht wert."

Der treulose Ehemann meiner Schwester hat es die ganze Zeit geleugnet, bis sie ihn bei der Tat erwischt hat, in seinem Auto, das in einer Seitenstraße in der Nähe ihrer Wohnung geparkt war. Wirklich stilvoll.

Grandpa deutet zu Levi. „Lass uns eine Minute draußen auf der Terrasse reden."

Mein Magen verkrampft sich. Hier kommt ein Mann-zu-Mann-Gespräch darüber, wie er mich richtig zu behandeln hat, das Levi nicht über sich ergehen lassen müssen sollte. „Warte auf mich."

„Bleib hier, Schatz", sagt Grandpa.

„Aber –"

„Schon gut", sagt Levi. „Ich war sowieso fertig mit dem Essen."

Er geht mit meinem Großvater durch die Hintertür. Mein Appetit verschwindet.

Grandma kommt vorbei, um Levis leeren Teller zu nehmen.

Ich stehe mit meinem Teller auf. „Ich werde dir mit dem Geschirr helfen."

„Du hast deine Makkaroni mit Käse nicht aufgegessen. Hattest du im Flugzeug zu viel? Wie ich höre, geben sie den Leuten heutzutage nicht mehr so viel. Als wir hierherflogen, haben wir nur Brezeln bekommen."

„Ich hab' mich an deiner köstlichen Lasagne satt gegessen."

Ich folge ihr in die Küche. Sie spült Levis Teller. Ich kann Levi und meinen Großvater durch das Küchenfenster sehen. Sie stehen unter dem Schatten der Terrassenmarkise. Grandpa redet die ganze Zeit mit einem harten Gesichtsausdruck, während Levi aufmerksam zuhört. Ich schätze, als Bürgermeister bekommt er von vielen Leuten eine Menge zu hören. Dieses Mal ist es wahrscheinlich eine Lektion darüber, treu in unserer Ehe zu bleiben, was so unverdient ist. Mein armer falscher Ehemann.

Grandma nimmt den Teller, den ich in der Hand halte. „Entspann dich, wir mögen Kevin beide. Er ist so warmherzig und freundlich. Wir sind angenehm überrascht, nachdem deine Schwester berichtet hatte, dass sie ihn nicht mag."

Ich will alles ausspucken, aber ich kann die Augen nicht von Grandpa und Levi abwenden. Ich sollte gehen und ihn retten.

Levi nickt, sagt etwas und schüttelt Grandpa die Hand. Levi sieht auf, fängt meinen Blick, und mein Atem stockt. Er ist ein umwerfender Mann. Die Art Typ, die deine Familie wirklich mag. Ehemann-Material? Gänsehaut bricht an meinen Armen aus. Ich kann mir nur vorstellen, wie Kevin sich auf dieser Party verhalten hätte. Wahrscheinlich hätte er die meiste Zeit mit seinem Handy verbracht und den Leuten um sich herum kaum zugehört. Ich muss aufhören, die beiden zu vergleichen. Levi ist überhaupt nicht wie Kevin.

Er ist wie kein Mann, den ich je getroffen habe.

Levi hält Grandpa die Hintertür auf, der kommt in die Küche und verkündet: „Gute Unterhaltung!"

„Kuchenzeit!", sagt Brenda, die ebenfalls in der Küche auftaucht.

„Gehen wir", sagt Grandma und scheucht uns raus.

Levi nimmt meine Hand und geht mit mir ins Esszimmer. Ich würde liebend gern fragen, was Grandpa zu ihm gesagt hat. Überraschenderweise sieht Levi nicht im Geringsten beunruhigt aus. Vielleicht waren es nur ein paar unschuldige Fragen. Nein. Das ist Grandpa. Derselbe Mann, der Izzys betrügerischen Ehemann aufgespürt und ihm ins Gesicht geschrien hat. Ich hab' von den Nachbarn davon gehört. Jedenfalls … bin ich Levi danach eine Menge schuldig.

Wir werden auf eine Seite des Esstisches zum Kuchen gescheucht, während sich die Gäste auf der anderen Seite versammeln, um uns anzusehen. Grandma gibt mir das Kuchenmesser.

„Haltet es beide fest", sagt Brenda, Kamera bereit.

Levis große, warme Hand umhüllt meine. Die Hitze strömt durch meinen ganzen Körper. Er ist nahe, wir sind praktisch Wange an Wange.

„Bereit?", fragt er mich.

Und plötzlich fühlt es sich an, als ob er mich fragt, ob ich bereit bin für mehr mit ihm. Adrenalin rauscht durch mich. „Bereit."

Wir schneiden die untere Schicht gemeinsam durch. Ich helfe, die Scheibe mit einer zittrigen Hand auf einen Teller zu schieben.

„Füttert es einander!", ruft Grandma.

„Schieb es ihm ins Gesicht!", brüllt jemand.

„Oh, das ist nicht nötig", sage ich und fühle mich wie die größte Hochstaplerin der Welt. Was mache ich eigentlich hier, schneide mit Levi die Hochzeitstorte an? Wir sind nicht mal zusammen.

Vor meinem Mund erscheint eine Gabel voller Kuchen. Levis Augen sind warm auf meine gerichtet. „Das ist Tradition."

Ich öffne den Mund, und er füttert mich geschickt mit dem Kuchen. Es ist Vanille mit Buttercreme-Zuckerguss. Köstlich. Ich schulde ihm so viel, dass er das gut aussehen lässt.

Ich nehme eine Gabel voll, hebe sie hoch zu ihm und flüstere: „Wir können danach alles tun, was du willst."

„Alles?"

Mein Herz taumelt bei seinem rauen Ton, ein Flattern tief in meinem Bauch, und ein tiefer Schmerz lässt mich erkennen, was er fragt. Ich füttere ihn mit Kuchen, anstatt zu antworten. Seine schwelenden Augen sind warm auf meine gerichtet. Die Blitze gehen los, und ich nehme sie kaum wahr, gefangen in der heftigen Hitze zwischen uns.

„Küss deine Braut!", brüllt Brenda.

Alle klatschen und fangen an zu skandieren: „Küss die Braut, küss die Braut!"

Levi sieht mich an, seine Lippen verziehen sich zu einem Lächeln. Der Gruppenzwang bringt mich um. Meine Sehnsüchte, das Flattern und das Prickeln machen mich fertig. Das war's. Wir *müssen* uns küssen.

Er beugt sich langsam vor zu mir, und ich gebe ihm einen schnellen Kuss, bevor ich mich der Menge zuwende, lächelnd, während meine Lippen von nur einem Kuss prickeln.

Brenda sieht enttäuscht aus. „Ich habe kein gutes Foto machen können. Macht das noch einmal. Diesmal länger."

Ich sehe nervös Levi an.

Der Gruppenzwang setzt wieder ein. „Küssen. Küssen. Küssen."

Ich atme tief ein und wende mich der Menge zu, bereit, alles zu gestehen, als Levis große Hand mir den Kiefer umschließt und mich zu ihm wendet. Er taucht mich plötzlich über seinen Arm, seine Lippen bedecken meine. Ich bin so schockiert von dem Move, dass ich nicht einmal quietsche. Seine Lippen sind warm und fest, bewegen sich fachmännisch über meine. Mein Körper steht in Flammen, das Gefühl rast durch meine Gliedmaßen. Ich bin mir des Applauses nur schwach bewusst.

Er richtet mich wieder auf. Ich starre ihn an, erschüttert von allem, was ich fühle. Er glättet sein Haar zurück, lächelt, sieht aber auch ein wenig überrascht aus. Ich wusste nicht, dass sich ein Kuss so anfühlen kann. Als hätte ich meine Orientierung in der Welt verloren, klammere ich mich an den Körper eines Mannes, als wäre es das Einzige, was mich an die Erde bindet. *Der Körper dieses* Mannes.

Grandma fängt an, den Kuchen geschickt zu schneiden. „Ihr zwei könnt euch danach amüsieren. Ich bin sicher, dass ihr etwas Zeit für euch haben möchtet."

Levi grinst mich an. „Du hast gesagt, ich könne danach alles tun, was ich will."

Mir bleibt der Mund offen stehen. Er wird doch nicht vor

meinen Großeltern und ihren Freunden etwas Schmutziges sagen, oder?

Grandma lacht in sich hinein, aber kommentiert es nicht, macht weiter damit, ihren Freunden Kuchen zu geben.

„Ähm", bringe ich hervor, starre auf den Kuchen vor mir und bin immer noch erschüttert von diesem unglaublichen Kuss.

„Gehen wir ins Casino und spielen an den Spielautomaten", sagt Levi.

Mein Kopf ruckt zu ihm. „Ich muss dir den Hausvorteil erklären."

„Du hast *alles* gesagt." Er ruft meiner Großmutter zu: „Betsy, ich höre, du bist ein Genie bei den Spielautomaten. Warum kommt du und Mr. Torres nicht mit? Im Jeep ist Platz für euch."

Grandma jubelt. „Nick, wir gehen danach mit Kevin und Galena an die Spielautomaten! Hey, alle zusammen, schließt euch uns an!"

Ich muss ihnen *wirklich* die Wahrheit sagen. Ich schwöre, das werde ich, sobald wir Zeit für uns haben.

„Ihr seid alle sehr willkommen. Die Drinks gehen auf mich!", sagt Levi und breitet die Arme weit aus.

Mein Herz schlägt heftiger. Ich glaube, ich bin halb verliebt.

Die Party ist vorbei, und Levi und ich gehen hinüber zum Jeep. Grandma und Grandpa sammeln ihre Sachen für unseren Casino-Ausflug. Anscheinend haben beide Glückshemden, und Grandma hat einen Glückshut. Sie wollten für die Spielautomaten auch alle Quarters sammeln, die sie im Haus finden konnten. Ihre Freunde sind bereits auf dem Weg zu ihren Wagen.

„Ich sage ihnen die Wahrheit im Auto", sage ich und winke einem netten Paar, dessen Namen ich vergessen habe, zum Abschied zu.

„Besser als bei unserem Hochzeitsempfang", antwortet Levi mit einem Zwinkern.

„Das ist gar nicht lustig."

„Es ist schon irgendwie lustig. Jedenfalls hatte ich Spaß, so zu tun. Ich bin noch nie ein Bräutigam gewesen."

Ich möchte ihn fragen, ob der Kuss für ihn auch nur vorgetäuscht war. So bin ich noch nie geküsst worden; ich habe noch nie einen plötzlichen Rausch der Begierde nur nach einem Kuss gespürt. „Welcher Teil des Bräutigamseins hat dir am besten gefallen?"

Seine Lippen verziehen sich zu einem sexy Lächeln, das mein Herz schneller schlagen lässt.

„Wir sind bereit zu fahren, Turteltauben!", ruft Grandma.

Sie eilen zu uns in gleichen roten Hawaii-Hemden. Grandma trägt einen Fischerhut mit Leopardenmuster und eine große schwarze Handtasche, von der ich annehme, dass sie voller Münzen ist. Ich schätze, es wird nicht schwer sein, sie im Casino zu finden.

„Schöner Mietwagen", sagt Grandpa anerkennend.

Ich hebe meine Hände. „Warte! Bevor wir gehen, muss ich euch etwas sagen."

„Was denn, Schatz?", fragt Grandma.

„Kevin und ich haben uns getrennt."

Sie blickt auf Levi, der loyal an meiner Seite steht, und flüstert laut: „Was macht er dann hier?"

Ich mache eine Geste in seine Richtung. „Das ist Levi. Tut mir leid, dass ich das nicht früher erklärt habe. Ich war von der Party überrascht, und von dort aus war es einfach ein Schneeballeffekt."

Grandpa studiert Levi. „Weißt du, ich habe mich schon über dich gewundert, als du reingekommen bist. Du bist gar nicht Galenas üblicher Wissenschaftlertyp."

Grandma und Grandpa tauschen einen amüsierten Blick aus.

„Eigentlich bin ich auch kein Wissenschaftler", sagt Levi. „Ich habe Geschichte studiert, sie ein paar Jahre lang an einer Highschool unterrichtet, und jetzt bin ich in meiner zweiten

Amtszeit Bürgermeister von Summerdale, wo Galena vor Kurzem hingezogen ist."

„Und wann habt ihr beiden euch kennengelernt?", fragt Grandma.

„Vor zwei Monaten", sagt Levi.

Grandma und Grandpa tauschen einen vielsagenden Blick aus.

Grandma wendet sich zu mir. „Galena, letzte Woche, als du angerufen hast, wolltest du Kevin heiraten, aber du hast dich auch mit Levi in den letzten zwei Monaten getroffen, und jetzt hast du beschlossen, mit ihm zusammen zu sein. Habe ich das richtig verstanden?"

Ich wedele mit den Händen vor mir. „Nein, nein, nein. Ich habe Kevin nicht betrogen. Du weißt, so bin ich nicht."

„Tut mir leid", sagt Grandma. „Ich bin nur verwirrt über Levi hier. Ihr seht so glücklich zusammen aus, und der Kuss auf der Party sah aus wie der Kuss der wahren Liebe."

Grandpa nickt.

Mein Gesicht läuft heiß an, und ich platze den Rest aus: „Ich war nur mit Kevin zusammen. Ich hatte vor, ihn zu heiraten, bis er mich per SMS am Altar sitzengelassen hat." Meine Stimme bricht.

„Ach, Süße." Grandma umarmt mich. „Was für ein feiger Zug, den er da gemacht hat."

„Deine Schwester hatte recht", sagt Grandpa grimmig. „Sie erkennt eine Ratte, wenn sie sie riecht."

Grandma löst sich von mir und reibt mir den Arm. „Ich hoffe, Kevin fällt von einer Klippe. Er hat dir zwei Jahre der besten Dating-Zeit gestohlen, während du nach einem besseren Mann hättest suchen können. Einem, der uns Enkelkinder schenkt. Ooh, wenn ich ihm jetzt begegnen würde, würde ich ihm gehörig den Marsch blasen."

Grandpa packt mich in einer Umarmung und küsst mir den Kopf.

Ich deute auf den Jeep. „Sollen wir jetzt zum Casino fahren?"

„Ja, lass uns fahren", sagt Grandma.

Ich entriegle den Jeep, und Levi öffnet die Hintertür für Grandma. Sie lächelt ihn an. „Danke."

Er will auch mir die Tür aufhalten, aber ich bin schon da. Stattdessen geht er auf die andere Seite des Wagens mit Grandpa, der mit leiser Stimme mit ihm spricht. Worüber belehrt er Levi denn jetzt noch?

Nachdem ich in den Wagen gestiegen bin, nennt mir Grandpa den Weg zu ihrem Lieblings-Casino. Auf dem Rücksitz ist es für ein paar Minuten still. Ich warte auf die Levi-Fragen. Stattdessen fängt Grandma an, sich um mich zu sorgen.

„Es sieht ihr gar nicht ähnlich, sich mit einem Mann in etwas zu stürzen", sagt Grandma. „Sie war immer sehr vorsichtig und hat alle Vor- und Nachteile gegeneinander abgewogen. Was macht er also hier?"

„Ich muss zugeben, es sieht ihr nicht ähnlich, aber wer kann die Liebe vorhersagen? Erinnerst du dich an den Tag, als wir uns das erste Mal trafen?"

„Oh Nick, natürlich tue ich das."

Kleidung raschelt, als sie nach einander greifen und sich küssen. Ich sehe zu Levi, der versucht, ein Lachen zu unterdrücken.

„Wie lautet dein Nachname, Levi?", fragt Grandma, als sie wieder zu Atem kommt.

„Appleton."

„Appleton ist ein guter Nachname", sagt Grandpa. „Solide."

Ich wette, Grandma googelt ihn, wenn sie nach Hause kommt. Sie ist sehr geschickt am Computer.

„Und wo übernachtest du, Levi?", fragt Grandma.

Levi sieht mich an, bevor er antwortet: „Im Venetian."

„Dort übernachtet doch Galena", sagt Grandma. „Galena, ich verstehe Liebe auf den ersten Blick, so war es für deinen Großvater und mich, aber ich hoffe wirklich, dass du nicht mit einem anderen Mann in wilder Ehe lebst. Hast du beim ersten Mal deine Lektion nicht gelernt?"

Ich knirsche mit den Zähnen. ‚In wilder Ehe leben' sagt

sie, wenn sie meint, sich mit einem anderen Mann nackt zu machen. Es gilt für alles, von Sex bis hin zum Zusammenleben. Für sie ist es dasselbe.

Grandpa meldet sich zu Wort: „Deine Großmutter und ich waren sechs Wochen vor unserer Hochzeit zusammen."

„Eine stürmische Romanze in der richtigen Reihenfolge", sagt Grandma. „Keine Spielchen."

Ich will unbedingt die Augen verdrehen. Es ist nicht schwer, auf Sex zu warten, wenn man nur sechs Wochen zusammen ist.

„Seit über fünfzig Jahren jetzt verheiratet", sagt Grandpa.

„Herzlichen Glückwunsch", sagt Levi. „Es ist toll, zwei Menschen zu sehen, die sich nach all den Jahren immer noch so lieben."

Eine unangenehme Stille folgt. Jeder Muskel in meinem Körper verspannt sich, weil ich in einem Auto gefangen bin, für einen langen, peinlichen Vortrag. Ich bin sicher, dass sie noch mehr zu sagen haben.

Grandpa räuspert sich. „Levi, ich würde gern deine Absichten gegenüber Galena erfahren."

Ich starre geradeaus, selbst als die Hitze meine Wangen verbrennt. Ich wette, Levi tut es schon leid, meine Großeltern zu uns ins Casino eingeladen zu haben.

„Ehrenhafte, Sir", sagt Levi. „Heute ist der erste Tag einer neuen Beziehung für uns."

Mir bleibt der Mund offen stehen. Ich kann noch nicht fassen, dass er das gesagt hat. Glaubt er das wirklich? Ich dachte, wir waren uns einig, dass diese Woche einfach nur unverbindlicher Spaß sein sollen. Ich packe das Lenkrad fester.

Meine Großeltern sind einen Moment still.

Ich biege auf die Autobahn und trete das Gaspedal.

„Sie sind wie wir, Nick", flüstert Grandma Grandpa laut zu.

„Mmm-hmm."

„Was hältst du von Kindern?", fragt Grandma.

„Grandma!"

„Was? Kevin wollte keine Kinder, also keine Kinder. Jetzt fängst du etwas Neues an, obwohl es etwas schnell geht, aber ich weiß, dass Liebe manchmal so passiert. Jetzt möchte ich wissen, ob ich noch mehr Enkelkinder bekommen werde."

Ich sehe Levi an, vollkommen beschämt. „Du musst darauf nicht antworten." Ich sehe zum Rücksitz. „Diese ganze Unterhaltung geht weit über das hinaus, was angemessen ist."

„Levi, du kannst doch bei uns übernachten", sagt Grandpa. „Wir haben ein ausziehbares Sofa."

„Er wohnt bei mir im Hotel", sage ich.

Levi dreht sich zum Rücksitz. „Ich freue mich, endlich die Gelegenheit zu haben, Ihre erstaunliche, wunderschöne, kluge Enkelin besser kennenzulernen."

Meine Kehle verengt sich. Meint er das ernst? Oder versucht er nur, meine Großeltern zu besänftigen? Ich wurde schon oft klug genannt, aber nie erstaunlich oder schön.

„Hast du das gehört, Galena?", fragt Grandma.

Ich unterdrücke ein Stöhnen. „Ja, natürlich habe ich das gehört. Er sitzt direkt neben mir."

„Was wirst du deswegen unternehmen?", fragt sie.

Ich nehme an, Sexkapade ist hier nicht die richtige Antwort.

„Der hier ist was Besonderes", flüstert Grandma Grandpa laut zu.

„Wir haben uns da draußen nett unterhalten. Er ist ein Guter", flüstert Grandpa zurück.

„Du bist so ruhig, Galena", sagt Grandma.

Vielleicht ist es besser, sie glauben zu lassen, es sei eine Wirbelwind-Romanze. Solange Levi versteht, dass ich für nichts Ernstes bereit bin, wird es niemandem schaden.

„Es war ein Wirbelwind", sage ich.

Levi lächelt.

„Aber überstürz es nicht", sagt Grandpa.

„Ja, keine Eile", sagt Grandma. „Ich bin vielleicht voreilig gewesen. Galena, du wirst Zeit brauchen, um dich davon zu erholen, dass du am Altar sitzengelassen wurdest. Wir wollen nicht, dass Levi nur der Lückenbüßer ist."

„Vielleicht *ist* er der Lückenbüßer", sagt Grandpa leise.

„Ich hoffe nicht", flüstert Grandma zurück.

Levi starrt aus dem Fenster, sein Kiefer ist gespannt.

„Galena, was sind deine Absichten gegenüber Levi?", fragt Grandpa.

„Wir mögen Levi", sagt Grandma. „Er ist Bürgermeister, er mag Kinder und respektiert die Älteren."

„Und er ist treu", sagt Grandpa. „Richtig, Levi?"

„Richtig", sagt Levi nur. Gehen meine Großeltern ihm endlich doch auf die Nerven?

Ich habe keine Ahnung, was ich dazu sagen soll. Meine Großeltern scheinen bereits mit Levi als meinem zukünftigen Ehemann und dem Vater meiner Kinder an Bord zu sein. Am ersten Tag. Ich frage mich, wie sie reagiert hätten, wenn sie Kevin zum ersten Mal gesehen hätten. Würden wir dasselbe Gespräch führen? Irgendwie bezweifle ich das.

„Natürlich brauchst du ein separates Hotelzimmer, für ein angemessenes Umwerben", sagt Grandma. „Lass es langsam angehen, damit Galena Zeit hat, über ihren Ex hinweg- zukommen."

Levi starrt weiter geradeaus und scheint mit dem Gespräch fertig zu sein.

„Keine Sorge, Grandma", sage ich. „Ich weiß, was ich tun muss."

Meinen schmutzigen, versauten Spaß mit dem Bürgermeister von Summerdale haben.

Sobald wir die Beziehungssache geklärt haben. Levi kann unmöglich glauben, dass ich ihn zu einer Woche in Vegas mitgenommen habe, um so etwas Großes wie eine Beziehung zu beginnen. Das hat er wohl nur meinen Großeltern zuliebe gesagt, damit sie uns in Ruhe lassen.

Grandma tätschelt meine Schulter. „Braves Mädchen. Ich bin mir sicher, dass die richtige Reihenfolge bei diesem hier zu einem viel besseren Ergebnis führen wird. Das ist einer, den du behalten musst."

Ha! Die richtige Reihenfolge steht nicht zur Debatte. Ich schätze, wir sind dazu verdammt, wilden Sex zu haben und für immer mit nichts als unseren glücklichen Erinnerungen davonzugehen. Meine Brust verkrampft sich. Das klingt nicht so lustig, wie ich es mir vorgestellt habe.

8

Galena

In dem Moment, als wir wieder in unser Hotelzimmer zurückkommen, lasse ich mich mit dem Gesicht nach unten aufs Bett fallen, meinen Kopf auf das seidig weiche Kissen. Ich bin erschöpft nach den Stunden im Casino. Grandma, Levi und die Freunde hatten alle Spaß an den Spielautomaten. Ich hab' zwanzig Mäuse verloren und mich mit Grandpa an den Pokertisch zurückgezogen.

Die Matratze mir gegenüber knarrt, während Levi es sich auf dem anderen Queensize-Bett bequem macht. Ich öffne ein Auge ein Stück. Er sitzt aufrecht, lehnt sich mit dem Rücken an das Kopfteil, hat die Schuhe aus, wirkt entspannt. Die Entspannung ist bei mir vorüber, nach all den glänzenden Lichtern und dem konstanten Lärm von Münzen, die in Metallauffangbehälter klappern, piepsenden Spielautomaten und Freudenrufen. Ich brauche absolute Ruhe.

Levi meldet sich zu Wort, „Ich habe gehört, dass es eine coole Zirkusshow in der Stadt gibt. Du weißt schon: mit Akrobatik. So etwas habe ich noch nie gesehen. Wie wäre es mit Essen und einer Show heute Abend?"

Ich wende meinen Kopf zu ihm. „Ich bin sensorisch überlastet. Eine Show kann ich, glaube ich, nicht ertragen. Ich bin mir nicht einmal sicher, was das Abendessen angeht."

Er schwingt seine Beine auf den Boden und sieht mich an. „Du hast in den letzten Tagen viel durchgemacht."

„Ja, es war ein Wirbelwind."

Seine Lippen verziehen sich zu einem unwiderstehlichen Lächeln. Mein Herz schlägt kräftiger, obwohl ich gedacht hätte, die Erschöpfung würde das verhindern. Levi geht mir einfach unter die Haut. „Deine Großeltern hatten dazu einige Meinungen. Es scheint, als hätten sie ihre stürmische Romanze genossen."

Ich setze mich auf und stütze die Kissen hinter mir gegen das Kopfteil. „Das, was du vorhin im Auto zu ihnen gesagt hast, hast du nur gesagt, damit wir sie aus den Füßen bekommen, richtig?"

„Nein. Ich finde dich wirklich schön, klug und erstaunlich."

Die Alarmglocken schrillen durch mich. Glaubt er tatsächlich, dass dies der erste Tag einer Beziehung ist? Wird meine erste Sexkapade verglühen, bevor sie überhaupt angefangen hat? Nicht, dass ich genau weiß, wie man eine Sexkapade anfängt. „Ich dachte, wir hätten darüber schon gesprochen, als wir beim Abendessen im Horseman Inn waren. Ich sagte, ich sei noch nicht bereit, etwas anzufangen, und du sagtest: ‚Absolut'."

„Was dachtest du denn, dass ich meine?"

„Was *hast* du gemeint?"

Seine Augen sind auf meine gerichtet. „Dass es zu früh für eine feste Beziehung für dich war."

Ich stoße einen erleichterten Atemzug aus. „Genau. Ich habe gerade eine lange Beziehung mit dem Mann beendet, den ich fast geheiratet hätte. Gut. Wir sind auf derselben Seite. Dies ist für uns nicht der erste Tag einer neuen Beziehung."

Er beugt sich vor, stützt seine Ellbogen auf die Knie. „Also bin ich doch dein Lückenbüßer."

„Nein, nicht wirklich. Ich werde dich nicht benutzen, um über ihn hinwegzukommen." Ich greife nach ihm, um seine Hand zu drücken, aber er ist zu weit weg, um ihn zu erreichen, und er kommt mir nicht auf halbem Weg entgegen. Ich lasse meine Hand fallen, fühle mich tiefer als tief. „Ich hoffe, du hast nicht das Gefühl, dass ich dich benutze. Ich dachte nur, wir könnten, du weißt schon, zusammen Spaß haben."

„Definiere Spaß."

Himmel, das ist viel schwieriger, als ich erwartet habe. Hier sind wir, zwei Singles in einem Hotelzimmer, und ich weiß nicht, wie ich die Dinge in Gang bringen soll. Er fühlt sich so weit weg an, wie er da auf dem anderen Bett sitzt. Soll ich mich zu ihm gesellen? Soll ich mich einfach ausziehen? Ich bin noch nie eine Verführerin gewesen. Ich weiß nicht einmal, wie man flirtet. Kevin und ich haben gedanklich korrespondiert. *Denk nicht an ihn!*

„Es gibt viele unterhaltsame Aktivitäten in Vegas", sage ich lahm.

Er hebt seine Augenbrauen und sieht mich erwartungsvoll an. Es scheint, als wäre er nicht der Typ, der sich auf eine Frau stürzt, ohne dass die Parameter geklärt sind. Vielleicht ist er mehr Wissenschaftler, als ich dachte. Das würde meine unmittelbare Anziehung erklären und meine verrückten Körperreaktionen, wenn er sich nähert.

Ich atme tief durch. „Zum Beispiel mit einem guten Buch am Pool rumhängen."

„Dafür brauchst du mich nicht."

Ich befeuchte meine Lippen. *Wird er mich wirklich zwingen, es auszusprechen?* „Und eine Gondelfahrt durch die Kanäle des Hotels machen. Das möchte ich nicht allein tun."

„M-hmm. Sonst noch etwas?"

Ich verziehe das Gesicht. „Es laut auszusprechen, klingt irgendwie schlecht, als würde ich dich nur für einen Zweck als eine Sache sehen, aber das stimmt überhaupt nicht. Ich kann definitiv sagen, dass du ein guter Mensch bist, der auch mein Freund sein könnte."

„Freund", wiederholt er, als wäre es ein schmutziges Wort. „Ich habe ausreichend viele Freunde, Galena." Seine Stimme hat jetzt einen rauen Ton, der mich glauben lässt, dass er weiß, worauf ich hinauswill. Er möchte nur, dass ich es ausspreche.

Ich blicke zur Decke und zurück zu ihm. „Du scheinst mit deiner wilden Seite in Kontakt zu stehen, und ich möchte meine entdecken. Wie auf deiner Harley und –", ich hüstele, „– nackt."

Er neigt den Kopf. „Dann willst du einfach nur Sex ohne Verpflichtungen, und das war's."

„Ja!" Ich bin erleichtert, dass er es versteht. Ich war mir nicht sicher, wie ich das nett ausdrücken konnte.

Er richtet sich auf. „Vielen Dank für die Klarstellung."

Dieser Mann ist der Hammer. Er versteht es, und er hat mir sogar gedankt, dass ich mich bemüht habe, klar zu kommunizieren. Ich lächle. „Du bist toll mit älteren Menschen. Meine Großeltern haben dich geliebt."

Er verzieht das Gesicht und steht vom Bett auf, macht eine Tour durch das Wohnzimmer statt zu mir. Ich dachte, wir würden jetzt mit dem Spaß anfangen. Ich verberge meine Enttäuschung und rutsche wieder runter auf die Matratze. Auch gut. Ich bin ausgelaugt.

„Dies ist das größte Hotelzimmer, in dem ich je übernachtet habe", sagt er. Wir sind in der Honeymoon-Suite. Es gibt ein abgesenktes Wohnzimmer mit Sofa, Fernseher und ein paar Plüschsesseln.

„Siebzig Quadratmeter." Was soll ich sagen, ich habe einen Kopf für Zahlen, und ich erinnere mich an diese Tatsache von der Buchung vor ein paar Monaten.

Er geht die zwei Stufen hoch zum Schlafzimmerbereich und weiter zum Badezimmer. Er stößt einen lauten Pfiff aus und kommt zurück ins Schlafzimmer. „Marmor, so weit das Auge reicht, eine Badewanne für zwei Personen und eine große Dusche mit zwei Auslässen. Scheint eine Menge Möglichkeiten für Flitterwochen-Aktivitäten zu geben." Er wackelt mit den Augenbrauen, und mein Blutdruck steigt in die Höhe. Ich habe noch nie etwas in einer Badewanne oder Dusche gemacht. Nur das Bett für nackte Aktivitäten.

„Das wäre wirklich wild. Ich bin mir jedoch nicht sicher, wie komfortabel das wäre."

Er grinst und kehrt zurück, um sich mit Blick zu mir aufs Bett zu setzen. „Es gibt auch luxuriöse Toilettenartikel. Meine Schwester gibt ein Vermögen für das Zeug aus."

Ich drehe mich auf meine Seite. „Davon weiß ich nichts." Ich atme tief durch und will ihn gerade schon fragen, ob er sich ausziehen will. Nein, warte. Ich muss ihn vorher aufwärmen. Ich werde ihn bitten, eine Gondelfahrt mit mir als Vorspiel zu machen. Es soll romantisch sein, die Stimmung wecken. Irgendwie bekomme ich die Worte nicht raus.

Ich rolle auf meinen Rücken und starre an die Decke. „Was hat Grandpa gesagt, als er mit dir auf die Terrasse gegangen ist?"

„Er hat mich gefragt, ob ich dir treu sein würde, und ich sagte Ja."

Ich drehe mich wieder auf die Seite. „Sonst noch etwas?"

„Er hat mich auch gefragt, ob ich schon immer ein monogamer Typ gewesen wäre oder ob es für mich neu ist." Er hält inne, ein Lächeln umspielt seine Mundwinkel. „Ich habe ihm gesagt, dass es viel zu viel Arbeit machen würde, mehrere Frauen glücklich zu halten. Da hat er gelacht."

Ich presse meine Lippen aufeinander. „Es ist nicht schwierig, Frauen glücklich zu halten. Zumindest mich nicht."

„Ja, was macht dich glücklich?"

„Solange wir uns nicht um Dinge streiten, ist alles gut."

„Das war's? Nicht streiten? Was, wenn man sich streitet und dann wieder versöhnt? Könnte es danach nicht wieder gut sein?"

„Kevin und ich haben uns nie gestritten. Es war friedlich."

„Die Ergebnisse sprechen dabei für sich. Wie auch immer, dein Großvater hat einen tollen Sinn für Humor. Er sagte, er sei froh, dass ich nur eine Frau glücklich machen wolle; andernfalls müsse er mir die Kniescheiben brechen."

Ich verziehe das Gesicht. Grandpa würde nicht so weit gehen, aber er würde auf jeden Fall einem Kerl nachstellen, der seiner Enkelin Unrecht getan hat.

Seine Augen werden größer. „Das war ein Scherz, oder?"

„Oh ja. Auf jeden Fall."

„Er fragte mich auch, ob ich immer versuchen werde, dich glücklich zu machen, in guten wie in schlechten Zeiten. Und ich sagte ihm, ich werde mein Bestes geben."

Ich seufze. „Du bist zu gut. Meine Großeltern werden denken, dass ich schrecklich bin, weil ich dich verlassen habe."

Er wird ernst. „Dann verlass mich nicht."

Ich schlucke. „Ich dachte, wir hätten uns auf eine Woche Spaß geeinigt."

Er hebt seine Hände. „Nach dem Hochzeitsempfang, den wir hatten, fühlt es sich an, als wären wir schon vorgetäuscht verheiratet. Lass uns das ganz ausspielen. Ich wette, Flitterwöchner bekommen hier alle möglichen Vorteile."

„Was! Das ist verrückt."

„Verrückter als für einen Hochzeitsempfang vorzutäuschen, verheiratet zu sein?"

„Ich hatte keine Ahnung, dass sie sich solch eine Mühe machen würden.

Er hebt die Brauen. „Wir sind auf dem Weg hierher an ein paar Hochzeitskapellen vorbeigefahren. Sag' ich nur so."

„Nicht lustig."

Er lächelt, seine Augen blicken warm in meine. „Sieh dir das an, unser erster Streit. Und wir tun erst seit einem Tag so, als wären wir verheiratet."

Meine Gedanken wandern zu der Party, als Levi seine Braut auf dramatischste Weise geküsst und mich über seinen Arm gebeugt hat. „Wirst du die Braut noch einmal küssen?"

Seine Stimme senkt sich zu einem rauen Ton. „Möchtest du, dass ich die Braut noch einmal küsse?"

Eine Hitzewallung strömt durch meinen Körper bei dem Gedanken. So sehr ja. Mein Mund wird trocken. „Ich denke schon, ja."

„Du *denkst* schon? Ich werde warten, bis du es sicher weißt. Wie wäre es damit: Ich werde dich nur küssen, wenn jemand sagt, ich solle die Braut küssen. Wie hoch ist die Wahrscheinlichkeit, dass das erneut geschieht?"

Ich erinnere mich an die beiden Junggesellinnenabschiede und ein frisch verheiratetes Paar mit Hochzeitsschleier und Zylinder, die ich vorhin im Casino unter vielen anderen Paaren gesehen habe. „Ausgehend von der heutigen Stichprobengröße, ohne die fast verheirateten Personen zu berücksichtigen, würde ich sagen, dass die Chancen eins zu zehn liegen."

Er grinst. „Bitte sehr! In neun von zehn Fällen muss ich dich nicht küssen."

Muss mich küssen? Ich bin ein wenig angefressen, dass es ihm nicht so gefallen hat, wie ich dachte. Scheinbar, obwohl er verstanden hat, dass *ich* unverbindlichen Sex will, will *er* nur eine Reise nach Vegas. Ich muss mir diesen rauen Ton eingebildet haben. Wie konnte ich so falsch gelegen haben? Gott sei Dank habe ich mich nicht einfach ausgezogen, um meine Botschaft zu vermitteln. Er hätte mir wahrscheinlich meine Klamotten gereicht und gesagt, ich solle mich wieder anziehen.

„Ergibt das mathematisch Sinn?", fragt er.

„Ja, natürlich."

„Ich bin froh, dass wir das geregelt haben. Bist du bereit für das Abendessen und eine Show in einer Stunde?"

Ich rolle auf meinen Rücken. „Ich bin sensorisch immer noch überlastet."

Er steht auf und streckt sich. „Dann nehme ich an, du bist introvertiert."

Ich stütze mich auf einen Ellbogen, um ihn anzusehen. „Und du bist extrovertiert."

„Es hilft, wenn man Bürgermeister ist, Energie zu gewinnen, je mehr Menschen man anspricht. Ich bin fast immer in einer Menge. Wie wäre es, wenn wir uns zusammentun? Wir machen heute Abend was Introvertiertes für dich, und morgen kommen Abendessen und eine Show."

Woher soll er wissen, was ein introvertiertes Ding ist? Ich sehe jetzt, dass wir nicht miteinander kompatibel wären. Wir sind völlige Gegensätze – extrovertiert und introvertiert. Und er denkt nicht, dass Streiten eine große Sache ist. Ich schätze Frieden und Ruhe zu sehr, um mich mit einem Mann in emotionale Auseinandersetzungen zu verwickeln. Ich hatte genug davon, mit meiner Schwester und meiner Mom, die in meiner Kindheit immer aneinandergerieten. Es wurde laut in unserer winzigen Wohnung.

„Und?", fragt er.

„Was für introvertierte Dinge?"

„Andere Städte, andere Sitten …"

„Heißt es nicht, andere Länder?"

„Geh mit mir mit."

∾

Levi

Galena seufzt leise, während wir in einer Gondel auf einem Kanal im riesigen Resort treiben. Das lange, schwarze Boot mit flachem Boden ist bequemer, als ich dachte. Wir sitzen auf einem roten gepolsterten Ledersitz mit Blick auf die Gondoliere, eine junge Frau in einem blau-weiß gestreiften Hemd, mit einem roten Tuch um den Hals, einer roten Schärpe als Gürtel und einem Strohhut. Sieht für mich authentisch aus.

Ich hatte also nicht erwartet, dass eine Reise nach Vegas alles bedeutet, aber ich dachte, es wäre der Anfang von *etwas*. Galena will nur Sex. Ich sage nicht, dass ich Sex ablehne, aber ich hatte auf Sex plus etwas mehr gehofft. Ich mag sie sehr, und ich war froh, endlich meine Chance bei ihr zu bekommen, nachdem ich sie zwei Monate in der Stadt gesehen und mir gewünscht habe, sie wäre nicht mit dem Kerl zusammen, der sie nicht verdient hatte.

Ich versuche, meine optimistischen Erwartungen nicht unsere gemeinsame Zeit ruinieren zu lassen. Wer weiß, vielleicht wird sie nach einer gemeinsamen Woche anders denken. Solange es etwas Echtes ist, und ich nicht nur der Lückenbüßer-Typ bin. Das wäre das Schlimmste.

„Es ist friedlich, nicht wahr?", frage ich.

Galena nickt, ein ruhiges Lächeln auf ihrem schönen Gesicht. Mein Herz schlägt schneller, mein Bauch verspannt sich vor Verlangen. Diese Frau stellt etwas mit mir an, mit nur einem Lächeln.

Wir gleiten an einer Nachbildung vom Markusplatz vorbei, wie auf dem Schild steht. Es gibt eine Brücke vor uns und zu meiner Linken einen Platz mit Geschäften und Restaurants. Sie haben sogar altmodische Straßenlaternen aus Schmiedeeisen, jede glüht mit mehreren Lichtern.

Und dann überrascht uns die Gondoliere, indem sie auf Italienisch singt!

Galenas Augen sind ganz groß, während sie mich mit einem riesigen Lächeln ansieht.

Ich kann nicht widerstehen und drücke ihre Hand. „Ich wollte schon immer mal nach Italien", flüstere ich.

„Das ist mir bis jetzt noch nicht in den Sinn gekommen", flüstert sie zurück.

Nach drei Liedern kehren wir in eine angenehme Stille zurück.

„Das ist so cool", flüstert Galena. „Ich kann mir nur vorstellen, wie es in Wirklichkeit wäre. Magisch."

Ich halte meine Stimme leise und lehne mich an ihr Ohr. „Wir können hier in einem der italienischen Restaurants zu Abend essen. Ich werde um einen Tisch hinten bitten, damit es ruhig ist."

„Wieso bist du so gut in der introvertierten Sache?"

Ich lache. „Meine Mom und meine Schwester sind introvertiert. Echte Bücherwürmer. Dad und ich waren immer die Aufgeschlosseneren. Es gleicht sich alles aus."

Wir steigen aus der Gondel in der Nähe eines Restaurants aus, das die Gondoliere empfiehlt. Es ist noch nicht die beste Abendessenszeit, daher glaube ich nicht, dass es ein Problem sein wird, einen Tisch zu bekommen.

Das italienische Restaurant hat Fresken an den Wänden in goldenen Tönen, mit mehreren Tischen vorn und einem privateren Hinterzimmer. Weiße Tischdecken, Stoffservietten,

Kristallgläser. Die Gondoliere hat gut gewählt. Ein paar Paare sind da, es ist noch nicht zu voll. Ich gehe zur Rezeption und bitte um einen ruhigen Tisch im Hinterzimmer.

„Lassen Sie mich nachsehen", sagt der Tischanweiser.

Galena streicht ihr Blumenkleid glatt und starrt ihre Sneakers an. „Meinst du, ich hätte mich umziehen sollen? Ich bin mir nicht sicher, ob ich für dieses Lokal gut genug gekleidet bin."

„Das hier ist Vegas. Sie sind es gewohnt, dass Leute gleich aus dem Casino in allen möglichen Outfits kommen. Sie werfen uns nicht raus. Ich trage Shorts."

„Aber du trägst schöne Lederschuhe. Ich trage Sneaker."

„Dein Kleid ist fantastisch."

Sie lacht. „Fantastisch, wie?"

„All diese Knöpfe und Rosen. Das fällt einem wirklich auf."

Sie sieht zweimal hin, um festzustellen, ob ich scherze. Es ist ein wenig peinlich, wie sehr ich an diese Knöpfe gedacht habe. Und sie zu öffnen, einen nach dem anderen.

„Danke", sagt sie herzlich und hat entschieden, dass ich aufrichtig bin. „Bei dir sehen Khaki-Shorts gut aus. Und frische T-Shirts. Das fällt einem wirklich auf." Sie starrt auf meine Schulter, ihr Blick bewegt sich zu meiner Brust. Ich trainiere und freue mich, dass sie das zu schätzen weiß. Wissen Sie was? Sex ist ein großartiger Anfang.

Ich senke meine Stimme zu einem rauen Ton. „Danke."

Ihre Wangen erröten, und sie wendet verschämt den Blick ab. Es muss sie Nerven gekostet haben, mir zu sagen, dass sie ihre wilde Seite mit mir erkunden will. Sie scheint etwas schüchtern zu sein, wenn es um sexy Sachen geht.

Der Tischanweiser kehrt mit den Speisekarten zurück. „Wir haben das Hinterzimmer noch nicht geöffnet, aber es ist jetzt fertig. Sie werden als Erste dort sitzen."

„Toll, vielen Dank", sage ich.

Ich lege eine Hand an Galenas Rücken und führe sie mit mir hinein. Sie wird rot und sieht zu mir auf.

„Sind Sie geschäftlich oder zum Vergnügen hier?", fragt

uns der Tischanweiser auf dem Weg zum Hinterzimmer. Er ist ein junger Mann mit kurzen roten Haaren.

„Vergnügen", sagt Galena. „Mein Geschäft ist weit von hier entfernt."

Sie ist so lächerlich sachlich bei allem. Vorhin hat sie mir die genaue Quadratmeterzahl unseres Hotelzimmers genannt. Ich habe nachgesehen und sie hatte recht.

„Wir sind frisch verheiratet", lüge ich.

Galenas Augenbrauen schießen hoch, während sie mir einen vielsagenden Blick zuwirft.

„Wunderbar", sagt der Tischanweiser. „Herzlichen Glückwunsch!" Er hilft Galena mit ihrem Stuhl und reicht ihr eine Speisekarte.

Ich setze mich, und er gibt auch mir eine Karte.

„Möchten Sie einen Champagner aufs Haus?", fragt er uns.

„Gern", sage ich.

Sobald er geht, flüstert Galena heftig: „Wir dürfen nicht lügen!"

„Niemand wird nachsehen. Frischvermählte bekommen Vergünstigungen. Du musst nichts anderes tun, als Champagner zu genießen, eine besondere Behandlung zu bekommen und vielleicht ein kostenloses Dessert. Du hast es dir verdient. Schließlich sind das unsere Flitterwochen."

Sie nimmt ihre Brille ab und putzt sie mit einer Stoffserviette. „Erinnere mich nicht daran."

„Tut mir leid! Ich hoffe, dass deine Erfahrung mit mir weitaus besser sein wird."

Sie blinzelt mich ein paar Mal an, bevor sie ihre Brille wieder aufsetzt. „Wie wäre es, wenn wir uns morgen an den Pool setzen und ein Buch lesen?"

„Klingt nach einer vielversprechenden Möglichkeit, einen Nachmittag zu verbringen. Ich habe gehört, dass es dort Cabanas mit Barservice und Essenslieferung von einem Gourmetrestaurant gibt."

Sie lächelt, einen sanften Blick in den Augen. „Du bist so entgegenkommend. Zunächst dachte ich, wir würden uns darüber streiten, was wir machen sollen, aber du scheinst glücklich zu sein, das zu tun, was ich will."

„Wir machen morgen aber trotzdem Abendessen und eine Show, was ich wollte."

Sie nickt einmal. „Es ist nur fair, abwechselnd zu tun, was jeder von uns will."

„Worüber würden wir streiten, wenn wir uns streiten, was meinst du?"

Sie neigt den Kopf. „Ich habe keine Ahnung. Du scheinst ein erstklassiger Verhandlungsführer zu sein. Diese ganze Zeit als Bürgermeister hat dir scheinbar wirklich geholfen. Hattest du viele erfolgreiche Beziehungen?"

Ich bin überrascht, dass sie fragt. Zieht sie mich als potenziellen Beziehungskandidaten in Betracht? Ich bekomme hier wirklich gemischte Signale. Vielleicht will ein Teil von ihr mit mir zusammen sein, sie ist nur jetzt gerade nicht bereit. Das ist verständlich, da sie gestern erst am Altar sitzengelassen wurde. Es *war* ein Wirbelwind.

Andererseits ist meine Erfahrung nicht so großartig, und ich sage es ungern, denn es klingt, als wäre ich nicht in der Lage, mich zu binden, während ich sicher bin, dass ich mit der richtigen Frau zusammen sein könnte. Ich dachte eine Weile, Alissa wäre diese Frau. Ich möchte jemanden, mit dem ich mein Leben teilen kann.

„Ich werde es dir einfacher machen", sagt sie. „Antworte einfach mit Ja oder Nein darauf, ob du viele erfolgreiche Beziehungen hattest."

„Nein."

„Hmm ..."

Ich versuche, mir eine Erklärung einfallen zu lassen, die mich gut aussehen lässt. Dass es langweilig wurde oder es einfach nie geklappt hat, klingt lahm. Gott sei Dank springt sie ein.

„Kevin war meine einzige ernste Beziehung. Du weißt ja, wie das gelaufen ist."

Es trifft mich plötzlich, dass sie Beziehungen erwähnt hat,

um mich wissen zu lassen, dass sie nur mit einem Kerl zusammen war. Ich wähle meine Worte sorgfältig aus.

„Also hast du vor ihm gedatet, aber es ging nirgendwo hin?"

„Mal sehen." Sie blickt zur Decke und zurück zu mir. „Zwei Jahre und zwei Monate mit Kevin waren meine längste Beziehung, und es lief bis zum Ende reibungslos. Ich schätze, das kann man nicht mehr als Erfolg bezeichnen. In der Uni war ich einen Monat mit einem anderen Statistikstudenten zusammen. Davor hat nichts länger als zwei Dates gedauert. Ich habe einfach das Interesse verloren, oder sie taten es." Der letzte Teil war gemurmelt.

„Würde es schlimm klingen, wenn ich sagte, dass ich noch nie etwas hatte, das länger als einen Monat gehalten hat?"

„Würde es schlimm klingen, wenn ich sagte, dass ich nur mit einem Mann zusammen war?"

„Mit ‚zusammen war' meinst du ..."

Sie schlägt auf den Tisch. „Jupp."

Wenn sie nur mit einem Mann Sex hatte, klingt ihre Behauptung, unverbindlichen Sex mit mir zu wollen, nicht ganz wahr. Es scheint, als hätte sie das noch nie zuvor getan, also warum sollte sie das sagen, wenn sie nicht das Potenzial für mehr in Betracht gezogen hat? Das muss es sein. Sie ist nervös nach ihrer gescheiterten Hochzeit, das ist alles. Ich entspanne mich ein wenig. Ich bin nicht der Lückenbüßer-Typ. Ich bin der Kerl, mit dem sie wirklich zusammen sein will. Sie muss nur lernen, dass sie mir vertrauen kann.

In dem Augenblick kommt der Kellner mit zwei Gläsern Champagner und einem kleinen Teller mit irgendwas, das in Prosciutto gewickelt ist.

„Herzlichen Glückwunsch", sagt er und stellt alles ab. „Dies sind in Prosciutto gehüllte Feigen mit Empfehlung des Küchenchefs."

„Danke", sage ich.

„Danke", wiederholt Galena und sieht nach schlechtem Gewissen aus wegen unserer kostenlosen Flitterwochen-Geschenke

Sobald der Kellner geht, sage ich ihr: „Entspann dich. Sie sind auf so etwas vorbereitet. Ich bin mir sicher, dass es jede Menge Champagner und Feigen für alle Frischvermählten gibt, die hierherkommen." Ich halte mein Glas hoch, um auf sie anzustoßen.

Sie hält ihr Glas hoch. „Ich lüge nicht gern. Zuerst haben wir meine Großeltern glauben lassen, dass du mein Mann bist, und jetzt sind wir falsche Flitterwöchner in einem Restaurant. Das gerät außer Kontrolle."

„Auf Spaß außer Kontrolle", sage ich, indem ich ihr Glas mit meinem anstoße. Ich trinke einen Schluck Champagner. Er ist gut.

Sie atmet kräftig aus. „Ich habe mir selbst versprochen, mehr Spaß zu haben und nicht so viel über die Erfolgs-chancen nachzudenken." Sie nippt einen vorsichtigen Schluck Champagner. „Mmm, der ist wirklich gut." Sie trinkt noch einen Schluck und probiert dann eine Feige.

Auch ich nehme eine. Der salzige Prosciutto passt gut zu der süßen Feige.

Als wir unseren Champagner geleert haben, ist Galena deutlich entspannter. Sie seufzt und lehnt sich zurück in ihrem Stuhl. „Da ich jetzt am Tisch sitze, kann niemand meine Sneakers sehen, also passe ich besser rein. Ahhh! Das ist Leben."

„Dem stimme ich zu."

Der Kellner kommt zurück, um unsere Bestellungen entgegenzunehmen. Ich bestelle ein Florentiner Steak, und Galena entscheidet sich für das Hühnerfrikassee.

Sie beugt sich über den Tisch zu mir. „Also, hast du eine Bindungs-Phobie? Bin nur neugierig."

Ich setze mich gerader auf. Sie zieht mich definitiv als potenziellen Beziehungskandidaten in Betracht. „Ich bin offen für eine Beziehung mit der *richtigen* Frau."

Ihre Wangen laufen rot an, und sie glättet ihr Haar über ihre Ohren zurück und sieht weg.

Ein anderes Paar kommt ins Hinterzimmer.

„Verdammt", flüstert Galena.

Sie bekommen einen Tisch in der Ecke, hinter uns. „Wir sind in den Flitterwochen", sagt die Frau zum Tischanweiser.

„Wunderbar! Herzlichen Glückwunsch", sagt der Tischanweiser genauso, wie er es uns gesagt hat. „Möchten Sie einen Champagner aufs Haus?"

Ich hebe meine Augenbrauen in Richtung Galena, die ein Lachen verbirgt.

Der Tischanweiser geht.

Galena beugt sich zu einem Flüstern vor: „Du hattest recht. Und ich sehe auch bei denen keine Eheringe."

Ich beuge mich ebenfalls über den Tisch, nah genug, um die Ladung der Elektrizität zu spüren, wenn wir einander so nahekommen. „Nicht jeder trägt einen Ehering."

„Küss die Braut", sagt die Frau zu dem Mann, mit dem sie zusammen ist. Ehemann? Freund?

„Du weißt, was das bedeutet", sage ich zu Galena, halb im Spaß, halb nicht. Ich hatte versprochen, ich küsse sie nur, wenn wir die Aufforderung hören, die Braut zu küssen.

„Ja, ich weiß", flüstert sie und schließt die Augen.

Ich nehme ihren Kiefer und gebe ihr einen sanften Kuss, der bei dem Kontakt einen Ruck durch mich sendet. Ich ziehe mich zurück, um nach ihr zu sehen, und sie packt meinen Kopf und küsst mich, als ob sie es ernst meint. Rohe Lust rauscht durch mich.

„Woohoo!", ruft die Frau am Nachbartisch. „Sieht so aus, als hätten wir hier noch mehr Frischvermählte!"

Galena zuckt zurück und blickt zu der Frau, die mit den Fingern wackelt und lächelt. Galena winkt ihr leicht zu, wendet sich wieder mir zu und flüstert: „Entschuldigung. Ich weiß nicht, was in mich gefahren ist." Sie starrt auf den Tisch. „Ich stehe nicht auf öffentliche Liebesbekundungen."

Ich hebe ihr Kinn. „Mir hat es gefallen."

Sie sieht sich um. „Ich glaube, wir brauchen mehr Champagner."

9

Galena

Der Champagner zusammen mit dem Tumult der letzten Tage macht mich fertig. Ich habe kaum die Energie, mir ein Tanktop und eine Trainingshose anzuziehen und mir die Zähne zu putzen, bevor ich ins Bett kollabiere. Trotzdem merke ich, dass Levi sich im Zimmer bewegt, bis er sich im Bett neben meinem niederlässt. Er versucht nicht einmal, etwas zu unternehmen. Ich bin ein kleines bisschen enttäuscht, was lächerlich ist. Ich bin im Moment nicht in der Lage, etwas anzufangen.

Das Nächste, was ich weiß, ist, dass Morgen ist. Es ist noch dunkel im Zimmer, nur ein wenig Licht späht durch die Vorhänge. Ich überprüfe die Uhrzeit auf dem Nachttisch. Viertel vor sechs morgens. Na ja, ich war um neun im Bett. Ich sehe zu Levi hinüber. Ein nackter muskulöser Arm liegt auf der Decke, während er friedlich auf seiner Seite schläft, mir zugewandt. Da ist gerade genug Platz für mich. Ich könnte wirklich etwas Kuschelzeit gebrauchen. Oder mehr. Das könnte der einfachste Weg zur Verführung sein. Ich überlege, ob ich mein Tanktop und meine Jogginghose ausziehen soll, und entscheide schnell, dass es zu voreilig ist. Er soll mir auf halbem Weg entgegenkommen.

Ich schlüpfe zu ihm ins Bett, lege mich auf meine Seite,

meinen Rücken an seine Brust wie zwei Löffel, und ziehe seinen Arm um meine Mitte. Es ist wundervoll. Wie in den Armen eines großen, warmen Teddybären zu liegen. Ich mag Levi wirklich. Bei ihm fühle ich mich sicher und aufgeregt zugleich. Ich wusste nicht, dass das möglich ist. Mein ganzer Körper entspannt sich gegen seine Hitze. Es ist so lange her, dass ich gehalten wurde. Kevin kam immer erst spät ins Bett, und ich bin früh aufgestanden. Nicht, dass er jemals ein großer Kuschler gewesen wäre.

Ich möchte nicht an die Vergangenheit denken oder mir Sorgen um die Zukunft machen. Ich möchte nur diesen Moment genießen, eingewickelt in einen Kokon köstlicher Hitze.

Nicht, dass Levi das auch genießt. Ich bringe ihn dazu, mich zu kuscheln. Ich fühle mich zu gut, um deswegen ein schlechtes Gewissen zu haben. Seine warmen braunen Augen kommen mir in den Sinn, die Fältchen in seinen Augenwinkeln, wenn er lächelt. Ich wette, wenn er wach wäre und ich ihn gebeten hätte, mich zu kuscheln, hätte er die Decke geöffnet und gesagt: „Klar, warum nicht?" Meine Augen fallen zu.

Ich wache in einem hellen Raum auf. Mist. Ich hatte nicht einschlafen wollen. Etwas Hartes stößt mir gegen die Hüfte, und ein erregtes Prickeln rauscht durch mich hindurch. Begehrt er mich? Er hat nicht direkt gesagt, dass er bei einer Sexkapade an Bord wäre, als ich es erwähnt habe. Es könnte eine Morgenlatte sein. Kevin hat mir gesagt, das bedeutet nicht, dass ein Kerl interessiert ist; es ist nur eine biologische Sache, die passiert, wenn er schläft. Und das oft.

Ich spähe über meine Schulter.

Er schläft noch. Das war nur die Biologie, die mir in die Hüfte gestochen hat. Verdammt. Ich sollte nicht mal hier sein, um einen ahnungslosen Mann zu knuddeln.

Ich schlüpfe aus dem Bett und fühle mich schrecklich schuldig. Das war das letzte Mal, das schwöre ich.

∿

Levi

Galena hat sich heute Morgen an mich gekuschelt. Ich weiß nicht, wie lange sie schon da war. Ich bin mit einem Traum aufgewacht, in dem ich sie in meinen Armen hielt, und da war sie. Sie riecht süß, ein leichter Fruchtduft vielleicht von ihrem Shampoo; ihre Haut ist so weich, dass ihr geschwungener Körper perfekt an meinem anliegt. Ich frage mich, ob sie morgen wieder in mein Bett kommt. Ich hoffe es. Ich hatte darüber nachgedacht, etwas zu unternehmen, und entschieden, es sei zu früh. Sie soll wissen, dass sie mir mehr als ihren Körper anvertrauen kann. Ich werde nicht noch einmal der Lückenbüßer-Typ sein.

Der Zimmerservice kommt, und ich lasse ihn rein. Ich habe uns Frühstück bestellt. Galena ist immer noch im Badezimmer und macht sich fertig.

Ich gebe dem Kerl Trinkgeld und setze mich in unser vertieftes Wohnzimmer, in einem T-Shirt und Shorts, und füge meinem Kaffee Sahne hinzu. Ich trinke einen langen Schluck und lasse das Essen stehen, bis sie sich mir anschließen kann.

Ein paar Minuten später kommt sie aus dem dampfenden Badezimmer – komplett bekleidet in einem weißen, vorn offenen Jumpsuit und einem alles bedeckenden Badeanzug. Es ist ein blaues Kurzarm-Badeshirt mit passendem Minirock. Zumindest klebt er an ihrem sexy Körper. Sie ist entweder zurückhaltend oder vorsichtig mit der Sonne. Ihr Haar ist nass und auf ihrem Kopf zu einem losen Knoten gesteckt, Brille auf, ihre Wangen gerötet von der Hitze der Dusche.

„Guten Morgen", sage ich.

„Hi!", sagt sie in hoher Tonlage. „Wie hast du geschlafen?"

„Großartig. Was ist mit dir?"

„Viel Schlaf. Oh, dachte ich doch, ich hätte die Tür gehört. Ich liebe Zimmerservice."

„Dachte ich mir. Der Traum eines Introvertierten."

Sie lacht, als sie sich nähert. „Schön, dass du unsere Art verstehst." Sie setzt sich neben mich aufs Sofa und hebt die

Haube von einem Frühstücksteller. „Ich liebe French Toast! Aber was wirst du jetzt essen?"

Ich stupse ihren Arm an. „Können wir nicht teilen?"

„Oh! Ja. Natürlich." Sie klingt unglaublich enttäuscht.

„War bloß ein Scherz! Mir reicht das Obst."

Sie blickt auf meinen kleinen Obstsalat, bevor sie sich über den French Toast hermacht. Schlagsahne und Erdbeerscheiben sind obendrauf. Sie kaut mit geschlossenen Augen, ihr Gesicht strahlt in purem Vergnügen. Lust sammelt sich tief in meinem Bauch.

Sie trinkt einen Schluck Wasser. „Es ist seltsam, aber ich habe das Gefühl, dass wir uns schon so gut kennen."

„Volles Geständnis: Deine Großmutter hat mir erzählt, dass du French Toast magst. Wir haben eine Weile über dich geredet, während wir zusammen an den Spielautomaten gespielt haben. Das war, nachdem du dich auf rechnerisch vernünftigere Weiden begeben hattest."

Sie nimmt noch eine Gabel French Toast. „Sie lieben dich jetzt schon. Kein Wunder, dass du so ein beliebter Bürgermeister bist."

„Woher weißt du, dass ich beliebt bin?"

„Kayla hat mir gesagt, dass alle dich lieben. Sie dachte insgeheim, du solltest auf ihre Freundin Audrey setzen, die anscheinend wahnsinnig in einen Kerl verknallt ist, der überhaupt kein Interesse hat. Aber Audrey sieht dich nur als Freund, weil ihr zusammen aufgewachsen seid."

„Ja, nun, das passiert, wenn man in seiner Heimatstadt lebt. Viele Frauen, die ich seit der Grundschule kenne."

Ein kleines Lächeln umspielt ihre Lippen. „Mich nicht."

Ich kämpfe gegen das Bedürfnis an, sie zu küssen. „Dich nicht."

Ich nehme die Abdeckung von meinem Obstsalat ab und esse mein Frühstück, während sie ihres beendet.

Sobald sie fertig ist, lässt sie sich aufs Sofa fallen. „Ich genieße unseren Urlaub, und ich hatte nicht erwartet ..." Sie spricht nicht weiter und mustert mich. „Amüsierst du dich auch?"

„Das tue ich. Ich habe uns Karten für die Zirkus-Show heute Abend besorgt und uns eine Reservierung für ein Abendessen in der Nähe gemacht."

„Vergiss nicht das Lesen am Pool. Ich trage schon meine Badesachen."

Ich sehe genauer hin. „Solche Badesachen habe ich noch nie gesehen. Es ist fast wie ein Kleid."

„Hautkrebs."

„Hattest du das?"

„Nein, aber ich will ihn auch nicht bekommen. Die Statistik dazu ist beängstigend. Das ist Sonnenschutz zum Überziehen. Ich werde auch Sonnencreme, eine polarisierte Sonnenbrille und einen Schlapphut tragen."

„Wird dir da nicht zu heiß?"

„Genau genommen ist mir jetzt schon heiß. Ich kann ja in den Pool gehen, um mich abzukühlen." Sie steht auf und zieht ihre Verhüllung aus.

Ich nippe meinen Kaffee und tue so, als würde ich es nicht bemerken, während sie sich dann aus ihrem Badeshirt schält. Der Bikini darunter ist ein *Tankini*, nicht besonders freizügig, aber er betont ihre Kurven so, dass es jeden Teil von mir aufhorchen lässt.

Ich stelle meinen Kaffee ab. „Ich werde eine Dusche nehmen." Ich marschiere ins Badezimmer, bevor sie merkt, wie sehr ich sie will.

„Aber du hast dein Frühstück nicht zu Ende gegessen!", ruft sie. „Das ist die wichtigste Mahlzeit des Tages."

Ich stecke meinen Kopf aus dem Badezimmer. „Ich lasse Platz für unser fantastisches Essen heute Abend."

Ihre Augen leuchten auf. „Oh!"

Ich liebe es, dass sie auf Essen steht. Einige Frauen, mit denen ich zusammen war, hielten Diäten, die sie launisch machten, und Gott bewahre, wenn ich vor ihnen etwas aß, von dem sie meinten, sie sollten darauf verzichten.

Sobald ich unter der Dusche bin, gebe ich meiner pochenden Erektion die dringend benötigte Linderung. Die Gedanken an Galena überfluten mein Gehirn, wie ihr Körper sich heute Morgen gegen meinen gekrümmt hat, die Freude auf ihrem Gesicht, während sie gefrühstückt hat, diese üppigen Lippen. Die Unterlippe ist voller als die Oberlippe. Oh Gott.

Jemand klopft an die Tür.

Ich halte inne, kurz vor dem Abgrund. „Einen Moment!"

„Ich muss etwas gestehen", sagt sie durch die Tür.

Ich bin neugierig, aber es gibt hier eine gewisse Dringlichkeit, und wenn sie diese Tür öffnet, wird sie mich durch die gläserne Duschtür sehen, komplett erigiert und bereit zu platzen. „Kann das nicht ein paar Minuten warten?"

Die Tür öffnet sich. „Was?"

„Ich sagte ... Ach, schon gut."

Ich stelle das Wasser ab, schnappe mir ein Handtuch und wickle es um mich.

„Keine Sorge, ich werde meine Augen geschlossen halten", sagt sie.

Ich wische etwas Kondenswasser vom Glas, um sie besser zu sehen. Sie trägt ihre Brille, die Augen sind zu. „Ich habe dich heimlich gekuschelt, während du geschlafen hast. Das schlechte Gewissen bringt mich noch um. Tut mir leid, dass ich das getan habe, ohne zu fragen."

Ich überlege, was hier zu sagen richtig wäre. Soll ich sagen, dass sie in mein Bett klettern kann, wann immer sie will, oder soll ich einfach sagen, kein Problem? Ich will sie zum Bettteilen ermutigen, ohne sie zu verschrecken.

Sie tritt näher. „Hast du gehört, was ich gesagt habe?"

„Du hast dich so schuldig gefühlt, dass du meine Dusche unterbrechen musstest?"

Ihre Augen öffnen sich, ihre Lippen trennen sich, als sie mich durch die Glastür sieht, immer noch tropfend nass. „Tut mir leid!" Wieder schließt sie die Augen. „Doppelte Entschuldigung. Es war das schlechte Gewissen. Oh Mann, jetzt hab' ich es nur schlimmer gemacht." Sie dreht sich um und stößt gegen den Waschtisch. „Au!" Sie muss danach die Augen geöffnet haben, weil sie es ohne weitere Verletzungen bis zur Tür schafft.

Ich bin hin- und hergerissen zwischen Lachen und dem Wunsch, ihr sexy Ich zu mir in die Dusche zu ziehen. Ich hänge das Handtuch wieder auf den Haken und starte das Wasser erneut. Ich hatte noch keine Gelegenheit, mich zu waschen. Danach muss ich einen Schritt auf sie zu machen. Das ist Folter.

Sie hält an der Tür und spricht zur Decke. „Vergibst du mir?"

„Ja."

Sie murmelt etwas, das ich nicht verstehen kann, und geht schließlich. Ich wasche mich, denke an ihr schlechtes Gewissen und ihr Bedürfnis, alles zu gestehen. Dann denke ich darüber nach, wie offen sie mir gegenüber war. Sie hat zugegeben, ein glanzloses Sexleben mit ihrem Ex gehabt zu haben, sagte mir, er sei der Einzige, mit dem sie je zusammen war, und hat bestätigt, dass sie eine Woche Sex ohne Verpflichtungen mit mir will. In diesem Moment werden zwei Dinge kristallklar: Galena ist eine Frau, die direkt und ehrlich ist. Und sie will mich unbedingt. Worauf warte ich noch? Sex kann ein guter Anfang für eine Beziehung sein, das versichere ich mir. Kein Grund, so unerträglich langsam zu sein.

Ein Mann kann nur ein gewisses Maß ertragen.

Ich dusche schnell zu Ende und gehe zurück ins Zimmer, ein Handtuch um meine Hüfte gewickelt. Sie steht am großen Fenster und blickt hinaus auf Vegas. Etwas an ihr ist anders. Ah, sie hat ihre Brille abgenommen.

Ich schließe mich ihr an, und sie sieht mir kurz in die Augen, starrt auf meine Brust und senkt den Blick dann zu meinen Bauchmuskeln und dem Handtuch, das locker um meine Hüften hängt. „Schöne Aussicht", sage ich.

„Ja", sagt sie mit atemloser Stimme.

Meine Lippen verziehen sich zu einem Lächeln. Sie meint mich. „Heute keine Brille?"

„Ich dachte mir, dass ich meine verschreibungspflichtige Sonnenbrille am Pool tragen werde. Ich bin kurzsichtig."

„Dann kannst du mich also klar sehen."

„Sehr." Sie klingt glücklich darüber.

Ich würde sie gern berühren, aber unterlasse es. Sie muss den ersten Schritt machen, damit ich weiß, dass sie bereit ist. Sie hat gerade vor ein paar Tagen eine Verlobung beendet.

„Levi?"

„Ja?" Meine Stimme klingt rau.

„Als ich dich gekuschelt habe, schien es, als ob du ...", sie hält eine Hand hoch. „Nein, schon gut. Biologie."

Biologie?"

Sie atmet scharf aus und wirft mir einen sachlichen Blick zu. „Ich kenne mich mit Morgenlatten aus."

Ich verkneife mir ein Lächeln. „Weißt du, was es mit einem Mann macht, wenn sich eine sexy Frau an ihn drückt?"

Ihre Augen werden größer. „Du hältst mich für sexy? Warte, du warst wach?"

„Ja zu beidem. Ich bin erst ein paar Minuten, bevor du das Bett verlassen hast, aufgewacht."

Sie berührt ihre Stirn. „Und ich habe mich so schuldig gefühlt, dass ich bei deiner Dusche reingeplatzt bin, um zu gestehen."

„Ich hatte dich gern bei mir im Bett."

Ihre Augen leuchten auf. „Und ich war gerne dort. Es war wundervoll. Du bist wundervoll."

Sie findet mich wundervoll. Das bedeutet, sie sieht in mir mehr als nur eine zwanglose Affäre.

Sie hebt eine Hand in Richtung meiner Schulter, und ich werde stocksteif und lasse sie ihren Schritt machen.

Sie lässt ihre Hand abrupt fallen. „Wir können meinen Großeltern nicht sagen, dass wir zusammen in der Flitterwochen-Suite sind. Wir werden sie wahrscheinlich diese Woche wiedersehen, also wäre es das Beste, wenn wir sagen würden, dass wir in separaten Zimmern sind."

„Okay für mich."

Sie starrt geradeaus. „Meine Familie findet, dass ich mit Jungs etwas zu frei bin, obwohl ich nur mit einem Mann zusammen war."

„Wenn du nur mit einem Mann zusammen warst, warum denkt deine Familie dann, dass du zu frei mit Männern bist?"

„Kein Sex vor der Ehe. Sie waren nicht glücklich mit mir, als ich mit Kevin zusammengezogen bin. Sie haben so getan, als gäbe es ihn nicht. Tatsächlich wollten sie ihn nie kennen-lernen, weshalb meine Großeltern dachten, du wärst er, da sie ihn nie zuvor getroffen hatten. Jedenfalls war es für sie endlich in Ordnung, als ich sagte, dass wir es offiziell machen würden."

„Okay", sage ich langsam. Ich kann mir nur vorstellen, wie schwer es ist, nach den Standards ihrer Familie zu leben. Sie hat zu viele Schuldgefühle. Obwohl es vermutlich gut ist zu wissen, dass sie immer ehrlich sein will. Es klingt, als wäre sie immer noch unentschlossen, mit mir körperlich zu werden, rein aus Schuldperspektive.

Ich denke über unsere Optionen nach. „Wir sind also entweder verheiratet und haben zugelassenen Geschlechts-verkehr, oder nicht verheiratet und haben keinen Geschlechts-verkehr. Was bevorzugst du?"

Sie starrt auf meinen Mund und befeuchtet ihre Lippen. Weiß sie, was sie mir antut?

Ich rutsche näher. „Galena?"

„Ich mag keine dieser Optionen, aber ich mag es wirklich, wie du ‚Sex' sagst."

Jeder Teil von mir geht in Habachtstellung. Wer hätte gedacht, dass Ehrlichkeit so sexy sein kann? Ihr Blick landet auf meinem, und das Blut strömt durch meine Adern.

Ich schließe die Vorhänge mit einem schnellen Ruck.

„Küss die Braut", sagt sie.

Mehr Ermunterung brauche ich nicht. Sie hat den ersten Schritt gemacht. Ich lege meine Hand in ihren Nacken, ziehe sie an mich und küsse sie.

~

Galena

Ich weiß nicht, was in mich gefahren ist. In einer Minute

erhalte ich eine ahnungslose SMS von Kevin, in der er fragt, wo ich bin, und im nächsten Moment ist Levi in einem Handtuch bei mir, und ich küsse ihn wie eine wilde Frau.

Meine Hände führen ihr eigenes Leben, sie wandern herum und drücken all die harten, heißen Muskeln. Die Leidenschaft reißt mich mit sich. Mir ist schwindlig vor Lust. Verrückt heiß.

Er unterbricht den Kuss, schmiegt sich an meinen Hals, schickt elektrisches Prickeln durch mich, überall, wo er mich berührt. Ich will dringend und unbedingt näherkommen. Ich reiße ihm das Handtuch herunter. Sein Blick trifft auf meinen, glühend heiß.

Ich blicke hinunter auf eine prächtige Erektion. Dafür war ich verantwortlich. Er ist der sexyste Mann, den ich je gesehen habe, und er will mich. Ich habe Schwierigkeiten, meinen Badeanzug auszuziehen, das Ding klammert sich an mich. Er ist neu für meine Reise, und der Stoff ist unerbittlich eng. „Bitte hilf mir mit dem Ding!"

Levi drückt meine Hände weg und zieht ihn mir mit Leichtigkeit aus. Kühle Luft trifft auf heiße Haut, und ich stöhne. Keine Zeit, um unsicher zu sein mit dieser neu entdeckten Leidenschaft. Ich lege meine Arme um seinen Hals, drücke meinen Körper gegen seinen, während ich ihn hungrig küsse und unsere Zungen miteinander tanzen.

Er schiebt mich zurück und hebt mich dann hoch. Ich lege meine Arme und Beine um ihn, während er mich die zwei Stufen zum Schlafzimmer hinaufträgt.

Er legt mich sanft auf sein Bett, die Decke ist immer noch zur Seite geschoben, und ich lande auf dem kühlen Laken. Er bedeckt mich mit seinem Körper und küsst mich innig. Das ungewöhnliche Kratzen seines Barts an mir, sein frischer, sauberer Duft, die Hitze seines harten Körpers. Alles vereint sich zu einer Wolke von Empfindungen.

Ich unterbreche den Kuss und schnappe nach Luft. „Ich will dich so sehr."

Er knabbert an meiner Unterlippe und saugt dann daran. „Ich liebe deine Ehrlichkeit."

„Okay. Da ist ein Kondom in meiner Tasche."

„In meiner auch. Sieht so aus, als wären wir beide auf jede Eventualität vorbereitet."

„Mir gefällt, dass du vorbereitet bist. Verantwortungsbewusstsein ist sexy."

Er lacht leise und küsst dann mein Schlüsselbein entlang, seine Hände streicheln meine Brüste. Oh Mann. So habe ich noch nie empfunden. Seine Finger streichen über meine Brustwarzen vor und zurück, und Wellen von Empfindungen branden durch meinen Körper.

„Oh mein Gott", sage ich. „Das fühlt sich so gut an."

Er hält inne und sieht mir in die Augen. „Ist das neu für dich?"

„Ja."

„Hast du dich für die Ehe aufgespart, obwohl du mit deinem Ex zusammengelebt hast?"

Mein Gesicht wird rot. „Nein, aber ich war nur mit Kevin zusammen, und er war irgendwie effizient. Nur die wichtigen Teile. Weißt du, was ich meine?"

„Da gibt es viele wichtigen Teile."

Bevor ich erklären kann, was ich meine, schließt sich sein Mund über meiner Brustwarze und er saugt. Eine Spannung tief in meinem Bauch und dann ein noch tieferes Pochen schockieren mich. Meine Finger gleiten in sein Haar, halten ihn dort, vor Lust überschwemmt.

Er wechselt die Seiten, seine Hand läuft meinen Körper hinunter, gleitet an meinem inneren Oberschenkel entlang. Mein Atem stockt in Erwartung, meine Hüften heben sich, um ihm zu begegnen.

„Ich brauche ... oh Gott, ich brauche es."

Er hebt den Kopf. „Brauchen ist gut. Bleib eine Weile dabei."

Eine Weile?

Und dann küsst er eine gerade Linie hinunter zu meinem pochenden Zentrum, und ich schreie, die Lust so intensiv, dass ich sie kaum verstehen kann. Er spreizt mich mit seinen großen Händen weiter, und legt meine Beine über seine Schultern.

Ich werfe einen Blick auf ihn zwischen meinen Beinen und stoße ein langes, tiefes Stöhnen aus, von dem ich nicht wusste, dass ich dazu in der Lage bin. Lust stürzt über mich in einer Welle nach der anderen, höher und höher, mein Inneres verspannt sich enger. Ich habe noch nie so viel empfunden, zu viel. Ich ziehe an seinen Haaren, ziehe ihn weg.

Er sieht fragend zu mir auf.

„Das ist etwas intensiv für mich. Ich bin nicht daran gewöhnt —"

Er taucht wieder ein, und ich bin wieder an der scharfen Kante der Lust, unter ihm, bis er mich stillhält. Animalische Laute kommen aus meiner Kehle, mein Körper bäumt sich vom Bett hoch, und dann explodiere ich, als der Orgasmus in mich einschlägt und mich bis ins Mark erschüttert. Ich wiege hilflos unter ihm, während er jeden letzten Tropfen Lust herauslockt, bis ich ganz schlapp werde.

Er küsst sich an meinem Körper hinauf. „Ich bin gern bei so manchen Dingen dein Erster."

„Das war mein erster Orgasmus mit einem Kerl."

Er schließt die Augen, als hätte er Schmerzen. Ich möchte ihm sagen, dass es okay ist, weil ich weiß, wie ich mir gute Gefühle bereiten kann, aber die Intensität dessen, was er mir gebracht hat, ist zehnmal so hoch wie das, was meine eigenen Bemühungen schaffen. Es ist nicht okay, dass ich bereit war, mich mit weniger zufriedenzugeben. Das sehe ich jetzt.

Eine plötzliche Welle von Zuneigung lässt mich ihn fest umarmen. „Danke! Du bist wundervoll." Ich küsse ihn. „Erstaunlich. Ich bin so glücklich. Oh, du schmeckst wie ... ich, schätze ich."

Er nimmt meinen Kiefer. „Du bist so sexy, so süß. Ich bin hier der Glückliche."

Als Reaktion schlinge ich meine Beine hoch um seine Taille.

Er blickt mir tief in die Augen, und dann vereinen wir uns

endlich. Rohe Lust explodiert durch mich mit jedem Stoß. Ich schaukle meine Hüften, und er bewegt sich immer schneller und treibt mich zu einem höheren Maß an Lust. Und dann trifft er genau den richtigen Winkel. Ein tiefer Orgasmus erschüttert mich, ein Gefühl, das in einer Sternenexplosion durch meinen Körper strahlt.

Er stöhnt, und die Lust strömt über sein schönes Gesicht, als er sich endlich gehen lässt und mich fest an sich hält. Jede Bewegung bringt mehr Lust. Schließlich hält er still.

Ich blinzle ein paar Mal, bis mir etwas einfällt. „Wir haben das Kondom vergessen, nicht wahr?"

Er flucht leise.

„Keine Sorge – ich nehme die Pille. Da mein Ex keine Kinder wollte, haben wir doppelten Schutz verwendet. Pille und Kondom."

„Gut." Er hebt den Kopf. „Könnten wir vielleicht nicht über deinen Ex reden, solange wir nackt sind?"

Ich klopfe ihm auf die Schulter. „Natürlich. Aber das ist kein Vergleich, ehrlich gesagt. Ich –"

Er küsst mich und schneidet mir das Wort ab. Ich verliere mich im Kuss, durchnässt vor Lust und zutiefst befriedigt. Als er mich endlich Luft schnappen lässt, sagt er: „Ich werde dich eines Tages heiraten."

Ich strahle, weil ich weiß, was er eigentlich meint. „Das ist der Sex, der da aus dir spricht. Es muss dir wirklich gefallen haben. Mir auch, falls du es nicht gemerkt hast."

Er streicht mit dem Daumen über meine Unterlippe. „Ich hab' es gemerkt, und es ist nicht der Sex, der aus mir spricht, sondern ich."

Ich drücke gegen seine Brust, voller Panik. Er denkt an die Ehe? Ich habe gerade erst mit jemandem Schluss gemacht, den ich fast geheiratet hätte! „Das ist zu früh!"

Er hält meinen Kiefer, seine warmen Augen wie eine Liebkosung. Seine Stimme ist seidig sanft. „Keine Sorge. Und keine Schuldgefühle. Nur Lust." Und dann küsst er mich wieder, und mein Verstand schaltet sich ab. Wie kann ich etwas dagegen sagen, wenn es sich so richtig anfühlt?

10

Levi

Die ganze Woche war verschwommen. Heute ist unser letzter Urlaubstag, und wir fahren mit Galenas Großeltern auf dem Rücksitz zum Grand Canyon. Galena fährt, also kann ich mich entspannen. Wir haben alles erkundet, was Las Vegas zu bieten hat, mit introvertierten Pausen am Pool und gelegentlichem Zimmerservice. Abgesehen von der Zirkusshow sind wir in ein paar Casinos gegangen, in eine Comedy Show, ein Konzert, sind mit einem großen Riesenrad gefahren und haben das Flipperautomaten-Museum besucht. Ich besitze einen alten Flipper, also musste ich es mir ansehen. Galena hat sich auch richtig ins Zeug gelegt.

Ich habe sie zu nicht mehr gedrängt, als sie in der Lage war zu geben, frisch von einer Trennung, aber sie steigt jede Nacht in mein Bett. Ich werde diese Frau eines Tages heiraten. Das habe ich so in der Hitze des Gefechts gesagt, aber ich meinte es so. Ich weiß nicht, ob es an ihrer erfrischenden Ehrlichkeit, ihrem scharfen wissbegierigen Verstand oder ihrem sexy guten Aussehen liegt. Wahrscheinlich alles oben Genannte und noch mehr. Sie versteht meinen Sinn für Humor. Wir lachen viel.

Ich lehne den Kopf zurück an die Kopfstütze und schließe meine Augen. Das einzige Problem ist, dass sie in ein Haus zurückgeht, in dem auch ihr Ex ist. Er hat ihr jeden Tag SMS geschrieben und sie angerufen. Nicht cool. Sie hat seine Anrufe nicht beantwortet, soweit ich weiß, obwohl sie zurückgeschrieben hat, um zu sagen, dass sie ihre Großeltern besucht. Sie wollte nicht, dass er einen Suchtrupp nach einer vermissten Person losschickt.

Ich sagte ihr, sie sollte seine Nummer blockieren, aber sie will es nicht. Für mich ist das ein Warnsignal, dass das mit ihm noch nicht ganz vorbei ist. Ich darf nicht darüber nachdenken. Ansonsten ist dieses ganze tolle Erlebnis verdorben.

„Bist du wach?", fragt Betsy vom Rücksitz und pikst mir in die Schulter. Ich mag Galenas Großmutter. Für jemanden, der so traditionell ist, weiß sie, wie man auch mal lockerlässt.

„Ich bin wach."

„Danke, dass wir die Fahrt am frühen Morgen gemacht haben, damit wir nicht zu spät zurückkommen. Mr. Torres geht jeden Abend um neun Uhr schlafen."

„Ich kann auch länger aufbleiben, wenn ich will", sagt Mr. Torres entrüstet.

„Du hast es an Silvester versucht und bist um halb neun in deinem Sessel eingeschlafen."

„Weil ich zwei Bier getrunken habe. Das würde jeden Mann einschlafen lassen, nicht wahr, Levi?"

Nur zwei Bier lassen ihn einschlafen? „Richtig."

„Siehst du, Levi kennt das", sagt er. „Gut, endlich einen anderen Mann in der Familie zu haben. Ich war lange genug in der Minderheit."

„Ähem", macht Betsy.

„Was mir sehr viel Glück bereitet", fügt Mr. Torres hinzu.

„Kaubonbon?", fragt Betsy und hält mir den Beutel hin.

„Klar." Ich nehme welche und biete Galena den Beutel an.

„Ich möchte nicht, dass meine Finger am Lenkrad klebrig werden. Kannst du es mir in den Mund stecken?"

Mein schmutziger Verstand stellt sich sofort vor, wie sie das in einer nackten Situation sagt, und jeder Teil von mir erhitzt sich. Ich verkneife mir, was ich sagen will: *Ich stecke es*

dir gern in den Mund, jederzeit, und füttere sie mit einem Süßig-
keiten-Fisch.

Sie kaut fröhlich, ohne sich meiner sexy Stimmung
bewusst zu sein. Ich sorge dafür, dass sie nachts und
manchmal morgens befriedigt wird. Die Liste von Dingen, die
sie noch nie im Bett probiert hat, ist erstaunlich lang, wenn
man bedenkt, dass sie in einer zweijährigen Beziehung war.
Ihr Ex hat alles für sich genommen, und die ganze Sache hat
höchstens fünf Minuten gedauert. Ja, sie hat mir auf ihre
ehrliche Art alle Details erzählt. Es hat mir nichts gemacht, es
zu hören, denn jedes Wort aus ihrem Mund bestätigte nur,
dass er sie nicht verdient hatte.

Ich kann mir keine Welt vorstellen, in der sie wieder so ein
Sexleben führen will. Aber man weiß nie, wenn es um das
Herz geht. Vielleicht hat er etwas anderes, das sie an ihn
bindet. Sie will die Verbindung nicht durchtrennen, und das
nervt mich mehr, als es sollte, wenn man bedenkt, dass ich
erst seit einer Woche bei ihr bin.

„Limonade?", fragt Betsy. „Ich habe auch Mineralwasser
und aromatisierten Eistee."

„Grandma, du musstest nicht so viel mitbringen. Im
Grand Canyon gibt es auch Restaurants."

„Man sollte immer viel zu essen und zu trinken dabeihaben, wenn man die Mojave-Wüste durchquert. Die Leute
kommen unvorbereitet, ihr Auto bleibt liegen, und sie –" Sie
senkt ihre Stimme auf das leiseste Flüstern, „sterben."

„Klopft auf Holz", sagt Torres, und klopft mir auf den
Kopf.

„Grandpa!", ruft Galena. „Klopf nicht auf seinen Kopf!"

Ich lache. „Schon gut."

Sie reibt meinen Kopf mit einer Hand, wendet ihren Blick
nicht von der Straße. „Ist deine Familie so?"

„Da muss ich Nein sagen. Ich bin wohl der Aufgeschlossenste. Mom und Avery sind eher von der stillen Sorte.
Wie du."

„Galena ist nicht still", sagt Betsy und klingt überrascht.
„Du solltest sie mal zu Hause erleben. Sie singt in der Dusche,

kommandiert ihre große Schwester herum, ist frech zu ihrer Mutter."

Galena verdreht die Augen.

„Verdreht die Augen!", sagt Betsy und zeigt auf sie. „Siehst du? Das Mädchen hat Temperament. Hatte sie schon immer."

„Ich mag ihr Temperament", sage ich.

„Ich bin erwachsen geworden", sagt Galena. „Ich bin nicht mehr frech zu irgendwem. Himmel."

„Frech", sagt Betsy.

„Das war frech", sagt Mr. Torres.

„Ugh!", ruft Galena.

„Möchte jemand Lakritz?", fragt Betsy.

„Hast du auch was Gesundes eingepackt?", fragt Galena. „Wenn wir auf unserer vierstündigen Fahrt weiter solchen Müll essen, werden wir reihern, wenn wir dort ankommen, und wie können wir dann den Grand Canyon bewundern?"

„Das ist *unhöfliches* Gerede", sagt Betsy. „Man sagt nicht reihern. Das ist nicht damenhaft."

„Nein", wirft Mr. Torres ein. „So wurdest du nicht erzogen."

Galenas Finger krallen sich um das Lenkrad, ihr Mund ist zugepresst. Ich schätze, das meinte sie, als sie sagte, ihre Großeltern seien traditionell.

„Ich hoffe, du sprichst nicht so grob mit Levi", sagt Betsy.

„Alles gut", sage ich.

„Es gibt immer noch angemessen und unangemessen", sagt Betsy.

„Ich liebe unangemessen", antworte ich, und Galena lacht.

Meine Brust schwillt vor Stolz. Keine Frage: Wir gehören zusammen. Ich weiß, wie man sie zum Lachen bringt, wie man ihr ein gutes Gefühl gibt, und ich denke, ich könnte sie glücklich machen. Langfristig. Ich muss nur ihren Ex aus dem Bild bekommen.

Galena

Nach einer qualvollen vierstündigen Fahrt mit meinen Großeltern – ich habe vergessen, wie enge Räume für eine angespannte Situation zwischen uns führen können – sind wir im weiten, offenen Raum des Grand Canyon. Es sind angenehme 27 Grad, im Gegensatz zu Vegas, wo wir gestern 40 Grad erreicht haben.

Wir nehmen den South Rim Trail, der einfach sein soll. Gepflastert und flach, mit Blick auf den Grand Canyon und den Colorado River. Meine Großeltern gehen ein paar Schritte hinter uns und halten Händchen. Es ist seltsam, aber ich fühle mich nicht gut dabei, Levis Hand in der Öffentlichkeit zu halten, obwohl wir jede Nacht zusammen sind. Dieser Teil ist wie unser privater Kokon im Dunkeln. Ich gebe zu, ich habe immer noch meinen Ex im Kopf. Es ist schwer, nach mehr als zwei Jahren komplett neu anzufangen. Er hat sich jeden Tag mehr und mehr von Herzen entschuldigt, da er mich immer mehr vermisst. Er weiß nicht, dass ich mit Levi hier bin, weil ich ihm nur gesagt habe, dass ich meine Großeltern besuche. Eine Lüge durch Auslassung. Das schlechte Gewissen bringt mich um, obwohl ein Teil von mir sagt, Kevin sollte keine Rolle mehr spielen. Er hat unsere Hochzeit verlassen.

Ich wünschte, dieser Urlaub könnte ewig dauern. Ich weiß, dass sich alles ändern wird, wenn ich nach Hause komme, mit meinem Ex und all meinen verletzten Gefühlen wegen unserer gescheiterten Hochzeit fertig werden, mein Haus zurück und Kevin da raus bekommen muss. Ich habe einfach wirklich eine Pause gebraucht, wo ich an nichts davon denken musste. Und wo passt Levi in mein richtiges Leben? Ich bin mir einfach nicht sicher, dass ich mein Herz noch einmal riskieren kann. Ich fürchte, ich habe mich schon zu viel fühlen lassen.

Levi und ich halten an einem Aussichtspunkt und genießen den Blick an einer Ecke am Geländer abseits der Touristen.

„Lass mich ein Foto von euch machen", sagt Grandpa.

Wir drehen uns zu ihm um, und Levi legt seinen Arm um

mich. Ich laufe rot an, und dann ist es mir sofort peinlich, dass man mir meine Lust ansehen kann. Meine Großeltern denken, Levi ist die Wirbelwind-Romanze, die sie hatten, mit richtigem Werben und Hochzeitsglocken in unserer Zukunft.

Grandma strahlt uns an.

„Galena, lächeln!", fordert Grandpa.

„Ich lächele", sage ich durch meine Zähne.

„Ein echtes Lächeln", sagt er.

Levi sieht mich besorgt an, und meine Augen werden heiß. Er küsst meine Schläfe. „Ist okay. Wir müssen nicht."

„Nein, mach das Foto." Ich zwinge meine Gedanken zu Levi und mich beim Konzert gestern Abend, als wir uns einen Elvis-Imitator angesehen, Popcorn geteilt und dann auf unseren Plätzen getanzt haben. Eine wundervoll sorgenfreie, glückliche Zeit. Ich muss aufhören, mir Sorgen um die Zukunft zu machen. Morgen ist früh genug, um in das echte Leben gestoßen zu werden.

„Da ist sie ja", sagt Grandpa und macht ein Foto von uns.

„Levi, mach ein Foto von uns", sagt Grandma.

Wir tauschen die Plätze, und Levi macht Fotos von meinen Großeltern und dann noch ein paar mit mir.

Sobald wir zum nächsten Teil des Weges kommen, geht Grandma mit mir. „Beschäftigt dich etwas?"

Ich sehe Levi an. Er nickt mir dezent zu und hält sich zurück, um sich zu Grandpa zu gesellen, der angehalten hat, um einen Wegweiser zu lesen.

„Nein", lüge ich. Mir geht so viel durch den Kopf darüber, nach Hause zurückzukehren und die Teile meines Lebens aufzusammeln, dass ich nicht weiß, wo ich anfangen soll.

Sie umarmt mich. „Ich weiß, etwas belastet dich. Es muss eine schwierige Zeit für dich sein, auch wenn ich sehe, dass Levi ein Lichtblick ist."

Wir gehen gemeinsam den Weg weiter. „Alles, was ich für sinnvoll in der Welt hielt, gilt nicht mehr. Wie das mit Kevin."

„Was meinst du damit?"

„Wir hatten ähnliche Zeitpläne und haben uns beide unserer Arbeit gewidmet. Und wir hatten nie einen einzigen

Streit. Es schien der nächste logische Schritt zu sein, zu heiraten, nachdem wir ein Haus zusammen gekauft hatten. Ich habe mich so sehr geirrt."

Sie legt einen Arm um mich und drückt mich. „Oh, Galena. Das Herz interessiert sich nicht für Logik. Ich bin froh, dass es zu Ende gegangen ist, wenn du diese Art von Liebe hattest. Deine Schwester konnte nie erklären, warum sie ihn nicht mochte. Vielleicht hat sie gesehen, dass es keine wahre Liebe zwischen euch war."

„Izzy sagte, er sei egoistisch."

„Ist er das?"

Ich denke daran, wie er wollte, dass ich auf seine Bedürfnisse eingehe, am selben Tag, als er mich am Altar sitzengelassen hat, dass er sich nie um mich gekümmert hat, wenn ich krank war, obwohl ich mich immer um ihn gekümmert habe, dass er im Bett egoistisch war, was ich bis Levi nicht wusste. Ich war so unerfahren, dass ich dachte, es wäre normal. Es ist ein bisschen peinlich zuzugeben, dass mein erster Orgasmus mit einem Partner mit Levi war. Kevin hat mich danach gefragt, ob es mir gut geht, und ich habe immer Ja gesagt. Warum habe ich nicht mehr verlangt? Ich war nur zufrieden, dass es vorbei war, und ich zum nächsten Punkt auf meiner To-do-Liste übergehen konnte.

Das klingt im Nachhinein schrecklich.

Ich presse die Lippen fest aufeinander. „Ja, Kevin ist sehr egoistisch."

„Es ist schwer, jemanden zu lieben, der nichts zurückgibt."

„Ich dachte, ich liebe ihn, aber jetzt stelle ich alles infrage."

Sie lächelt. „Wegen Levi."

„Ich bin gerade so verwirrt."

„Du bist glücklich, wenn du mit Levi zusammen bist. Es steht dir ins Gesicht geschrieben, und ihr lacht zusammen. Daraus werden die besten Ehen. Wie bei mir und Grandpa."

„Ach, wir werden nicht heiraten."

Sie tätschelt meinen Arm. „Ich hoffe auf ein wahrhaft schwindelerregendes Glück für dich in deiner nächsten Beziehung. Wenn man es kaum erwarten kann, ihn zu sehen, und man ihn vermisst, wenn man getrennt ist. Ich möchte, dass du die Seele liebst, nicht nur den Geist oder den Körper."

Mein Gesicht wird rot. Ich schätze, Kevin und ich hatten eine Beziehung im Geist. Bei Levi fühle ich viel mehr vom Körper. Ich hoffe, man sieht es mir nicht an, da meine Großeltern es nicht gutheißen würden.

„Ich mag Levi wirklich", sagt Grandma.

„Ich auch", gebe ich zu.

Ich sehe zu Levi und Grandpa in tiefer Konversation hinüber. Levi sieht furchtbar ernst aus. Worüber sprechen sie?

„Natürlich musst du diejenige sein, die mutig genug ist, um ihr Herz erneut zu öffnen", sagt Grandma. „Lass dir Zeit, aber nicht zu lang. Ich kann mir vorstellen, dass Levi bei allen beliebt ist, auch bei alleinstehenden Frauen."

Bei meinem finsteren Blick runzelt sie die Stirn.

„Kommt schon, es gibt noch mehr zu sehen!", rufe ich Levi und Grandpa zu.

Levi sieht mich an. Etwas stimmt nicht. Ich hoffe, Grandpa hat nichts Falsches gesagt.

≈

Levi

Ich hole Galena ein und nehme ihre Hand. Sie zieht ihre Hand aus meiner, und mein Bauch dreht sich um. Wie ihr Großvater schon sagte, sie ist noch nicht bereit für mich.

„Ich fühle mich seltsam, wenn ich in ihrer Gegenwart berührt werde", sagt sie.

Mein Magen brennt. „Dein Grandpa sagt, du überstürzt nie etwas." *Und dass ich ein Lückenbüßer für dich bin, um über Kevin hinwegzukommen.*

Aber es ist mehr als das, nicht wahr?

Mein Bauch sagt *Nein* und brennt weiter.

„Das stimmt", sagt sie. „Ich betrachte eine Situation immer aus jedem Blickwinkel und berechne die Erfolgschancen. Diese Person möchte ich nicht mehr sein. Ich möchte meinem Instinkt folgen. Ich muss nur diese Instinkte finden. Gewissermaßen bin ich aus der Übung, wenn es darum geht, auf mein Bauchgefühl zu hören."

Ein kleiner Hoffnungsschimmer gleitet durch mich, während eine Brise sich erhebt und ihr das lange Haar ins Gesicht weht. Ich streiche es ihr beiseite, und dann kann ich nicht widerstehen, ihre runde Wange zu streicheln.

Ihre Lippen teilen sich, als sie mir in die Augen blickt. „Hi!"

Ich lächle. „Hi!"

Es ist wie ein Neuanfang, ein richtiger für uns beide. Sie ist bereit, ihrem Instinkt zu folgen, und das bedeutet, ich habe eine Chance. Wir passen gut zusammen. Ich will sie so sehr küssen, aber ihre Großeltern sind direkt hinter uns.

„Wer hat Hunger?", fragt Betsy. „Ich könnte etwas zu Mittagessen gebrauchen."

Galena lacht, während ihre Großeltern zu uns kommen. „Hast du dich nicht an Kaubonbons und Lakritz satt gegessen?"

„Oh, ich esse nie Süßigkeiten. Das ist nur für die Kinder."

Galena wirft mir einen amüsierten Blick zu. „Sie hält uns für Kinder."

„Und ich dachte, dreißig wäre das Ende", sage ich, nur halb im Scherz. Ein Teil von mir glaubt, ich schaffe es nicht über Dads Alter hinaus. Wie der Vater, so der Sohn in vielerlei Hinsicht.

„Ha!", sagt Mr. Torres. „Dreißig ist noch jung. Du hast deine Blütezeit noch nicht erreicht."

„Und wann ist das?" Sie scheinen beide in ihren Siebzigern zu sein.

„Fünfzig", sagt er mit Zuversicht.

„Ich glaube sechzig", sagt Betsy.

„Siebzig für dich, meine Liebe", sagt Mr. Torres. „Du hast nie schöner ausgesehen."

Sie reibt seine Brust. „Nick."

„Je älter man wird, desto mehr denkt man, dass sich die Nadel zum Alter bewegt", sagt Galena. „Wenn man achtzig ist, wird man denken, neunzig ist doch nicht so alt. Das ist alles eine Frage der Perspektive."

Betsy wirft ihre Arme um Galena. „Du wirst immer meine herrische kleine Lena sein."

„Lena?", frage ich.

„Spitzname aus meiner Kindheit", sagt Galena. „Ich benutze jetzt meinen vollen Namen, weil mir die Bedeutung gefällt. Es ist ein alter griechischer Name, der ‚ruhig' bedeutet. Mom hat ihn aus einem Buch mit Babynamen ausgesucht, in der Hoffnung, dass ich ein ruhiges Baby nach meiner energiegeladenen Schwester sein würde. Jedenfalls mag ich mein Leben so."

„Was machst du dann in Las Vegas?", fragt Betsy. „Diese Stadt stellt gerne alles auf den Kopf."

Und was tust du mit mir? Das Leben als Bürgermeister von Summerdale ist alles andere als ruhig. Ich lösche ständig Brände, handle Budgets mit vielen Interessengruppen aus, tauche bei jeder verdammten Veranstaltung in der Stadt auf. Ununterbrochen ist was.

Sie fangen an, darüber zu reden, wo sie zum Mittagessen hingehen sollen, aber ich höre in meinem Kopf nur, was ihr Großvater vorhin zu mir sagte: „Tut mir leid, das zu sagen, du bist ein Lückenbüßer, um ihr über Kevin hinwegzuhelfen."

Wie kann ich mehr sein als nur der Lückenbüßer-Typ?

11

Galena

Es ist unsere letzte Nacht in Vegas, und ich denke, wir sollten das Beste daraus machen. Nachdem ich meine Großeltern abgesetzt habe, fahre ich zurück zu unserem Hotel. Levi ist irgendwie so still.

Ich sehe zu ihm hinüber. „Es ist erst sechs. Der Rest des Abends gehört uns."

„Ja. Was möchtest du machen?"

„Alles."

„Das ist aber eine lange Liste." Ich kann das Lächeln in seiner Stimme hören. Er hat was vor.

„Im New York-New York-Hotel gibt es eine Achterbahn mit süßen Taxiwagen."

„Du hast gesagt, du warst noch nie in einer Bahn mit Looping."

Ich lächle. „Galena 2.0 ist offen für neue Erfahrungen. Ich möchte es ausprobieren, auch wenn ich Angst habe."

„Die Angst spüren und es trotzdem tun, hm?"

Ich denke darüber nach. „Ja, das funktioniert. Obwohl ich nicht die ganze Nacht damit verbringen will, Dinge zu tun, die mir Angst machen. Nur eine Sache."

„Galena, wenn wir nach Hause kommen –"

„Kein Wort über Zuhause. Konzentrier' dich auf diesen Moment. Bitte, Levi, ich will Spaß haben."

Er schweigt.

„Okay?", hake ich nach.

„Okay. Heute dreht sich alles um Spaß. Ich kann mich nach ein paar coolen Dingen umsehen, die wir noch nicht ausprobiert haben."

„Ja!"

„Gut, dass wir deine Großeltern abgesetzt haben, oder wir wären an die Spielautomaten gefesselt und dann direkt ins Bett gegangen."

„Nein, du wärst mit Grandma an die Spielautomaten gefesselt, und ich mit Grandpa an den Pokertisch."

Er trommelt die Finger aufs Armaturenbrett. „Sind nette Leute. Und immer noch so ineinander verliebt."

„Ja. Sie werden demnächst ihr fünfundfünfzigstes Jubiläum feiern."

„Wow."

„Meine Augen sind jetzt offen, Levi. So eine Beziehung hatte ich vorher noch nicht, und das will ich auch."

„Ich auch."

Ich sehe ihn an, plötzlich nervös. Stürzen wir uns so schnell in das tiefe Ende einer festen Beziehung? Eine Woche nach meiner Trennung?

Ich räuspere mich. „Nicht jetzt, eines Tages. In der Zukunft."

„Klar." Er klingt lässig, aber ich höre einen Hauch von Traurigkeit.

„Jedenfalls …" Ich sehe hinaus auf die Szenerie, als wir auf dem Strip sind. „Hier ist es. Oh, sieh mal! Da ist die Freiheitsstatue des New York-New York. Gut, dass wir noch nicht zu Abend gegessen haben. Lass uns das zuerst machen."

„Ich bin dabei. Ich habe mir eine coole Lounge zum Abschluss des Abends vorgestellt, wirklich zwanglos, und es gibt dort eine Live-Band."

„Großartig. Und lass uns auch zu einem dieser All-you-can-eat-Bufetts gehen."

„Du bekommst nie den Wert deines Geldes wieder raus. Du isst doch nur neunzig Prozent deines Essens."

„Weil ich dann satt werde, hab' ich dir doch gesagt."

Seine Mundwinkel heben sich, seine Augen funkeln so, wie ich es zu lieben anfange. „Es gibt so viele interessante Schrullen, die ich über dich erfahren muss, Galena Torres."

„Ich bin nicht schrullig."

„Oh nein. Ganz und gar nicht, *Miss sitzt am Pool unter einem Sonnenschirm mit einem großen Schlapphut und einem Overall.*"

Ich lache. „Ich schütze meine Haut."

„Warum überhaupt am Pool sitzen, wenn du vollständig bedeckt bist?"

„Weil es entspannend ist."

„Und dann ist dir heiß von dem Overall, dem Badeshirt und dem Badeanzug."

Ich verkneife mir ein Lachen. „Deshalb habe ich mein zweiteiliges Badeanzugsystem, für den Moment, wenn ich mich im Pool abkühlen will."

„Aber du machst dir die Haare nicht nass."

„Glaub mir, es lohnt sich nicht, es nach Chlor und Sonne zu entwirren."

„Okay, mein Fehler. Du bist nicht schrullig, du bist einfach entzückend vernünftig."

Ich grinse. „Du verstehst mich wirklich."

„Das tue ich", sagt er, mit so viel rauer Wärme, dass sich mein ganzer Körper erhitzt. Und das erinnert mich daran, wie viel er im Bett weiß. Der Mann scheint meine Bedürfnisse vorherzusehen, meine Wünsche, zu wissen, wie er mich an den Abgrund bringt und mich dort festhält, bis ich endlich explodiere. Es war phänomenal, und ich will plötzlich mehr. Sofort.

„Levi?"

„Ja, Galena?" Er klingt wissend. Ein Schauer der Vorfreude rast mir den Rücken hinunter.

„Können wir zuerst in unserem Zimmer anhalten?"

Seine Hand rutscht zu meinem inneren Oberschenkel. „Sehr gerne."

Levi

Ich kann meine Hände nicht von ihr lassen. Sobald sie in der Garage geparkt hat, stürze ich mich auf sie. Ich habe es geschafft, uns aus dem Auto zu holen, und jetzt sind wir im Aufzug. Ich schwöre, wenn nicht noch ein Paar hier drin wäre, hätte ich sie hier an der Wand.

Sie sieht mich unter ihren Wimpern an, während wir hinter dem Paar stehen. Ich nehme ihre Hand und drücke sie. Sie zieht sie nicht zurück. Es hat mich fast umgebracht, als sie sie vorhin weggezogen hat. Es ist wahrscheinlich Lust, die sie in meiner Nähe hält, aber ich werde mit dem arbeiten, was ich habe.

Wir kommen in die Lobby und nehmen einen weiteren Aufzug zu unserem Zimmer. Sobald sich die Türen auf unserer Etage öffnen, greife ich ihre Hand und renne praktisch in unser Zimmer.

„Langsamer!", sagt sie aus Spaß. „Ich gehe nirgendwohin."

Ich öffne die Tür, öffne sie, ziehe sie rein, küsse sie und lege meine Arme um sie. Die Tür knallt hinter uns zu. Ihre Finger schieben sich in mein Haar, sanfte Geräusche dringen tief aus ihrem Hals.

Ich drehe mich um und drücke sie gegen die Tür, hebe ihr Oberteil, streiche meine Hände über ihre seidig weiche Haut. Ihre Zunge tanzt mit meiner. Ich habe ihre Brüste nur kurz gestreichelt, als sie den Kuss unterbricht und mir das Hemd herunterreißt.

„Gott, ich will dich so sehr", sagt sie. „Es ist so lange her."

Meine Lippen verziehen sich zu einem Lächeln. „Erst seit gestern Abend."

Ich reiße ihre Shorts runter, ziehe ihren Slip mit, und dann falle ich auf die Knie, um sie zu küssen, wo noch nie ein

Mann sie geküsst hat, außer *mir*. Innerhalb weniger Minuten wiegt sie sich gegen mich, stöhnt laut, und ich kann nicht anders, als zu denken, *Meine*. Niemand sonst bekommt das. *Meine, meine, meine.*

Sie schmeckt so gut, so süß. Ich stoße meine Finger in sie hinein, bewege mich so, wie ich weiß, dass es sie losgehen lässt, während ich den Rhythmus beibehalte, und liebe jeden sanften Atemzug aus ihrem Mund. Kurz darauf packt sie meinen Kopf, ihre Finger verkrallen sich in meinen Haaren. Ihr Atem stockt, und dann zucken ihre Hüften, als sie explodiert, ihre leisen Schreie treiben mich nur an. Sie stößt noch zweimal gegen mich, bevor sie völlig schlaff wird und sich an die Tür lehnt.

Ich ziehe mich aus, während sie mit halb verschleiertem Blick zusieht. So sexy. Ich wiege ihr Gesicht mit beiden Händen, so viele Emotionen überfluten mich in diesem Moment, dass ich fast alles zugebe, was ich fühle. Dass sie mir gehört. Dass ich halb in sie verliebt bin. Dass ich will, dass sie mit mir zusammen ist und nur mit mir.

„Levi, fick mich", sagt sie, streichelt mich und lässt meine Augen in den Kopf zurückrollen.

Ich hebe sie hoch und stoße in einer schnellen Bewegung in sie hinein. Sie schnappt nach Luft.

Ich drücke meine Stirn an ihre. „Halt dich gut fest."

Sie legt ihre Arme und Beine um mich. „Wir haben es noch nie im Stehen getan."

„Ich konnte nicht warten. Willst du das Bett?"

„Nein. Ich will nur dich."

Lust und rohe Emotionen dringen gleichzeitig durch mich. Ich stoße immer wieder in sie hinein und nehme sie bis zum Anschlag. Ihre Nägel graben sich in meine Schultern, während sie die sexysten kleinen Laute von sich gibt.

„Oh mein Gott", sagt sie. „Das fühlt sich soooo – gut an!"

Ich küsse an ihrem Hals entlang und schiebe meine Finger zwischen uns, streichle sie, während ich langsam in sie hineinpumpe. Sie keucht, ihre Augen weit offen, auf meine gerichtet.

„Levi, ich werde ... ich kann nicht. Oh Gott!"

„Du kannst."

Sie lernt, auf der Welle des Orgasmus zu reiten. Mit mir. Ich habe ihr gezeigt, was ihr Körper kann. *Meine, meine, meine.* Sie drückt gegen meine Schulter. „Das ist zu viel."

Ich küsse sie am Hals und beiße ihr dann in den Nacken.

Sie hält meine Schultern fest. „Ich bin zu ... ahh!"

Ich sehe zu, wie sie nach Luft schnappt und stöhnt und dann zittert. Ich beuge mich zu ihrem Ohr. „Lass los. Komm für mich."

Sie bäumt sich wild auf und schreit dann meinen Namen. *Meinen Namen.* Heftiger Stolz platzt durch meine Brust. Ich pumpe in sie hinein, das Verlangen krallt an mir, während sie Welle um Welle den Gipfel erreicht und mit jeder laut stöhnt.

Der Orgasmus schlägt heftig zu, die intensive Ekstase schmilzt meine Knochen. Ich kollabiere gegen sie.

Sie klammert sich an mich, während wir Luft holen.

Ich will sie nie wieder gehen lassen.

Galena

Achterbahn? Check.

Jedes Spiel mit vernünftigen Chancen im Casino ausprobieren? Check.

Fantastischer Sex? *Ding! Ding! Ding!*

Jetzt sind wir in einer Champagnerbar, wo man einfach einen Knopf drückt, um mehr Champagner zu bekommen. Ich trinke einen Schluck von meinem zweiten blubbernden Vergnügen und lehne mich seitlich gegen Levi, der neben mir sitzt. „Ich genieße das so sehr. Was für ein toller letzter Urlaubstag."

Er hebt mein Kinn und küsst mich. „Glaubst du, du wirst noch einmal eine Achterbahn mit Looping fahren?"

„Vielleicht in zehn Jahren, wenn meine Nichten ihre Tante brauchen, um ihre Hand zu halten."

Er lacht. „Du hast mein Trommelfell mit deinem Schreien fast platzen lassen."

„Ich habe dir gesagt, das waren Spaßschreie. Wie adrenalingeladene Schreie."

„Du klangst verängstigt."

„Aber auf gute Weise."

Er küsst mich erneut, und ich werfe meine Arme um seinen Hals und küsse ihn leidenschaftlich. Levi ist ein toller Küsser.

Ich unterbreche den Kuss, ein wenig außer Atem. „Ich denke, wir sollten zurück auf unser Zimmer."

Er nimmt meine Hand und küsst sie auf den Rücken, seine Augen sind auf meine gerichtet. „Ich denke, du solltest zu mir ziehen."

Ich neige den Kopf, bin mir nicht ganz sicher, ob ich richtig gehört habe. „Entschuldige, bitte?"

„Ich habe ein Haus. Du willst doch so gern in einem Haus leben, warum also nicht in meinem?"

Meine Brauen ziehen sich verwirrt zusammen. „Ich habe ein Haus."

„Nein, du hast ein halbes Haus, das du dir mit einem Mann teilst, mit dem du nichts mehr zu tun hast."

„Aber ich bin halbe Eigentümerin. Wenn ich nicht zurückgehe, wird er denken, ich hätte es aufgegeben. Ein Gericht könnte sagen, er hat mehr Recht darauf. Daher kann ich nicht gehen. Aber danke." Ich hebe mein Champagnerglas, bereit für einen weiteren langen, köstlichen Schluck.

„Scheiß auf das Gericht", blafft er.

Ich zucke zusammen und verschütte fast meinen Champagner. Levi hat auf dieser Reise kein einziges hartes Wort gesagt. „Was ist los?"

„Was falsch ist, ist, dass ich mit dir zusammen sein will und nicht, dass du mit deinem Ex zusammenlebst."

Ich setze auf lustvolle Ablenkung. „Küss mich."

Ich meine es ernst.

Ich seufze. „Du kannst mir nicht befehlen, aus meinem eigenen Haus auszuziehen. Es hat mit Kevin nicht funktioniert, und es wird mit dir auch nicht funktionieren. Wir kennen uns erst seit einer Woche."

„Eine intensive Woche, in der wir alles zusammen gemacht haben, einschließlich zusammen in unserem Hotelzimmer zu leben."

„Eine Woche. Sieben Tage." Ich trinke meinen Champagner aus und drücke den Knopf für mehr. „Hotel ist Urlaubszeit."

„Galena."

Ich küsse ihn. „Levi."

Der Barkeeper bringt mein drittes Glas Champagner vorbei, und ich strahle ihn an. „Danke!"

„Gib zu, dass du etwas für mich empfindest", verlangt Levi.

„Ich habe dir bereits gesagt, dass ich dich wundervoll und erstaunlich finde." Ich kippe etwas Champagner hinunter. „Hör bitte auf, mich rumzukommandieren."

„Er oder ich."

„Das ist lächerlich. Ich bin nicht einmal mit ihm zusammen."

Er streichelt mir eine Hand die Wirbelsäule hinauf und schickt heiße Schauer durch mich. Seine Hand landet auf meinem Nacken und drückt. Ich entspanne mich noch mehr unter seiner Berührung. „Ich will an unserem letzten Tag nicht mit dir streiten."

„Ich auch nicht. Ich trinke mein drittes Glas Champagner und möchte dieses sprudelnde, fröhliche Gefühl wirklich genießen."

Er grummelt etwas, das ich nicht ganz verstehen kann, und küsst dann meine Wange. „Okay."

Ich reibe seine Brust und genieße die Wärme unter meiner Hand. „Bringst du mich ins Bett? Ich brauche dich schon wieder."

„Schhh", flüstert er in mein Ohr.

„Tut mir leid", flüstere ich zurück. „Wirst du?"

Er wickelt meine Haare um seine Hand und zieht. Mein

Atem zittert. Seine Stimme grollt an meinem Ohr. „Du brauchst mich in deinem Bett, aber nicht in deinem Leben?"

„Küss die Braut", befehle ich.

„Galena."

Ich lächle ihn an. „Levi."

Seine Lippen schweben über meinen. „Brauchst du mich in deinem Bett, aber nicht in deinem Leben?"

Ich weiß es nicht! Ich bin verwirrt, lustvoll und verletzlich. Hör auf, mir all diese schwierigen Fragen zu stellen!

„Ich liebe es, dich in meinem Bett zu haben", antworte ich ehrlich. „So etwas habe ich noch nie erlebt. Bitte, Levi, es ist unsere letzte Urlaubsnacht."

Er küsst mich lang und tief, und die Spannung zwischen uns verschwindet in einem Rausch der Lust. Die anderen Leute an der Bar sind mir sogar egal. Nichts ist von Bedeutung, außer der ungeheuerlichsten Anziehung, die ich je in meinem Leben gespürt habe. Es ist ein ständiger, schmerzhafter Zug nach mehr. Levi hat ein rohes Urbedürfnis in mir geweckt, von dem ich nie wusste, dass es existiert.

Er unterbricht den Kuss und bestellt die Rechnung.

Ich trinke Champagner, während er bezahlt. Ich kann nicht aufhören, zwischen den Schlucken zu lächeln, beschwipst vom Champagner und von dem Wissen, dass ich wieder eine glorreiche Zeit im Bett mit dem zweiten Mann bekommen werde, mit dem ich je geschlafen habe. Ich bin froh, dass Levi nach innerer Schönheit sucht. Die meisten Typen können nicht hinter meine Brille sehen. Entschuldigung, dass ich mich nicht täglich mit Kontaktlinsen rumärgern möchte.

Und es stimmt, dass ich keine Modediva bin, aber meine Kleidung ist chic, aber locker genug, um bequem zu sein. Ich konzentriere mich gern auf meine Arbeit, und enge Kleidung ist eine Ablenkung. Meine Wangen sind rund, sehr rund wie Äpfel, aber das ist normal für meine Gene. Mom hat die gleichen Apfelbäckchen. Ich wurde von einigen Typen Hamsterbäckchen genannt, weshalb ich nie mit ihnen geschlafen habe. *Ihr Pech, nicht meins.*

„Du siehst mein Inneres, nicht wahr, Levi? Meinen Verstand und das Innere-Schönheit-Zeug."

Er nimmt mir mein leeres Glas ab und stellt es auf die Bar. Dann nimmt er mein Gesicht in die Hände. „Ich sehe alles an dir. Eine schöne, kluge und freundliche Person."

„Aww, du auch. Danke!"

„Du scheinst ein wenig beschwipst zu sein."

„Jupp."

„Lass uns einen Spaziergang auf dem Strip machen, bevor wir zurück ins Zimmer gehen. Ich möchte ihn ein letztes Mal nachts beleuchtet sehen."

„Okay, aber dann möchte ich das, was du mir beigebracht hast, noch einmal versuchen, während mein Mund schön entspannt ist. Dieses Mal könnte ich es besser machen. Oh!"

Er hat mich von meinem Barhocker gehoben, in seine Arme.

Ich klopfe ihm auf den Bizeps. „Du bist ein sehr starker Mann."

Der Rest ist verschwommen, während wir durch das Casino rasen, dann setzt er mich ab, und wir laufen im Eiltempo zu unserem Hotel. Es ist nicht weit.

Sobald wir wieder in unserem Zimmer sind, ziehe ich ihn aus, schubse ihn zurück aufs Bett und tue mich gütlich an ihm. Er füllt meinen Mund, und ich versuche verschiedene Winkel, bis ich ihn lang und tief stöhnen höre. Ich wusste, dass ich mit Übung viel besser bei dieser Blowjob-Sache sein könnte. Es ist toll, einen großen, starken Mann zu haben, der mir ausgeliefert ist.

Seine Finger schieben sich in meine Haare, und dann zieht er und hebt mich hoch. „Du musst damit aufhören. Ich werde es nicht mehr lange aushalten."

Ich schnaube. „Aber es läuft doch großartig, und du weißt, dass ich die Übung brauche." Ich mache mich wieder an die Arbeit und tue mein Bestes, um ihm so viel Lust zu bereiten, wie er mir geschenkt hat. Eine ganz neue Welt der Lust.

Er schnappt nach Luft. „Galena!"

Ich sehe zu ihm auf. Sein Gesichtsausdruck sieht fast

schmerzhaft aus. Habe ich es falsch gemacht? Ich setze mich zurück auf meine Fersen. „Geht's dir gut?"

Er greift nach mir. „Ich bin an der Reihe, die Kontrolle zu haben."

„Aber ich habe es nicht zu Ende gebracht", protestiere ich, als er meinen Körper in Position bringt. Er dreht mich um, sodass ich auf dem Bauch liege, mit dem Gesicht zu meinem Kissen, und dann zieht er meine Hüften hoch.

„Ich möchte in dir fertig werden", sagt er.

Ich kann die Enttäuschung nicht aus meiner Stimme halten. „Wie soll ich mich verbessern –" Ich schnappe nach Luft, als er in mich stößt.

Er stöhnt. „Stütz' dich auf die Ellbogen."

Sobald ich es tue, stößt er hart in mich und bleibt dort, während seine Finger zwischen meinen Beinen eintauchen und schnell streicheln. Mein Rücken wölbt sich, jeder Teil vor mir brennt. Die Empfindungen, die durch meinen Körper schießen, bringen mich direkt wieder an die Kante. *Oh Gott!* Ich bin überwältigt, unter ihm gefangen. Tiefer Druck, feurige Gefühlsausbrüche. Weiter und weiter und weiter. Ich wimmere unzusammenhängend, während er mich fachmännisch an den Rand zieht und mich zurückholt, bis ich vor Verlangen außer mir bin.

Ich dränge mich zurück gegen ihn und flehe leise um mehr von seinen harten Stößen. Ich stöhne, während er mich bis zum Anschlag füllt.

Er umhüllt mich und flüstert mir ins Ohr: „Du gehörst mir. Ich möchte es dich sagen hören."

„Levi." Mehr kann ich nicht herausbringen.

Seine Finger sind böse, sie drücken mich härter, während er unerbittlich stößt. Seine Stimme ist hart an meinem Ohr bei jedem Stoß. „Sag. Dass du. Mir gehörst."

Ich kann nicht sprechen und keuche, während mein Körper der Erlösung entgegenrast. Fiebrig heiß, mein Inneres verknotet sich, und ich zittere am Abgrund.

Er hält inne, und ich protestiere. „Bitte! Ich bin so nah."

Seine Finger ärgern mich, rund und rund, berühren mich nicht ganz da, wo ich ihn brauche.

„Ich möchte es dich sagen hören, Galena."

„Ich gehöre dir", keuche ich, und er schubst mich mit seinen kundigen Fingern und tiefen Stößen zurück an die scharfe Kante der Erlösung.

Der Raum wird für einen Moment undeutlich, und dann schlägt der Orgasmus in mich. Ich zittere unter ihm, schnappe nach Atem, während eine Welle nach der anderen über mich stürzt. Er packt meine Hüften und stößt hart und schnell, und ich fühle, wie es sich wieder in mir aufbaut. Oh Gott.

Er murmelt einen Fluch und streichelt meine empfindliche Scham, während er stößt. Er lässt mit einem Brüllen los, während ich explodiere, mein Körper zieht sich um ihn herum zusammen. Ich würde zusammenbrechen, wenn er mich nicht festhielte. Ich liebe alles an diesem Moment. Die knochentiefe Befriedigung, der Duft von Sex, den Schweiß auf unseren Körpern.

Er zieht ihn heraus, und ich sinke auf die Matratze. Er bricht neben mir zusammen.

Lange Augenblicke später zieht er mich näher. Er muss mich eher mit Mühe zerren. Ich bin knochenlos. Er schiebt mich so, dass ich auf der Seite liege, ihm zugewandt, mein Kopf ruht auf seiner Brust. Er ist so warm, dass ich einfach so einschlafen könnte.

Er küsst meine Schläfe. „Das ist nicht einfach nur Spaß in Vegas. Nicht für mich."

Ich schließe die Augen, beinahe eingeschlafen. „Okay, ich liebe dich, gute Nacht."

„Was hast du gerade gesagt?"

Der Schlaf zerrt an mir. Plötzlich ist ein helles Licht in meinem Gesicht. Ich kneife die Augen dagegen zusammen und rolle auf die andere Seite.

Er stützt sich auf einen Ellbogen und beugt sich über mich. „Was hast du gerade gesagt?"

Mein Verstand wird ein wenig klarer, als es mich trifft,

was ich gesagt habe. „Ich weiß es nicht! Was hast du denn gehört?"

„Du liebst mich."

„Ist mir einfach so rausgerutscht."

Er dreht mich auf den Rücken. „Ich liebe dich auch."

„Das ist schlecht", platze ich heraus und rolle von ihm weg. Dann rutsche ich immer näher an den Matratzenrand. Ich hätte nichts sagen sollen, wozu ich nicht stehen kann.

Er packt meine Hüfte und zieht mich zurück. Was sagt es über mich, dass ich erregt bin? Dieser ganze Sex hat in meinem Kopf alles durcheinandergebracht.

Ich setze mich im Bett auf und sehe ihn an. „Ich kann das nicht. Es tut mir leid."

Er schiebt eine Strähne hinter mein Ohr. „Es kommt vielleicht nicht gelegen, aber es ist real."

„Ich muss mich um Dinge kümmern. Und ich bin mir nicht sicher, ob ich bereit dafür bin. Kannst du mir Zeit geben?"

„Nein."

Ich bin erstaunt. „Warum nicht?"

„Weil ich mich noch nie so gefühlt habe, und jetzt, da ich dich gefunden habe, will ich dich nicht verlieren."

Ein Schauer durchfährt mich. Plötzlich ist das alles zu viel. Erst vor einer Woche dachte ich, ich würde den Rest meines Lebens mit Kevin verbringen. „Dies ist ein wirklich intensives Gespräch für, oh, ein Uhr morgens."

„Du gehörst zu mir."

„Vielleicht sollte ich in meinem eigenen Bett schlafen."

Ich bin aus dem Bett gesprungen, bevor er mich fangen kann, aber dann muss ich den ganzen Weg um sein Bett laufen, um zu meinem zu kommen. Ich spüre seinen Blick auf mir.

Er geht ins Bad, steifbeinig.

Ich rolle mich in meinem Bett auf die Seite, Tränen stechen in meinen Augen. Ich habe ihn nicht verletzen wollen. Ich fühle einfach zu schnell zu viel. Ich schalte das Licht aus und schlüpfe unter die Decke. Dieses Mal zieht der Schlaf nicht an

mir. Ich denke ständig an Levi und was ich hätte sagen sollen.
Und wie sehr ich mir wünsche, dass unsere letzte Urlaubsnacht ein schönes Ende genommen hätte und nicht ein so
hässliches. Ich werfe und wälze mich herum und finde es
unmöglich, es mir bequem zu machen.

Und dann heben sich die Decken, und er rutscht hinter
mir ins Bett, in Löffelchenstellung. Mein ganzer Körper
entspannt sich. In nur einer Woche habe ich mich daran
gewöhnt, in seinen Armen zu schlafen. Kevin und ich haben
immer an entgegengesetzten Enden des Bettes geschlafen, in
verschiedene Richtungen gedreht. Kuscheln war nicht vorge-
sehen. Ich muss aufhören, sie zu vergleichen. Es zeigt nur,
dass die Dinge zu schnell passiert sind. Ich sollte nur an Levi
denken können, wenn ich bei ihm bin. Stattdessen verfolgt
mich Kevin.

Ich bin so hin- und hergerissen. Ist das ein aufregender
Neuanfang mit Levi, oder wird sich alles ändern, wenn wir
wieder zu unserem Leben nach Hause zurückkehren? Woher
weiß ich, dass es echt ist? Vegas fühlt sich wie eine ganz
andere Welt an, und ich bin hier ein anderer Mensch.

Levi streicht meine Haare zurück. „Es tut mir leid, dass
ich dich gedrängt habe. Ich gebe dir die Zeit, die du
brauchst."

„Danke!", bringe ich über den Kloß in meiner Kehle
hervor. Aber ich bin mir nicht sicher, ob das, was wir hier
hatten, im echten Leben von Dauer sein wird.

Vielleicht war Vegas nur eine Fantasiewelt.

12

Levi

Die Ferienzeit ist vorbei, und ich möchte glauben, dass es nicht das Ende ist, aber es sieht nicht vielversprechend aus. Als Galena und ich uns am Flughafen von Vegas getrennt haben, schien sie schon distanziert zu sein. Wir haben verschiedene Flüge zurück nach New York genommen. Sie ist jetzt zu Hause, und ich weiß, es ist früh, aber ich bin gerade in der Stadt angekommen und muss sie sehen.

Ich klopfe an die Tür und höre laute Stimmen. Galena und ihr Ex. Seine Stimme ist am lautesten. „Das war alles! Warum kannst du mir nicht verzeihen?"

Ich klopfe lauter. Sie stecken mitten in einem Streit. „Du hörst mir gar nicht zu!", ruft Galena.

Mehr Geschrei und Anschuldigungen, hauptsächlich von ihm.

Ich klopfe an die Tür, und diesmal hören sie mich. Es wird ruhig und dann öffnet sich die Tür. Kevin, ein Mann, den ich nur kurz bei seiner Hochzeit gesehen habe, bevor er abgehauen ist, starrt mich an. Er ist ein großer, dürrer Mann mit kurzen blonden Haaren. Er ist keine körperliche Bedrohung für mich, nur seine Anwesenheit in Galenas Leben ist eine Bedrohung.

„Wer sind Sie?", fragt er.

„Erinnern Sie sich nicht an mich von Ihrer Hochzeit? Ich bin Levi, der Standesbeamte. Oh, stimmt, Sie sind ja nicht lange genug geblieben, um sich an vieles zu erinnern."

Galena erscheint an der Tür. „Levi, das ist keine gute Zeit. Kevin ist gerade von der Arbeit nach Hause gekommen."

„An einem Sonntag?"

„Ich bin kurz vor einem Durchbruch in meiner Forschung, der die Welt verändern könnte", sagt Kevin selbstgefällig. „Warum sind Sie hier?"

Ich sehe zu Galena, und sie schüttelt den Kopf. Sie hat ihm nicht von mir erzählt. Er hat keine Ahnung, dass ich *seine* Flitterwochen in Vegas verbracht habe. „Ich wollte sichergehen, dass es Galena zu Hause gut geht. Dachte, es könnte eine angespannte Situation sein, wenn man ein Haus mit jemandem teilt, mit dem man nicht mehr zusammen ist."

„Wir sind zusammen", sagt er. „Nur nicht verheiratet."

„Kevin und ich haben viel zu besprechen", sagt Galena und sieht mich vielsagend an. „Unter vier Augen."

„Er hat dich am Altar sitzengelassen", sage ich, verzweifelt.

„Ich hatte nur kalte Füße wegen der Magazinleute", protestiert Kevin. „Eine private Hochzeit mit einer nationalen Zeitschrift, die sie dokumentiert. Jeder würde da kalte Füße bekommen."

„Galena nicht", sage ich. „Und es ist ja nicht so, als hätten Sie nicht gewusst, dass sie da sein würden."

Er dreht sich zu Galena um. „Es tut mir leid. Ich wollte dich nicht mit ihnen allein lassen."

„Sie war nicht allein", sage ich. „Sie hatte mich."

Sein Kopf schnellt in meine Richtung, seine Augen verengen sich, als er näherkommt. „Was meinen Sie damit, dass sie Sie hatte?".

Galena tritt zwischen uns. „Er hat mich nach Hause gefahren. Levi, du solltest gehen. Mir geht's gut. Danke, dass du nach mir gesehen hast."

Kevin legt seinen Arm um ihre Schultern und führt sie von der Tür weg, schlägt sie mir vor der Nase zu. Ihre

Stimmen sind jetzt still, und mein Bauch zieht sich zusammen. Das war's also? Sie braucht mich nicht mehr?

Die Worte ihres Großvaters klingeln mir durch den Kopf. *Sie ist nie jemand, der etwas überstürzt. Tut mir leid, das zu sagen, aber du bist ein Lückenbüßer, um ihr über Kevin hinwegzuhelfen.*

Ich möchte das nicht glauben. Mein ungutes Gefühl sagt mir etwas anderes. Es ist vorbei.

~

Galena

Das war eine höllische Woche. Ich habe Arbeit nachgeholt, Levi vermisst, versucht, um Kevin herum zu navigieren, der nicht ausziehen will. Ich muss mir einen Anwalt nehmen, um herauszufinden, wie ich mein Zuhause behalten kann. Es ist mein Erstes überhaupt, und ich war so stolz, es mir leisten zu können. Ich habe einen größeren Prozentsatz der Anzahlung übernommen. Ich verdiene mehr Geld als Kevin, weil ich für die Privatindustrie arbeite, während er an einem Universitätslabor angestellt ist.

Ich war sogar bereit, zu verkaufen und den Erlös mit ihm zu teilen, obwohl ich wirklich gerne hier in Summerdale lebe, aber er weigert sich. Er ist fest davon überzeugt, dass wir mit der Zeit wieder zusammenfinden und alles wieder so werden wird, wie es vorher war – als Paar zusammenleben, ohne verheiratet zu sein. Er ist einverstanden, im Gästezimmer am Ende des Flurs zu schlafen. Von Levi habe ich ihm nicht erzählt. Und ich fühle mich schuldig, auch nur an das Zusammensein mit Levi zu denken, jetzt, wo wir wieder zu Hause sind, weil es nicht toll aussieht, dass ich so kurz nach meiner Beziehung zu Kevin mit jemand anderem zusammen war.

Deshalb habe ich schließlich Kaylas Einladung zur Ladys Night im Horseman Inn am Donnerstagabend angenommen. Sie will mir helfen, mich von den Dingen abzulenken, und mich ihren Freundinnen vorstellen. Ich gehe mit ihr hinein, und wir passieren den vorderen Speisesaal und gehen zum hinteren Barbereich.

„Kayla!", rufen die Frauen gemeinsam aus.

Sie lacht. „Hi, Ladys! Tut mir leid, dass ich so spät komme."

Ich verkrampfe mich, als ich die glückliche Gruppe von Frauen ansehe. Das wird anstrengend, wenn ich versuche, Gespräche mit Leuten, die ich nicht kenne, in Gang zu halten.

„Sie werden dich lieben", flüstert Kayla, während wir hinübergehen. „Außerdem wissen sie bereits über deine Hochzeitssituation Bescheid, du musst es also nicht erklären."

„Großartig", murmele ich.

„Jeder in der Stadt weiß es. Es spricht sich schnell herum."

Kayla und ich nehmen am Ende zwei leere Plätze ein. Zwei der Frauen sind deutlich schwanger und trinken Mineralwasser. Aww, da ist eine rothaarige Frau mit einem Baby in einem Tragetuch.

Ich gehe hin, um mir das Baby anzusehen. „Hi! Wer ist das?"

Die Frau zieht den Stoff zurück, um ein Kind mit hellbraunem Haar zu enthüllen, das an ihrem Daumen lutscht und mich mit großen braunen Augen direkt ansieht. „Das ist Quinn."

„Hi, Quinn!" Ich berühre ihre Hand, und sie greift meinen Finger. „Oh, sie ist stark. Wie alt ist sie?"

„Vier Monate. Ich bin Sydney. Mir gehört dieser alte Laden."

Kayla erscheint neben mir. „Das ist meine süße Nichte. Sydney hat meinen älteren Bruder Wyatt geheiratet."

Ich mustere Quinn näher. „Weißt du was, ich sehe die Ähnlichkeit. Ihre Augen haben die gleiche Farbe und Form wie deine, Kayla."

„Das sind die Winter-Gene, die da durchscheinen", sagt Kayla.

„Aber sie hat das Robinson-Feuer", sagt Sydney stolz.

Ich spiele Guck-Guck mit Baby Quinn, das vor Freude kichert. Das dritte Mal, als ich es tue, nimmt sie meine Hand und zieht sie mir aus dem Gesicht.

„Sie mag dich", sagt Sydney. „Möchtest du sie halten?"

„Sehr gerne."

Sie hebt das Baby aus dem Tuch und gibt es mir. Ich halte sie aufrecht gegen meine Brust und lasse sie gegen meine Schulter lehnen. Sie ist warm von der Schlinge und ihrem bezaubernden gelb gestreiften Strampler mit kleinen lächelnden Teddybären. Und mit Füßen! Als ich klein war, habe ich Pyjamas mit Füßen geliebt. Quinn ruht sich nicht lange an meiner Schulter aus. Sie lehnt sich zurück, um mich anzustarren und tätschelt meine Haare. Die Spannung, die diese Woche mein ständiger Begleiter war, entzieht sich mir. Es geht nichts darüber, ein Baby zu halten, um einen an alles Gute auf der Welt zu erinnern. Sie riecht so süß und neu.

„Wir hassen Kevin für dich", sagt Sydney.

„Richtig", sagt Paige. Sie war dort als Gastwirtin und Hochzeitskoordinatorin. Sie weiß es.

Direkt neben Paige sitzt eine dünne blonde Frau, die genauso schwanger aussieht wie Paige. Ungefähr sechs Monate, glaube ich, hat Paige erwähnt.

„Habt ihr jemand anderen gefunden, über den die Zeitschriftenleute einen Artikel schreiben können?", frage ich Paige.

„Das haben wir. Ein frisch verlobtes Paar. Sie hatten noch keine Heiratserlaubnis, sodass es für sie eher wie eine Generalprobe war. Sie wollen im Juni eine große Hochzeit am See feiern und die ganze Stadt einladen. Unter uns gesagt, ich denke, der Bräutigam hätte die Durchbrennerzeremonie bevorzugt. Jetzt hatten sie seine und ihre Version der Hochzeit."

„Das waren Skylar und Gage", informiert Kayla mich. „Du hast Skylar schon mal getroffen, als du zum ersten Mal im Inn warst."

Meine Gedanken blitzen zu dem Mann, der bei diesem ersten Besuch die meiste Aufmerksamkeit auf sich gelenkt hat. Ich erinnere mich an jedes köstliche Detail meiner nackten Zeit mit ihm. Jeden Abend lasse ich es wie einen schmutzigen Film in meinem Kopf ablaufen. Ich wünschte, ich könnte aufhören. Als wäre er von meinen Gedanken heraufbeschworen, ist er plötzlich hier und marschiert auf mich zu. Ich kann meinen Blick nicht wegreißen, mein Herzschlag trommelt gegen meinen Brustkorb.

Klatsch!

Au! Baby Quinn hat gerade meine Brille getroffen und sie schief geschlagen.

„Quinn! Nicht schlagen", sagt Sydney und nimmt mir das Baby aus den Armen. „Tut mir leid! Sie ist nicht an Brillen gewöhnt."

Ich richte sie gerade. „Kein Problem." Meine Nase tut weh, aber das ist die Gefahr, wenn man ein Baby hält. Da kommt gerade eine größere Gefahr mit entschlossenem Blick auf mich zu.

Levi gesellt sich zur Gruppe, seine Augen sind auf meine gerichtet. Die Frauen scheinen ihn alle zu kennen und strecken die Hand aus, um Schulter oder Arm zu berühren, während sie ihn willkommen heißen. Er wirft ihnen einen kurzen Blick zu und eine noch kürzere Begrüßung, bevor er sich wieder auf mich konzentriert.

Meine Kehle ist trocken. „Hi!"

„Ich weiß, dass ich kein Recht habe, Forderungen zu stellen, aber ich dachte, wir hätten mehr als nur eine Affäre."

Ich erstarre.

Die Frauen werden so still, dass ich die Barkeeperin hören kann, die auf ihrem Handy schreibt.

„Könnten wir uns irgendwo unter vier Augen unterhalten?", frage ich.

Er deutet auf den hinteren Speisesaal, wo es mehrere leere Tische gibt.

„Sucht euch einen aus!", sagt Sydney.

Im Weggehen kann ich die Frauen hinter uns flüstern hören, wahrscheinlich spekulieren sie über mich und Levi. Ich bin hin- und hergerissen, ob ich mich auf ihn stürzen oder weit, weit wegrennen soll. Ich hatte noch nie so viele widersprüchliche Emotionen. Früher war das Leben einfach – vorhersehbar und leicht. Bis es das nicht mehr war.

Ich setze mich hin und wünschte mir plötzlich, ich hätte

einen Drink, nur um meine Hände zu beschäftigen. Ich verschränke die Arme und klemme meine Hände fest gegen mich. „Levi, mein Leben ist gerade kompliziert."

Er setzt sich auf den Stuhl neben mir. „Du bist also wieder mit Kevin zusammen?"

„Wir sind Mitbewohner."

„Was heißt das?"

„Getrennte Schlafzimmer. Dasselbe Haus. Es gehört uns zusammen. Er will nicht verkaufen, und ich weigere mich, es aufzugeben. Ich werde dieses Wochenende nach Anwälten suchen."

„Zieh mit mir zusammen."

„Das wird nicht passieren."

„Warum nicht?"

„Erstens ist es viel zu früh, um zusammenzuziehen. Zweitens ist das so, als würde ich sagen, ich gebe das Haus auf. Er weiß nicht, dass ich mit dir in dem, was unsere Flitterwochen sein sollten, war. Wie wird das für einen Anwalt aussehen? Dadurch erhält Kevin nur mehr Munition dafür, dass er der Geschädigte ist."

Er verkrampft seinen Kiefer. „Er hat dich an eurem Hochzeitstag sitzen lassen. Wenn jemand der Geschädigte war, dann du."

„Es geht um die Außenwirkung."

Er wirft mir einen langen, suchenden Blick zu. Unsere gemeinsame Zeit in Vegas fällt mir wieder ein, nicht nur in den sexy Momenten der Erinnerung an unsere Zeit im Bett. Von der Leichtigkeit, die wir miteinander hatten, dem Lachen, der wunderbaren Art, wie er mit meinen Großeltern umgegangen ist.

„Weißt du noch, was ich dir in unserer letzten Nacht in Vegas gesagt habe?", fragt er.

Du gehörst zu mir. Die Worte haben mich verfolgt, weil ich nicht bereit bin, mich ernsthaft zu binden.

Er beugt sich vor. „Ich sagte, ich liebe dich. Und du hast es zuerst gesagt. Das bedeutet etwas." Er nimmt meine Hand.

„Verschwinde aus dieser toxischen Situation, in der du dich befindest, und zieh bei mir ein."

„Ich kann nicht."

„Dann überzeugen wir ihn, zu verkaufen, damit ihr beide frei sein könnt."

„Ich hab's versucht. Ich versuch's nochmal, okay?"

Er blickt mir in die Augen und nimmt dann vorsichtig meine Brille ab, reinigt sie an seinem Hemd. Er schiebt sie zurück in mein Gesicht, und die Welt ist plötzlich kristallklar. „Ich will nicht so heftig rüberkommen. Ich vermisse dich."

Mein Herz springt mir in die Kehle. „Ich vermisse dich auch."

Und dann küsst er mich, und ich erinnere mich, wie sehr ich es liebe, mit diesem Mann zusammen zu sein. All die Zärtlichkeit, all die Leidenschaft überfluten meine Sinne.

Applaus bricht aus. Ich drehe mich um und sehe, wie Kayla und ihre Freundinnen für uns klatschen. Ich sehe nach vorn, meine Wangen brennen.

Er lächelt. „Sie freuen sich für uns. Gehen wir zu ihnen."

Er nimmt meine Hand, und plötzlich fühlt es sich an, als wären wir ein Paar. Und ich weiß, dass es mir egal sein sollte, die Zustimmung aller zu haben, aber nachdem niemand sich für mich über Kevin gefreut hat, fühlt es sich verdammt gut an.

Levi

Okay, ich habe nicht alles erreicht, was ich mir von unserem Gespräch erhofft hatte, aber es scheint, als wäre Galena bereit, mit mir zusammen zu sein, obwohl es noch kurz nach ihrer Trennung ist. Sie lächelt, als wir uns den Frauen an der Bar anschließen. Ich bin mit den meisten aufgewachsen, drei davon waren in meiner Stufe.

„Fühl mal", sagt Jenna, nimmt meine Hand und legt sie auf ihren schwangeren Bauch. Jenna ist eine dünne Blondine, der ironischerweise die Konditorei Summerdale Sweets gehört. Sie konnte schon immer alles essen. Ihr Babybauch ist der einzige Teil an ihr, der nicht dünn ist. Ein hervorstehendes Etwas versetzt mir einen Schlag. Ellbogen, Knie?

„Das ist wild", sage ich. „Wie gefällt dir die Schwangerschaft?"

Sie reibt sich den Bauch, verzieht das Gesicht, als ein weiterer spitzer Schlag folgt. „Nachdem ich die Anfangsphase hinter mir hatte, mochte ich es. Man sagt, es wird schwieriger, wenn das Baby auf meine Blase drückt. Für den Moment ist Platz für uns beide."

Galena starrt die Bewegung unter Jennas dünnem weißem Oberteil an. „Das ist wild. Ich sehe durch dein Oberteil, wie es sich bewegt."

Jenna starrt auf ihren Bauch. „Er oder sie wird aktiv, sobald ich mich hinsetze oder hinlege. Es ist nicht leicht, einzuschlafen."

Galena starrt weiter, und Jenna packt ihre Hand und legt sie ebenfalls auf ihren Bauch. Galena bleibt der Mund offen stehen, ihre Augen sind voller Staunen. Das ist eine Frau, die Babys und Kinder liebt. Sie hat Baby Quinn ganz festgehalten, als ich hier ankam. Wenn man sich überlegt, dass sie keine Kinder bekommen hätte, weil Kevin sie nicht wollte. Ich möchte ihr das geben. Ich will ihr alles geben, was sie verdient, aber sie gehört nicht ganz mir. Ich hasse es, dass sie noch mit ihm zusammenlebt. Wie einfach wäre es, in alte Muster zu fallen? Zwei Jahre sind eine lange Zeit, um mit jemandem zusammen zu sein.

„Mein Baby bewegt sich auch", verkündet Paige. „Aber denkt nicht einmal daran, meinen Bauch zu berühren."

„Sie ist empfindlich", sagt Kayla.

Paige scheint mir nicht so, aber ihre Schwester Kayla sollte es wissen.

„Wir sind beide im September fällig", sagt Jenna. „Es ist so schön, jemanden zu haben, mit dem man das gleichzeitig durchmachen kann. Unsere Kinder können zusammen spielen, zusammen aufwachsen."

„Und Quinn wird die Spiele anführen", sagt Sydney.

Audrey starrt auf die Bar. Jenna, Sydney und Audrey sind seit der Grundschule eng befreundet. Es ist unmöglich, nicht zu bemerken, dass sie außen vor ist.

Ich rutsche zu Audrey am anderen Ende der Bar und nehme Galena mit. „Hey, Audrey. Das hier ist Galena Torres. Sie ist vor Kurzem in die Stadt gezogen. Galena, Audrey Fox, unsere Bibliothekarin und ortseigene Autorin."

„Schön, dich kennenzulernen", sagt Galena. „Was hast du geschrieben?"

Audrey schüttelt den Kopf. „Ich bin noch keine publizierte Autorin."

„Sie schreibt aber", sage ich. „Es handelt sich um eine generationsübergreifende Saga über eine Soldatin mit PTBS und die Geschichte ihrer Familie beim Militär."

„Wow, dafür war bestimmt viel Recherche nötig", sagt Galena.

Drew Robinson erhebt sich vom Ecktisch, den er norma-lerweise an der Bar besetzt, und kommt zu uns. Er ist der Älteste in der Robinson-Familie, Besitzer eines Karate-Dojos in der Stadt und ehemaliger Army Ranger. Ein Mann weniger Worte, mit einer Art, die man am besten als die eines Tarnkil-lers beschreiben kann. „Ich habe ihr dabei geholfen. Ich habe eine Menge Militärgeschichten und Biografien gelesen."

Audrey verdreht die Augen. „Ja, er erinnert mich gerne daran, obwohl ich als Bibliothekarin selbst recherchieren kann." Sie hatten dieses Gespräch schon bei einigen unserer Winterfest-Treffen. Zwischen ihnen ist eine merkwürdige Dynamik. In ihrer Kindheit hat Audrey ihn verehrt – sogar ich habe davon gehört. Sie schrieb ihm täglich Mails, als er bei Auslandseinsätzen war. Jetzt ist sie etwas gereizt bei ihm, und irgendwie hat ihn das mehr an Gesprächen interessiert gemacht.

Jetzt, wo ich so darüber nachdenke, haben sie bereits im Januar über ihr Buch diskutiert, an dem sie schon seit einiger Zeit arbeitet. Jetzt ist Juni.

„Bist du kurz davor, dein Buch fertigzustellen?", frage ich Audrey.

„Ich habe es schon fertiggestellt", sagt sie leise.

„Du solltest es an die Verleger schicken", sagt Drew. „Es rausbringen."

Sie sieht ihn skeptisch an. „Es ist noch nicht ganz fertig. Ich habe es noch nicht einmal jemanden lesen lassen."

„Ich werde es lesen", sagt er.

„Nimm das an!", ruft Jenna herüber. „Ist ja nicht so, als hätte er nicht schon viele deiner Worte gelesen!"

Nur eine lebenslange Freundin würde es wagen, das rauszulassen. Jenna erinnert sie an all die E-Mails, die Audrey Drew geschrieben hat. Das war damals in der Middle School. Drew ist fünf Jahre älter als wir.

„Vorsicht, Jenna", sagt Audrey und fletscht mit einem gruseligen Lächeln ihre Zähne. „Ich habe jetzt einen gelben Gürtel."

Jenna legt schützend die Hände auf ihren schwangeren Bauch. „Du würdest doch einer schwangeren Frau nicht mit Karate kommen, oder?"

„Ich warte, bis du das Baby hast, und dann, wenn du es am wenigsten erwartest, werde ich es dir zurückzahlen." Audrey klingt ernst.

Jennas Augen weiten sich. „Tut mir leid, das war nur ein Scherz. Jemand sollte deine Arbeit lesen, Aud. Warum hast du sonst mehr als ein Jahr damit verbracht, es zu schreiben? Das ist dein Baby."

Audrey murmelt: „Ja."

Galena begegnet meinem Blick. Ja, mir ist es auch aufgefallen. Audrey ist die Einzige der drei Freundinnen, die das Baby-Erlebnis verpasst.

Drew starrt Audrey an. „Es wäre mir eine Ehre, dein Buch zu lesen!"

Audrey sieht ihm kurz in die Augen und starrt dann auf die Bar. „Es ist noch nicht ganz fertig."

Er lehnt sich auf den Tresen und senkt den Kopf, um ihr in die Augen zu sehen. „Wenn es fertig ist. Nächsten Monat, okay?"

Audrey schüttelt den Kopf.

Er tippt auf die Bar. „Ich werde das nicht einfach so stehenlassen."

Sie sieht ihn schief an. „Wenigstens sprichst du wieder mit mir. Und siehst mir sogar in die Augen. Hast du deinen Schock überwunden?"

Ich weiß tatsächlich, wovon sie redet. Vor drei Wochen waren wir alle auf Skylars und Gages Verlobungsparty, und General Joan hat nach Audrey gerufen. Sie und Drew kamen zusammen aus der Küche. Audreys Gesicht war rosa, und Drew sah schockiert aus. Ich habe noch nie so einen Blick bei dem Mann gesehen.

Drew räuspert sich und zieht am Kragen seines T-Shirts. „Ich versuche, dir dabei zu helfen, dein Buch in die Welt zu bringen."

Audrey dreht sich zu Galena um. „Sag mir, wie seid du und Levi zusammengekommen?"

Die Frauen melden sich mit einem Chor von Fragen über mich und Galena. Drew huscht weg, geht zurück zu seinem Ecktisch, wo er sich gerne die Yankees im Fernseher über der Bar ansieht. Er will wahrscheinlich die Gesellschaft der Bar, aber immer noch Platz für sich an diesem Tisch. Oder vielleicht hat er es nur auf Audrey abgesehen. Sie arbeitet in Gehweite und kommt oft vorbei.

„Wir sind nicht zusammen", sagt Galena mit Nachdruck.

„Wir sind definitiv zusammen", sage ich. „Ich war letzte Woche mit ihr in Vegas."

„Ooh!", rufen die Frauen beinahe unisono.

Galenas Finger flattern durch die Luft. „Es war bereits arrangiert und bezahlt. Meine Großeltern leben in Las Vegas."

„Erzähl ihnen, wie ich so getan habe, als wäre ich dein Ehemann, für die Hochzeitsfeier, die deine Großeltern für uns in ihrem Haus veranstaltet haben."

„Nein!", ruft Kayla. „Galena, wie konntest du mir das nicht erzählen? Ich habe diese Woche zweimal mit dir zu Mittag gegessen. Kein Wunder, dass du deinen Schreibtisch nicht verlassen wolltest. Du hast dieses fantastische Drama in deinem Leben! Levi ist toll. Ich könnte nicht glücklicher für euch sein."

„Danke, Kayla", sage ich.

„Es ist kompliziert", sagt Galena schwach.

„Wir alle hassen deinen Ex, und wir lieben Levi", sagt Sydney. „Ich bin auf Kaylas Seite. Mach es!"

„Ja!", stimmen die Frauen ein.

„Gruppenzwang", flüstere ich Galena zu. „Erinnerst du dich, als alle sagten: ‚Küss die Braut', und all der Druck, der uns dazu brachte, dem Unausweichlichen nachzugeben? Weißt du noch, wie gut es sich zwischen uns anfühlt?"

Sie wird rot und wendet sich dem Barkeeper zu. „Kann ich was zu trinken bekommen?"

„Es ist Donnerstagabend-Weinclub", sagt Sydney. „Gib ihr ein Glas von diesem tollen Chardonnay."

„Es sollte der Donnerstagabend-Buchclub sein", sagt Audrey zu Galena. „Aber sie haben die Bücher nie gelesen. Würdest du mich nächsten Dienstag im Buchklub in der Bibliothek besuchen? Wir könnten dort ein paar jüngere Leute gebrauchen."

„Ich bin mir nicht sicher, ob ich Zeit habe, so schnell zu lesen", sagt Galena.

„Dann das Nächste. Gib mir deine Nummer, damit ich dir eine SMS schicken kann."

Galena nennt sie ihr und lächelt schüchtern. „Ich hatte gehofft, mehr Leute in der Stadt kennenzulernen. Wo ich früher wohnte, kannte ich niemanden. Es war eine Wohnung, und ich war ohnehin kaum zu Hause, hatte Arbeit und verbrachte Zeit mit meinen Nichten."

„Willkommen in Summerdale", sagt Audrey. „Kein Entkommen."

Galena lacht und drückt sich gegen meine Seite. Das ist ein sehr sicheres Zeichen.

13

Galena

Das ist ein sehr schlechtes Zeichen. Levi will dort weitermachen, wo wir in Vegas aufgehört haben, und es fühlt sich zu schnell an. Vegas war Urlaub. Das hier ist das wahre Leben. Er verlässt die Bar mit mir, seine Hand an meinem unteren Rücken und erzeugt einen erhitzten Abdruck, an den ich mich gut erinnere.

„Ich bringe dich nach Hause", sagt er.

„Nicht nötig." Mein Haus ist nur einen Block entfernt, und ich habe das Gefühl, ich könnte die Zeit nutzen, um meinen Kopf freizubekommen, bevor ich mich mit Kevin zu Hause auseinandersetze. Ich musste noch nie zwei anspruchsvolle Männer gleichzeitig managen. Ich weiß nicht, welcher schwieriger zu handhaben ist – der, der mein Herz zurückwill oder der, der es gestohlen hat.

Er lächelt. „Ich weiß, das ist nicht nötig. Aber ich möchte."

Ich halte in der Nähe der einen Laterne auf dem Parkplatz an und blicke zu ihm auf. „Das ist keine gute Idee."

„Warum? Wegen Kevin?"

„Ja."

„Du hast ihm also noch nicht von uns erzählt?"

Ich verschränke die Arme. „Noch nicht."

„Dann sagen wir es ihm jetzt. Zusammen."

„Ich brauche mehr Zeit, um ihn davon zu überzeugen, unser Haus zu verkaufen. Er wird nicht gehen, und nur so kann ich meine Investition wieder hereinholen und mir ein anderes Haus leisten."

„Ich sage es dir nur ungern, aber was dort passiert ist –" Er deutet auf das Horseman Inn hinter uns „– bedeutet, dass das jetzt die Runde macht. Diese Damen verbreiten es schneller, als du Las Vegas sagen kannst. Sie haben wahrscheinlich schon ihren Männern über uns geschrieben und anderen Freundinnen, die heute Abend nicht kommen konnten. Das ist Kleinstadtleben. Alles spricht sich schnell herum, besonders saftige Nachrichten über ihren Bürgermeister. Ich hatte in meiner ganzen Karriere keinen einzigen Skandal. Dass ich mit dir in die Flitterwochen gefahren bin, ist für sie unwiderstehlich wie Katzenminze."

„Du vergleichst Frauen mit Katzen?"

„Ich sage nur, dass es jetzt die Runde macht, also erzählst du es Kevin lieber."

„Er spricht kaum mit jemandem in der Stadt, außer wenn er Essen zum Abholen bestellt. Ich bin sicher, dass er es nicht herausfinden wird."

„Aber was ist, wenn er uns zusammen sieht?"

Ich zögere. Ein Teil von mir will mit ihm zusammen sein, aber der klügere Teil von mir schreit Vorsicht. Mein Herz steht auf dem Spiel, und ich weiß nicht, ob es noch mehr Schaden verkraften kann. Darauf läuft das alles hinaus. Es ist nicht nur das Chaos mit Kevin und dem Haus. Ich erhole mich noch von meinem gebrochenen Herzen. Wie kann ich riskieren, mein Herz wieder zu öffnen? Levi spielt nicht. Er will mehr von mir.

Levi hebt mein Kinn. „Galena?"

Ich ziehe mich zurück. „Ich brauche mehr Zeit. Es ist kompliziert, und ich muss mir noch eine Menge überlegen."

„Was musst du dir denn überlegen?"

Ich halte eine Handfläche hoch. „Ich gehe jetzt. Bye."

„Ich kann dir bei dem Hausproblem mit deinem Ex

helfen", sagt er. „Ich löse ständig Probleme für die Leute in
der Stadt."

Ich eile davon und versuche, meinem eigenen Wunsch zu
entkommen, ihn das für mich tun zu lassen. Ich muss auf
meinen eigenen Beinen stehen. „Bye!"

Am nächsten Tag nach der Arbeit komme ich in ein leeres
Haus und stoße einen erleichterten Atem aus. Mit Kevin über
unsere Beziehung zu reden, ist anstrengend. Er will es ständig
wieder aufwärmen. Was mich betrifft, gibt es da nichts mehr
zu reden. Gestern Abend, als ich nach Hause kam, hatte er
eine PowerPoint-Präsentation über die Vor- und Nachteile
vorbereitet, dass wir wieder zusammenkommen. Die Vorteile
waren natürlich in der Mehrzahl, ihm zufolge. Und ein
gerechtes Arrangement für unser Haus zu schmieden, ist wie
mit einer Steinwand zu reden.

Es ist Freitagabend, das heißt, ich kann mich entspannen.
Meine neue Einstellung zum Leben ist, Raum für Auszeiten
zu lassen. Ich will nicht immer nur arbeiten wie früher. So wie
Kevin es immer noch tut. Wie auch immer, es ist ein langes
Feiertagswochenende für den 4. Juli, und Kayla hat mich
eingeladen, morgen mit ihr zum Stadtfest zu gehen. Es gibt
eine Parade, einen Ramschverkauf und Spiele für die Kinder.
Ich habe meine Schwester und Nichten eingeladen, sich uns
anzuschließen. Ich würde mich wirklich gerne in Summerdale
wie zu Hause fühlen, so wie Kayla. Sie ist aus New Jersey
hierhergezogen, nachdem sie ebenfalls an ihrem Hochzeitstag
abserviert wurde.

Kayla und ich sind wie Zwillinge, die ein Parallelleben
führen. Beide wurden wir an unserem Hochzeitstag sitzengelassen, beide sind wir die Jüngsten in unserer Familie, beide
Biostatistiker. Ich schätze, das erklärt, warum sie nicht
aufhören konnte, mich an meinem ruinierten Hochzeitstag zu
umarmen. Ich hätte fast ihre ähnliche Erfahrung in meiner

Zeit der Not vergessen. Jetzt hat Kayla einen liebevollen, wunderbaren Ehemann, und ich habe ... ein Chaos.

Ich wühle in der Küche herum, nicht bereit zu kochen, aber hungrig. Ich hole Cracker, Erdnussbutter und Marmelade heraus. Abendessen der Champions. Trostessen. Während ich es verzehre, denke ich darüber nach, was ich als Nächstes tun werde. Vielleicht mache ich Popcorn und sehe mir einen Film an.

Es klingelt an der Tür, gefolgt von einem schrillen Heuler. Wer kommt denn hier mit seinem Hund vorbei? Kaylas Hund, Tank, macht selten ein Geräusch, das lauter ist als ein Schnüffeln. Ich werde nervös, weil ein Teil von mir es weiß. Das muss er sein.

Ich gehe zur Tür, sehe durch den Spion und öffne. Schmetterlinge tanzen in meinem Bauch, sobald sich unsere Blicke begegnen. Das passiert nur bei Levi.

Er lächelt mich an, und sein Hund Baxter stürzt auf mich zu, um an meinen Fingern zu schnüffeln. „Sitz, Junge!", befiehlt Levi und zieht ihn zurück.

Ich lache ein wenig und freue mich über die Ablenkung. „Meine Hände riechen wahrscheinlich lecker. Ich hatte gerade Erdnussbutter und Gelee auf Crackern zum Abendessen." Ich streiche unsicher mein Haar zurück und mache mir dann Sorgen, vielleicht Erdnussbutter hineingeschmiert zu haben. Ich sehe hinunter auf mein altes Souvenir-T-Shirt aus einem Freizeitpark und die schwarze Jogginghose. Nicht gerade beeindruckende Klamotten.

Ich begegne seinen warmen braunen Augen und fühle, wie ich dahinschmelze. „Ich hatte keine Gesellschaft erwartet."

„Ich bin keine Gesellschaft. Ruf mich nächstes Mal an, bevor du auf Erdnussbutter und Gelee zum Abendessen zurückgreifst. Ich bin mir sicher, dass ich Besseres hinbekomme. Ich mache ganz gute Fettucini Alfredo."

„Beeindruckend. Ich mache ganz gutes Omelett. Also, ähm, was machst du denn hier?"

„Bin mit Baxter auf seinem Spaziergang. Willst du mitkommen? Wir gehen um den See."

„Ähm, klar. Lass mich nur meine Sneakers holen."

„Können wir reinkommen?"

Ich trete zurück und lasse sie eintreten. „Nur eine Minute."

„Ist Kevin zu Hause?", fragt er, während ich auf dem Weg zur Treppe bin.

„Nein, er ist noch bei der Arbeit", sage ich und hetze nach oben. Ich schnappe mir Socken und Sneakers und überdenke dann mein Outfit. Will ich wirklich mit dem Bürgermeister von Summerdale in Jogginghose um den See spazieren? Wir treffen sicher Leute, die er kennt, und er wird mich vorstellen. Ich ziehe mir taillierte schwarze Shorts an und gehe dann zum Badezimmerspiegel, um mir die Haare zu bürsten. Ich hatte die Haare nach der Arbeit aus dem Knoten gelöst, und es sieht irgendwie zerzaust aus.

Ich sehe genauer in den Spiegel und bemerke etwas Rotes an der Seite meines Mundes. *Großartig.* Ein Marmeladenfleck. Hätte er es erwähnt? Hätte er ihn mit dem Finger weggestrichen oder weggeleckt? Die Hitze strömt durch mich, während Erinnerungen an Levi meinen Geist überschwemmen.

Ich werfe einen strengen Blick in den Spiegel. *Sei vernünftig. Vegas war ein Ausreißer vom normalen Leben, der sich nicht wiederholen lässt, bis du sicher bist, dass dein Herz geheilt ist und Kevin völlig aus dem Bild ist.*

Warum habe ich Levi nicht ein Jahr später unter anderen Umständen kennenlernen können? Selbst sechs Monate wären besser gewesen. Das Timing ist wichtig.

Er *war* für mich da, als ich jemanden gebraucht habe. Ich hätte nur nie gedacht, dass ich mich so schnell mit ihm einlasse. Vegas hat alles zwischen uns beschleunigt. Was habe ich mir nur gedacht bei dieser spontanen Einladung? Oh Mann, der Geist ist aus der Flasche. Aber was wünsche ich mir?

Ich füge etwas kirschroten Lipgloss hinzu, nur um für meine Nachbarn vorzeigbar zu sein. Ich will dich *nicht* beeindrucken, Levi. Okay, Socken und Schuhe. Ich lege eine Hand über meine Brust. *Warum rast mein Herz?*

Ich ziehe mit zitternden Händen meine Socken an. Adrenalin. Das ist alles. Es steht viel auf dem Spiel, und das ist eine Gratwanderung zwischen Herz und Verstand für mich. Ganz zu schweigen von meinem verräterischen Körper.

Ich schnüre meine Sneakers und eile nach unten. „Hi!"

„Hi, meine Schöne."

Mein Gesicht wird rot. „Hör auf. Das bin ich nicht." Ich gehe hinüber zu Levi, meine Augen auf Baxter. „Wer ist ein braver Beagle?"

„Wer sagt, dass du das nicht bist?", fragte Levi leise.

Ich sehe zu ihm auf. Er betrachtet meinen Gesichtsausdruck, bevor er eine Locke hinter mein Ohr schiebt, seine Finger streifen meine Wange, bringen Wärme und einen weiteren Ansturm von Erinnerungen mit sich. Levi kann zärtlich sein, wie ich es noch nie zuvor erlebt habe, und gleichzeitig fordernd auf eine Art, dass ich vor Lust schwach werde.

Ich trete einen Schritt zurück. „Ich glaube nicht, dass du mich so genau angesehen hast. Du hast vorhin nicht einmal bemerkt, dass ich Marmelade im Gesicht hatte."

Er tritt in meinen persönlichen Raum, kneift mir das Kinn und küsst mich. Nur ein kurzer Kuss, aber ich will sofort mehr. „Ich dachte, du sparst dir das für später auf."

Ich schiebe mir die Haare hinter die Ohren, plötzlich verschämt. „Klar."

„Ich habe mich einfach gefreut, dich zu sehen, und keine genaue Untersuchung gemacht. Ehrlich gesagt, finde ich, du würdest selbst in einem Sack wunderschön aussehen."

Jetzt weiß ich, dass er bloß nett ist. „Okay, ich werde daran denken, beim nächsten Einkauf nach einem Sack zu suchen." Ich öffne die Tür, gehe hinaus und schließe hinter mir ab.

Wir gehen die Verandastufen hinunter und zum vorderen Weg.

„Hast du Kevin von Vegas erzählt?", fragt er, sobald wir die Straße erreichen.

Ich seufze. „Es ist erst einen Tag her, seit du mich darum gebeten hast, und nein. Ich habe ihn nicht gesehen. Gestern Abend kam er nach Hause, nachdem ich ins Bett gegangen war, und heute Morgen bin ich gegangen, während er duschte. Er ist noch nicht von der Arbeit zu Hause und wird wahrscheinlich wieder lange arbeiten. Ihm geht's nur um die Arbeit."

„Nur Arbeit und kein Spiel macht einen zu einem Langweiler."

„Das war ich früher auch, aber ich habe eine neue Sichtweise auf das Leben. Ich versuche, mehr Platz für Spaß zu lassen."

„Dann hast du also Platz für mich." Baxter stupst mich mit seiner Schnauze an die Hand, als wollte er mich daran erinnern, dass er auch beim Spaß mitmachen will. „Und Baxter", sagt er lachend.

Ich lache auch und konzentriere mich auf seinen verspielten Beagle. „Ich habe mir die Hände gewaschen, aber sie müssen für ihn immer noch nach Erdnussbutter riechen."

„Wie war deine Woche? Wieder alles im Lot?"

Ich bin so erleichtert, dass er mich nicht wegen Kevin drängt, oder was Levi und ich nach Vegas füreinander sind, dass ich alles über die Arbeit erzähle. Dass es eine neue Behandlung für Alzheimer gibt, über die wir uns freuen, und die Daten sehen sehr vielversprechend aus.

Wir erreichen den See, und ich halte mitten in der Unterhaltung an, um die atemberaubende Schönheit des sich kräuselnden Wassers, umgeben von hohen Bäumen in ihrem vollen Grün, zu genießen. Ein paar Ruderboote und Segelboote sind draußen auf dem See, kleine Kinder planschen in der Nähe des Ufers. Jemand wirft ein Frisbee für seinen schwarzen Labrador, der danach ins Wasser springt. Die Luft hier riecht so frisch und sauber. Ich will halb ins Wasser rennen und vor lauter Freude herumplanschen. Wie verrückt ist das?

„Hi, Leute!", ruft Kayla, die einen roten Wagen hinter sich herzieht. Bei ihr ist ihr Mann, Adam.

Ich lächle. „Hi! Hey, Adam." Ihr Mann ist ein großer schlanker Typ mit dunkelbraunen Haaren und einem unrasierten Kiefer. Er blickt immer ernst drein, außer, wenn er Kayla ansieht. Dann sieht er begeistert aus.

„Hey", sagt Adam. „Wie läuft's?"

Als wir sie erreichen, sehe ich mir den Wagen genauer an, wo Tank, eine englische Bulldogge, unter einer Markise sitzt und ein Ventilator in seine Richtung weht. Kayla redet die ganze Zeit über Tank, als wäre er ihr Baby. Sie nennt ihre Katze Simba seine kleine Schwester.

„Alles gut", sagt Levi. „Wir bereiten uns auf die Veranstaltungen am 4. Juli vor. Werdet ihr da sein?"

„Absolut", sagt Kayla. „Galena trifft uns morgen auf dem Jahrmarkt mit ihrer Schwester und ihren Nichten."

„Ist das so?" Levi stupst meinen Arm. „Ich freue mich darauf, sie kennenzulernen."

„Ihre Nichten sind so süß!", schwärmt Kayla. „Galena ist wie eine zweite Mom für sie."

„Nur eine Tante", sage ich.

„Und Patentante", sagt Kayla. „Du kannst so gut mit ihnen umgehen." Sie strahlt. „Adam und ich versuchen es."

Adam hustet, ein schwaches Rosa an seinem Hals. „Kayla, das ist privat."

Ich unterdrücke ein Lachen und tausche einen belustigten Blick mit Levi aus. Kayla ist jemand, der viel zu viel weitererzählt, und ihr Mann ist genau das Gegenteil, extrem zurückhaltend und privat.

Kayla nimmt seine Hand und drückt sie. „Tut mir leid, ich bin nur so aufgeregt. Wir fangen offiziell erst heute Abend an. Mir wurde erst klar, dass heute die Nacht ist, als ich nach Hause gekommen bin, aber dann mussten wir Tank zuerst auf seinen Spaziergang mitnehmen."

Levi sieht zu Tank, der in seinem roten Wagen faulenzt. „Ja, sieht so aus, als würden seine Beine ziemlich trainiert."

Sie lacht. „Wir haben einen Deal. Er geht auf dem Weg zum See zu Fuß, und dann kann er auf dem Rückweg im Wagen fahren."

„Sie verwöhnt ihn", sagt Adam.

Sie sieht ihn vielsagend an. „Adam hat ihn früher nach Hause getragen. So viel zum Thema Verwöhnen. Tank ist dafür viel zu schwer."

Adam beugt seinen Bizeps. Kayla tätschelt ihn und kehrt zu ihrem Thema zurück, bei dem sie anderen zu viel erzählt. „Ich habe zum richtigen Zeitpunkt für die Empfängnis etwas gelesen."

„Mehr, als sie wissen müssen, Sweetheart", sagt Adam.

Kayla sieht mir mit ihrem begeisterten *Ich habe so viel zu erzählen-Blick* in die Augen. Ich bin sicher, dass sie mir all ihre Recherchen über die beste Art der Empfängnis erzählen wird, wenn ich sie am Montag bei der Arbeit sehe. Ich habe über viele intime Themen weit mehr von ihr gehört, als ich je wissen musste. So ist Kayla nun mal.

Ich nicke ihr leicht zu, um darauf hinzuweisen, dass wir später über die Einzelheiten sprechen werden. „Ich freue mich auf mein erstes Stadtfest." Ich drehe mich zu Levi um. „Kayla hat mir von all den verschiedenen Jahrmärkten, Festivals und Feierlichkeiten in der Stadt erzählt."

„Oh ja, es scheint, als würden sie sich vermehren", sagt Levi seufzend. „Ich bin immer bei der ein oder anderen Sitzung und koordiniere die Abläufe. Das ist gut für die Gemeinde, aber es ist eine Menge Arbeit. Wir sind ganz auf Freiwillige angewiesen. Vielleicht möchtest du ja einem Ausschuss beitreten."

„Ich vermeide Ausschüsse und Sitzungen um jeden Preis", sage ich und unterdrücke ein Schaudern.

„Es wird Spaß machen", sagt Kayla. „Ich mache immer das Pancakefrühstück mit Santa. Du solltest es dieses Jahr mit uns machen, Galena. Wir helfen mit den Kindern und tanzen zusammen."

„Wie ein Elf gekleidet", wirft Adam hilfreich ein.

Ich verziehe das Gesicht.

„Auf süße Weise", versichert Kayla mir. „Die Kinder lieben es."

„Vielleicht bringe ich meine Nichten dazu mit."

„Wir werden weiter darüber reden, wenn es näherrückt."
Kayla deutet zu mir und Levi. „Es ist so großartig, euch beide
zu sehen."

Ich kaue auf meiner Unterlippe herum. Die Ladys-Night-
Gruppe glaubt, wir sind ein Paar, und jetzt sind wir zum
zweiten Mal in zwei Tagen auf einem gemeinsamen Spaziergang mit Kayla, die so gerne alles weitererzählt, als Zeugin.
Das wird sich verbreiten wie ein Lauffeuer. Ich muss mich mit
Kevin zusammensetzen und ihm sagen, was los ist. Ich bin
mir nicht einmal sicher, ob es mit Levi eine Zukunft geben
wird, aber es lässt sich nicht leugnen, dass wir was in Vegas
hatten.

Tank stößt sein gedämpftes Bellen aus, und seine Augen
treten hervor, als Baxter zu ihm in den Wagen klettert. Ich
lache mich tot. Baxter sieht so selbstzufrieden aus. Er hält der
Ventilator fest, keucht hinein, seine großen Schlappohren flattern zurück.

„Oh nein", sagt Kayla. „Tank teilt nicht gern seinen
Wagen. Er knurrt schon, wenn ich nur einen Teddybären
hineinsetze."

Levi schnappt sich Baxter, der sich windet, um aus seinen
Armen und wieder in den Wagen zu kommen. Levi gewinnt
den Kampf und setzt ihn ein Stück entfernt ab.

Kayla wackelt mit den Fingern in unsere Richtung. „Wir
sollten jetzt besser los. Ich sehe euch dann beim Stadtfest.
Galena, treffen wir uns bei Summerdale Sweets um 11 Uhr für
einen erstklassigen Platz für die Parade. Wir können uns Eis-
Sandwiches besorgen. Jenna macht sie mit Kuchenschichten –
die sind so gut! Ich bin sicher, deine Nichten werden sie auch
lieben."

„Ich werde da sein."

Wir verabschieden uns und gehen weiter. Ich höre Kayla
noch Adam im Weggehen zurufen: „Sind sie nicht ein süßes
Paar?"

Ich riskiere einen Seitenblick auf Levi.

Er lächelt. „Adam nennt sie eine Naturgewalt."

„Jedenfalls eine Menge Energie, soviel ist sicher." Ein Teil von mir möchte die Sache mit dem Paar ansprechen, und ein Teil von mir mag es, die Zustimmung zu haben. Niemand hat mir und Kevin zugestimmt, und ich weiß, dass das hauptsächlich daran lag, dass wir vor der Hochzeit zusammengelebt haben und sie ihn nicht kennen wollten, aber meine Schwester hat ihn getroffen und mochte ihn nicht. Ich hatte immer das Gefühl, dass sie Kevin nicht versteht. Er ist ein Genie, und seine Forschung wird wahrscheinlich für die ganze Welt unglaublich wichtig sein. Zumindest habe ich mich immer daran erinnert, wenn ich mehr von ihm wollte, als er geben konnte.

Verdammt, ich war die Frau hinter dem Mann. Mir gefällt das ganz und gar nicht. Und wenn man bedenkt, dass ich fast mein ganzes Leben so verbracht hätte.

„Woran denkst du?", fragt Levi.

„Meinen Ex", gebe ich zu. „Mir ist gerade klar geworden, dass ich ihn absolut überschätzt habe, weil ich ihn für ein Genie gehalten und erwartet habe, dass er große Dinge erreichen würde, aber ich habe nie an mich gedacht. Vielleicht brauche ich auch Unterstützung. Keine absolute Unterstützung, nur –"

„Mehr wie ein Team."

„Ja. Wie wenn man im selben Team ist."

„Ich habe eine Idee, wie ich deinen Ex dazu bringen kann, das Haus zu verkaufen. Ich muss erst ein paar Dinge vorbereiten und melde mich dann bei dir. Wie klingt das für dich?"

„Es scheint, als wäre der einzige faire Weg für uns zu verkaufen. Aber ich werde Summerdale vermissen."

Er zwinkert. „Ich bin sicher, dass wir ein Plätzchen für dich finden."

„Levi, es ist viel zu früh, um auch nur darüber nachzudenken."

„Ich verstehe. Ich kann nach Häusern Ausschau halten, die verkauft werden. Das ist eine gute Jahreszeit zum Verkaufen. Viele Familien ziehen in unseren Schulbezirk, und zwar gern im Sommer vor Schulbeginn."

„Wenn du es schaffst, bin ich für den Verkauf offen."

„Exzellent."

Wir machen unseren Spaziergang um den See weiter und reden wie alte Freunde. Mit Levi kann man so leicht reden. Ich schätze, das ist auf seine fantastischen Fähigkeiten im Umgang mit Menschen zurückzuführen. Wir werden mehrmals von Leuten angehalten, die mit ihm über eine Vielzahl von Problemen in der Stadt sprechen möchten, von Baumstämmen in der Nähe von elektrischen Kabeln, über Rasenmähzeiten am Wochenende bis hin zur Durchsetzung der Leinenpflicht. Mir ist aufgefallen, dass es hier viele Hundebesitzer gibt. Außer dem Labrador, der in den See gesprungen ist, habe ich sie nur an der Leine gesehen.

Wir beenden unseren Spaziergang und gehen zurück zu meiner Straße.

Levi wirft mir ein schiefes Grinsen zu. „Meine Arbeit folgt mir."

„Ist schon okay. Es war interessant. Du musst diplomatisch sein, um allen gegenüber fair zu sein, auch wenn du Nein sagen musst."

„Es ist ein Balanceakt."

„Ich bewundere, was du tust. Du bist das schlagende Herz der Gemeinde, das einfach herumläuft."

Er lacht. „So kann man es auch formulieren."

Baxter stürzt einem Reh hinterher, das auf leichten Beinen durch einen seitlichen Garten läuft. Levi hält ihn zurück. „Lass es." Er kämpft mit der Leine, während Baxter entschlossen ist, an das Reh zu gelangen, das an Ort und Stelle wie erstarrt ist.

„Deshalb habe ich zu einem Brustgeschirr gewechselt", sagt Levi. „Damit er sich nicht würgt, wenn er an der Leine zieht." Er zieht und geht am Garten vorbei, schleppt Baxter hinter sich her.

Ich halte mit ihnen Schritt und gehe schneller.

Levi pfeift ein fröhliches Lied, um Baxter abzulenken, der immer wieder über seine Schulter blickt.

Er kann gut mit seinem Hund umgehen. Er kann mit allen gut umgehen. Warum halte ich mich bei ihm zurück?

Ich blicke auf, als ein vertrauter schwarzer Mazda an mir vorbeifährt und in die Einfahrt meines Hauses biegt. „Ich sollte gehen. Hab' einen schönen Abend."

„Ist das Kevin?", fragt Levi.

Kevin steigt aus dem Auto und sieht uns an. „Was ist los?" Ich schätze, dieser peinliche Moment lässt sich nicht umgehen. Kevin hat uns entdeckt, und Levi marschiert mit Baxter vor.

„Wie geht's, Nachbar?", fragt Levi. „Ich wohne einen Block entfernt."

Kevin sieht mich an und dann zurück zu Levi. „Das ist schon das zweite Mal, dass ich an meinem Haus sehe. Seid ihr beide zusammen?"

„Es ist kompliziert", platze ich heraus.

„Ja", sagt Levi.

Kevin stemmt die Hände in seine schmale Hüfte. „Was ist hier los?"

„Kevin, wir sollten drinnen reden", sage ich.

„Sag es mir einfach jetzt", fordert er. „Scheint weniger als zwei Wochen seit unserer Hochzeit her zu sein, und du hast bereits einen anderen Mann."

„So ist es nicht", protestiere ich. „Wir sind Freunde."

„Im Ernst?", fragt Levi.

Baxter schnüffelt an Kevins Hose und versucht, sich an seinem Bein hochzustellen. Kevin schüttelt ihn ab. „Halt deinen Hund von mir fern."

Levi zieht Baxter zurück und befiehlt ihm, sich zu setzen. Baxter setzt sich kurz hin und bittet mich um Aufmerksamkeit. Ich kraule ihn hinterm Ohr. „Bis später", sage ich zu Baxter und sehe dann zu Levi, schließe ihn in meinen Abschied ein. *Oh-oh.* Levi und Kevin lassen einander nicht aus den Augen. Ich glaube nicht, dass Kevin sich jemals auf eine körperliche Auseinandersetzung einlassen würde, aber er sieht wirklich wütend aus.

„Warum taucht unser Standesbeamter immer wieder an *unserem* Haus auf?", fragt Kevin mich und wendet seinen Blick nicht von Levi.

„Du hast mit ihr Schluss gemacht", blafft Levi. „An ihrem Hochzeitstag. Ich war mit ihr in Vegas."

Kevin weicht zurück, als wäre er geschlagen worden. „Was! Nein, das kann nicht sein. Galena würde nie mit einem Fremden weggehen."

„Es stimmt, Kevin. Ich wollte es dir erzählen. Können wir drinnen reden? Ich werde alles erklären."

Kevin starrt mich einen langen Moment an. Er lächelt „Alles ist kristallklar. Du würdest nie mit einem Fremder weggehen. Ihr müsst schon vorher zusammen gewesen sein." Er schüttelt den Kopf. „Ich hätte nie gedacht, dass du untreu bist."

„Das bin ich nicht, ich schwöre es. Das alles war spontan nach unserer Trennung."

Kevin verschränkt die Arme. „Levi, du bist in unserem Haus nicht willkommen. Bleib weg." Er geht hinein.

Ich sehe Levi an. Sein Kiefer verkrampft sich. Baxter winselt an seiner Seite.

„Bye", flüstere ich, bevor ich hineingehe. Mehr gibt es nicht zu sagen. Jetzt weiß jeder alles, und mein Leben ist immer noch verdammt kompliziert, mit zwei wütenden Männern an meinen Händen, und ich kann keinen von ihnen zufriedenstellen.

Ich brauche Zeit, um mich zu erholen, Zeit, darüber nach-zudenken, was ich wirklich brauche, um mein Leben voran-zubringen. Ich hoffe nur, dass ich in der Zwischenzeit nicht etwas verliere, das eine gute Beziehung sein könnte.

Kevin rennt auf dem Weg nach draußen fast in mich. „Ich werde Abendessen holen und zurück ins Labor gehen."

„Okay."

Die Tür knallt hinter ihm zu. Ich stehe für einen Moment da, mein Kopf wirbelt voller widersprüchlicher Emotionen durcheinander. Vielleicht sollte ich bei Levi vorbeischauen, nur um sicher zu sein, dass es ihm gut geht.

14

Am nächsten Tag, als ich mit meiner Schwester und meinen Nichten die Straße entlang zur Festwiese gehe, wo der Jahrmarkt stattfindet, treffe ich ständig Leute, die ich durch Levi oder von der Ladys Night im Horseman Inn kenne. Es ist fantastisch, und ich bin im siebten Himmel und fühle mich, als wäre ich Teil der Gemeinde von Summerdale. Okay, volles Geständnis: Ich bin in guter Stimmung, weil Levi und ich letzte Nacht miteinander geschlafen haben. Ich weiß, ich weiß, die Dinge sind kompliziert, und ich bin immer noch ein emotionales Chaos, aber –

Es. War. Großartig.

Außer Kontrolle, dringende Intensität. Als wäre all die sexuelle Spannung aus der Zeit, die wir seit Vegas nicht miteinander geschlafen haben, explodiert. Ich werde noch ganz rot, wenn ich daran denke.

Meine Schwester stupst mich mit dem Ellbogen an. „Sieht aus, als wärst du an einem guten Ort gelandet. Du kennst ja bereits eine Menge Leute." Izzy ist vier Jahre älter und wunderschön – glänzendes braunes Haar ohne jegliches Kräuseln, perfekte Haut, und irgendwie hat sie ein seltenes großes Gen unserer Familie abbekommen, das sie wie ein Model aussehen lässt. Sie braucht noch nicht einmal eine Brille. Nicht, dass ich neidisch wäre. Als Kind vielleicht ein bisschen. Ich habe mich immer damit getröstet, dass ich in der Schule besser war. Jetzt ist das Zeug nicht mehr so wichtig.

„Allmählich fühlt es sich wie ein Zuhause an", erkläre ich.

„Abgesehen von deinem Ex, der dein Haus verpestet."

„Was ist ein Ex?", fragt meine sechsjährige Nichte Grace.

Izzy und ich lachen. Mit Grace' fehlenden Schneidezähnen klingt es wie: „Was ist Sex?" (Mit einem bezaubernden Lispeln).

Grace presst die Lippen aufeinander. „Was ist denn so lustig?"

„Nichts, meine Süße", sage ich. „Deine Mom hat von meinem ehemaligen Freund gesprochen. Er wird mein Ex-Freund genannt, weil er nicht mehr mein Freund ist. Abgekürzt Ex."

„Kevin", sagt Grace. „Er ist der Ex, der dein Haus verpestet." Meine Nichten haben ihn kurz getroffen, und Kevin sprach mit ihnen wie mit Erwachsenen und sagte: „Es ist schön, euch kennenzulernen." Er versuchte, nicht weiter mit ihnen zu interagieren, und war während des gesamten Besuchs steif. Später sagte er mir, dass er sich in der Nähe von Kindern nicht wohlfühle, da sie laut sind und keine Denkfähigkeit haben. Damals dachte ich, dass es sinnvoll ist, dass er keine Kinder will, da er offensichtlich nicht gerne in ihrer Nähe ist, aber jetzt scheint es wie ein Warnsignal zu sein. Er wusste, wie viel mir meine Nichten bedeuten. Er hätte wenigstens versuchen können, freundlicher zu sein.

„Wo ist das Eis?", fragt die vierjährige Amelia und rennt zur Festwiese, wo es Grillzelte vom Horseman Inn und einen Backwarenstand von Summerdale Sweets gibt.

„Lasst uns zur Hüpfburg gehen", sagt Grace und hüpft auf und ab.

Ich deute auf die andere Straßenseite. „Da drüben haben sie das ganze Eis. Summerdale Sweets. Nachdem wir dort meine Freundin Kayla getroffen haben, können wir zur Hüpfburg und Spiele spielen."

„Yay!", rufen die Mädchen im Chor.

„Wenn eure Mom einverstanden ist", füge ich hinzu. Izzy sagt, wenn ich in der Nähe der Mädchen bin, verhalten sie sich mir gegenüber, als wäre ich die Mom, und sie könnte genauso gut Urlaub machen. Sie hört sich nie zu niedergeschlagen deswegen an.

„Was sie gesagt hat", antwortet Izzy trocken.

Die „Innenstadt" von Summerdale ist superniedlich, mit Summerdale Sweets in zentraler Lage an einer langen gewundenen Straße namens Peaceable Lane. Es gibt auch eine Bibliothek, ein Postamt, einen kleinen Lebensmittelladen, das Horseman Inn und zwei Kirchen an den gegenüberliegenden Enden der Straße. Kayla sagte mir, dass ich die Staatsgrenze überqueren müsste in das nahe Clover Park, Connecticut, um in die katholische Kirche zu kommen. Diese beiden Kirchen sind episkopal und presbyterianisch. Kayla kauft häufig in Clover Park ein und ist immer noch mit ihrer Hochzeitsplanerin befreundet, die dort lebt, obwohl Kaylas Hochzeit vor mehr als einem Jahr stattgefunden hat. Sie ist wirklich gut darin, mit Leuten in Kontakt zu bleiben. Ich werde wahrscheinlich mit ihr Clover Park besuchen müssen, vor allem den Buchladen, von dem sie so schwärmt.

„Dieser Laden ist wirklich allerliebst!" , ruft Izzy, als wir Summerdale Sweets erreichen. „Mir gefallen das Schild und die Markisen."

Auf einem roten Holzschild über der Tür steht Summerdale Sweets in weißen Buchstaben. Ich habe diesen Laden noch nie aus der Nähe gesehen. Es gibt dunkelgrüne Markisen über großen Panoramafenstern und zwei Parkbänke draußen. Der Laden ist auf Straßenebene eines weißen quadratischen Gebäudes.

Ich gehe zum Eingang, als sich die Tür mit einem fröhlichen Klingeln plötzlich öffnet. Levi tritt heraus. Mein Herz klopft doppelt so schnell. Von Levi habe ich Izzy noch nicht erzählt. Ich habe ein schlechtes Gewissen, weil ich so kurz nach meiner Trennung mit ihm zusammen bin und es liebe. Zumindest den einfachen nackten Teil.

„Hey, du", sagt er herzlich zu mir. „Kayla sagte, sie sei

etwas spät dran. Tank hat eine Magenverstimmung, und sie ist mit ihm zum Tierarzt gefahren. Sie wird dir eine SMS schicken, wenn sie auf dem Jahrmarkt ist."

„Okay, danke. Schön, dich zu sehen." Mein ganzer Körper wird heiß, trotz meiner lockeren Worte.

Seine dunklen Augen erhitzen sich ebenfalls, als würde er sich auch an jeden einzelnen glorreichen Moment erinnern. Ich scheine nicht wegsehen zu können, Hitzewallungen elektrisieren bei der Erinnerung jedes Nervenende. Ich will mehr.

Ich spüre Izzy starren und sehe sie an. Izzy blickt direkt zu Levi, Mund geöffnet. Ich hätte ihn wohl erwähnen sollen. Wir haben nicht gesagt, dass wir uns heute treffen, aber er ist der Bürgermeister. Stadtveranstaltungen sind irgendwie sein Ding.

Izzy spricht aus dem Mundwinkel. „Ähm, Galena, wer ist dieser Mann, der dich ansieht, als wärst du die nächste Miss America?"

„Ich könnte Miss America sein!", sagt Grace und wirft sich das Haar über die Schulter.

Amelia macht mit und ahmt ihre Schwester nach. Sie hat Zöpfe, also hat ihr Haar nicht den gleichen Effekt, als sie es über ihre Schulter wirft.

Levi bietet Izzy seine Hand an. „Ich bin Levi Appleton. Und du musst Galenas Schwester sein, Izzy. Ich sehe die Familienähnlichkeit."

„Das bin ich", sagt sie und schüttelt ihm die Hand. Sie sieht begeistert von ihm aus. Vielleicht, weil er nicht Kevin ist? Oder es könnten seine tollen Fähigkeiten im Umgang mit Menschen sein.

„Das sind meine Nichten, Amelia und Grace", sage ich und ziehe die Mädchen näher, eine unter jeden Arm.

„Lass mich raten, Amelia", sagt er und zeigt auf das richtige Mädchen. „Und du musst Grace sein."

„Ja!", rufen die Mädchen und freuen sich, dass er sie richtig zugeordnet hat. Ich erzähle vielleicht übertrieben viel über sie. Ich bin einfach so stolz auf sie. Amelia liest bereits mit vier Jahren, und sie ist so nett, teilt immer Süßigkeiten und Spielzeug mit ihrer Schwester, ob Grace einen halben Keks will, in den sie schon gebissen hat, oder nicht. Ha! Und Grace ist ebenfalls so fürsorglich und liest schon, als wäre sie in der dritten Klasse. Nicht schlecht für eine erst zukünftige Erstklässlerin. Ich verbringe auch viel Zeit damit, mit den Mädchen zu lesen. Oh, und ihre Mom hilft wahrscheinlich auch.

Levi lächelt die Mädchen an. „Wer möchte Eiscreme-Sandwiches? Ich lade euch ein."

„Ich!", ruft Grace.

Amelia springt auf und ab. „Ich auch!"

„Worauf warten wir dann noch? Gehen wir." Er hält ihnen die Tür offen, und sie rasen hinein. Er hält weiter die Tür für meine Schwester und mich auf. Die Mädchen eilen zum Glaskasten mit dem Eis und sehen sich die Geschmacksrichtungen an. Levi gesellt sich zu ihnen und fragt, was sie gerne mögen. Er fühlt sich offensichtlich wohl mit Kindern. Warum überrascht mich das nicht? Er kann mit allen Altersgruppen umgehen.

Izzy zieht mich am Arm zurück. „Okay, wer ist der Typ?"

Ich sehe Levi an, und es ist mir unangenehm, zu viel zu enthüllen, wenn er in der Nähe ist. „Der Bürgermeister."

„Und?"

„Er war der Standesbeamte für meine Hochzeit, die nicht stattfand."

„Okay, ich spüre, dass es hier eine Geschichte gibt."

Eine verrückte Geschichte darüber, wie ich den Mann eingeladen habe, mit mir in die Flitterwochen zu fahren, mit dem ich einen falschen Hochzeitsempfang im Haus unserer Großeltern gefeiert habe, wilden Sex hatte und mit dem ich dann als heißer Schlamassel nach Hause zurückgekehrt bin? Die Art Geschichte?

„Wir sollten uns später unterhalten", sage ich.

Aber Izzy ist noch nicht fertig. „Er ist total in dich verknallt und umgekehrt auch. Ich kann nicht glauben, dass du mir nichts von ihm erzählt hast."

„Es ist erst eine Woche."

Sie wirft mir einen Blick zu, der sagt: *„Spuck alles aus, Mädchen!"*

„Okay, zwei Wochen. Er ist mit mir nach Vegas gefahren."

„Was!"

Levi kehrt zu uns zurück. „Wollen die Damen auch Eiscreme-Sandwiches?"

„Ja", sage ich und geselle mich zu ihnen.

Izzy folgt mir und flüstert: „Ich will Details!"

„Später", flüstere ich zurück.

Sie lächelt Levi süß an und bestellt dann für die Mädchen. Levi macht dem Kassierer eine Geste. „Alle zusammen. Ich bezahle."

Ein paar Minuten später sitzen wir an zwei runden Tischen im Lokal. Levi hat einen Tisch herangezogen, damit es wie ein großer Tisch ist.

Die Mädchen sind still, ganz damit beschäftigt, das Eis an den Rändern ihrer Eiscremesandwiches zu lecken. Sie haben beide Schokoladenkuchen genommen. Amelia hat Schokoladeneis, Grace Erdnussbuttereis, und sie lecken einmal an dem der anderen, um zu kosten, welcher Geschmack der beste ist. So süß. Ich lasse sie auch mein Minzschokoladeneiscreme-Sandwich probieren.

Eine brünette Frau in ihren Vierzigern kommt in den Laden und direkt auf uns zu. Sie trägt eine hellgelbe Bluse und einen blauen Rock mit Sandalen, aber sie hat die Ausstrahlung einer Frau, die einen Power-Anzug trägt.

Levi bedeutet ihr, sich uns anzuschließen, und zieht einen Stuhl von einem anderen Tisch herbei. „Carla, danke, dass Sie sich bereit erklärt haben, uns an Ihrem freien Tag zu treffen. Das ist Galena, die, von der ich Ihnen erzählt habe. Galena, das ist Carla Smith. Sie ist Immobilien-Anwältin. Ich dachte, sie könnte dir bei deinem Hausproblem helfen. Sie ist von hier, obwohl sie in der City arbeitet." New York City ist die einzige City, auf die die Leute sich hier beziehen.

Mir bleibt der Mund offen stehen. Levi hätte erwähnen können, dass er dieses Treffen organisiert hat. Ich habe nach Anwälten recherchiert, aber dann habe ich mich entschieden, zuerst zu versuchen, Kevin vom Wert des Verkaufs zu überzeugen, indem ich ihm zeige, auf wie hoch das Grundstück laut meiner Online-Recherche bereits geschätzt wird. Er würde sich mehr von Zahlen beeinflussen lassen als von Anwaltsdrohungen. Ich hab' die Zahlen. Ich brauchte nur eine gute Zeit, um mich mit ihm zusammenzusetzen.

Carla, eine Brünette mit einem kurzen Bob, lässt ein Lächeln erstrahlen. „Hi, schön, Sie kennenzulernen, Galena. Wie ich sehe, sind Sie mit Ihrer Familie beschäftigt. Hier ist meine Karte. Wenn Sie einen Moment Zeit haben, senden Sie mir eine Mail mit weiteren Einzelheiten zu Ihrem Fall, und wir können von dort aus weitermachen."

Izzy meldet sich zu Wort: „Ihr Ex hat alle Rechte an diesem Haus verwirkt, als er an ihrem Hochzeitstag beschlossen hat, sie nicht zu heiraten."

„Ich heirate am Strand!", sagt Grace.

„Grace nimmt den Schleier", sagt Amelia und sieht ihre große Schwester schwärmend an. Die Mädchen spielen gern Hochzeit mit dem alten Schleier ihrer Mom und einem weißen Nachthemd.

Ich bin im Moment dankbar für das Geplänkel der Mädchen, weil es ein heikles Thema ist, eine im Stich gelassene Braut zu sein, die in einem Krieg um ein Haus gefangen ist, das mindestens halb, wenn nicht sogar mehr mir gehört. Ich habe sechzig Prozent der Anzahlung geleistet. Levi legt mir eine ermutigende Hand auf den Rücken, um mir seine Unterstützung zu demonstrieren.

Das Glöckchen bimmelt über der Eingangstür, als jemand den Laden betritt. Es ist ziemlich still hier, da die meisten Leute auf dem Jahrmarkt sind. Ich sehe hoch, und das Herz springt mir in die Kehle. Kevin ist hier. Er hat sich tatsächlich den Tag freigenommen. Er trägt ein altes T-Shirt und Jeans, die an seiner dünnen Statur hängen, sein blondes Haar ist etwas schief, und er trägt die typischen Freizeitstoppel an seinem Kiefer. Früher fand ich diese Stoppel mal ansprechend. Jetzt sehe ich in seine kühlen blauen Augen und entdecke nur den Mann, der nicht aus meinem Leben verschwindet.

„Wenn man vom Teufel spricht", sagt Izzy.

Kevin kommt zu mir und ignoriert alle anderen. „Ich habe dich durchs Fenster gesehen. Ich habe heute freigenommen."

Ach was! Kannst du jetzt gehen? Ich möchte wirklich keine Szene. Izzy mag Kevin nicht, er mag Levi nicht, und das Letzte, was ich will, ist, dass Kevin weiß, dass ich mit einer Anwältin rede. So eskalieren die Dinge über jegliche Vernunft hinaus. Ich fange an, Kevins unvernünftige Seite zu sehen, und es ist unmöglich, damit umzugehen.

Izzy zuckt mit dem Daumen in Kevins Richtung und sagt zu Carla: „Das ist der Kerl, der das Grundstück nicht verlassen will, obwohl er schon öfter höflich darum gebeten wurde."

Carla nickt. „Wenn unverheiratete Paare gemeinsam Eigentum erwerben, ist das rechtlich gesehen kompliziert."

Izzy wirft eine Hand hoch. „Ein weiteres Verkaufsargument."

„Warte mal, du hast eine Anwältin engagiert?", fragt Kevin mich.

„Wir reden nur über die Situation", sage ich.

Kevins Gesicht wird rot. „Du hast mich hintergangen, um einen Anwalt auf mich zu hetzen?"

Ich versuche, ruhig zu reden, obwohl mein Herz schlägt. „Nein, so ist es nicht. Wir haben uns gerade erst kennengelernt, und ich war immer noch –"

Er unterbricht mich. „Ich lasse mich nicht aus unserem Heim zwingen." Er stürmt hinaus.

Ich bin erstarrt auf meinem Platz. Das ist das schlimmste Szenario, das sich da vor meinen Augen abgespielt hat. Hätte Levi mich nicht an einem öffentlichen Ort mit dieser Anwaltssache überrumpelt, wäre nichts davon passiert. Jetzt werden Kevin und ich im Krieg sein. Er wird sich wahrscheinlich auch einen Anwalt besorgen. Und ich dachte, heute wäre ein amüsanter Tag ohne Drama.

Carla steht auf. „Melden Sie sich, wenn Sie bereit sind. Ich verstehe, dass das eine schwierige Situation ist."

Ich nicke.

Levi beugt sich zu mir. „Du brauchst einen Anwalt. Das ist der einzige Weg, um ihn loszuwerden."

„Er hat recht", sagt Izzy.

Ich runzele die Stirn. „In der Zwischenzeit bezahlen wir beide Anwaltsrechnungen. Wenn das geklärt ist, werde ich kein Geld mehr haben, um ein neues Haus zu kaufen."

„Du bekommst schon etwas daraus", sagt Izzy.

Levis Telefon klingelt, und er sieht aufs Display. „Ich muss die Parade starten. Ich sehe euch dann später. War nett, euch alle kennenzulernen. Genießt euer Eis, Mädels." Er gibt Amelia eine Serviette, die sich schnell den Mund abwischt und sich sofort daranmacht, das letzte Stück Eiscreme-Sandwich zu essen.

„Es hat mich auch gefreut", sagt Izzy mit einem Lächeln.

Ich bekomme kein Lächeln über meine Lippen. „Bye."

Er sieht mich fragend an, bevor er sich umdreht und zur Tür hinausgeht.

„Ich mag ihn", sagt Izzy, während sie mit mehreren Servietten Eiscreme vom Tisch abwischt. Die Mädchen sind gerade fertig und zurück am Eistresen, um zu diskutieren, welche Geschmacksrichtungen sie das nächste Mal wollen.

„Warum, nur weil er uns Eis gekauft hat?"

„*Neiiiin.* Er scheint ein guter Kerl zu sein, er gibt der Gemeinde etwas zurück, und, Galena, wie er dich ansieht. Als wärst du das Beste seit geschnitten Brot."

Ich verdrehe die Augen.

„Und du siehst ihn auch so an. Du hast Kevin nie so angesehen."

Ich seufze. „Er ist ein guter Kerl, obwohl ich nicht glücklich bin, dass er mich heute mit einer Anwältin konfrontiert hat. Er hätte es erwähnen können. Ich war letzte Nacht bei ihm."

„*Ooh,* erzähl mir alles."

Ich werde rot und erzähle den wichtigen Teil, was Levi

betrifft. „Ich bin mir nur nicht sicher, ob ich bereit bin, in eine neue Beziehung zu springen. Ich versuche immer noch, mich aus der letzten zu befreien. Erst vor zwei Wochen war ich kurz davor, zu heiraten."

„Großes Gepäck, und dieses Gepäck lebt derzeit bei dir. Das würde das Liebesleben eines jeden dämpfen. Obwohl ihr Vegas hattet ..." Sie spricht nicht weiter und wartet darauf, dass ich die Lücke fülle.

Ich neige mich vor, um zu flüstern: „Es war umwerfend! Nachdem Kevin mich bei der Hochzeit abserviert hatte, wurde mir klar, dass all meine sorgfältigen Berechnungen und Planungen nichts für mich bewirkt hatten. Ich wollte Galena 2.0 werden. Du weißt schon, impulsiv, abenteuerlustig –"

„Lustig! Das ist gut für dich."

„Also hab' ich Levi impulsiv eingeladen, mit mir nach Vegas zu fahren, und das hat er gemacht! Grandma und Grandpa hatten einen Überraschungs-Hochzeitsempfang für mich in ihrem Haus mit ihren Freunden vorbereitet, und von da an hat eins das andere ergeben. Sie lieben ihn."

„Und ihr habt euch die Flitterwochen-Suite geteilt."

„Mit zwei Betten."

„M-hmm. Ich bin sicher, das war ein großes Abschreckungsmittel."

„Er hat mir gesagt, dass er mich liebt. Nach einer Woche!"

Sie legt alle schmutzigen Servietten in eine saubere und knüllt sie zusammen. „Ich glaube, wenn man in ein bestimmtes Alter kommt und genug Leute gedatet hat, weiß man einfach, wann es richtig ist. Liebst du ihn auch?"

Ich winde mich auf meinem Sitz, eine Blase der Aufregung steigt in mir auf. „Ich denke schon, aber wie kann ich sicher sein –"

„Kein Aber. Mehr brauchst du nicht zu wissen."

Sie wirft die Servietten weg und kehrt zum Tisch zurück, legt ihre Handtasche über die Schulter. Die Mädchen suchen sich immer noch aufgeregt Eiscreme für das nächste Mal aus.

Ich stehe auf und gehe zu ihr. „Ich habe Angst davor, wieder ins Tiefe zu springen."

Sie umarmt mich. „Ach, Süße. Natürlich hast du das. Ich würde mir Sorgen um dich machen, wenn du es nicht hättest. Am Anfang haben alle Angst, sind sich nicht sicher, ob sie jemandem ihr Herz anvertrauen können, aber es ist auch aufregend, oder?"

„Eher erschreckend."

Nachdem ich meine Nichten eine Weile zu Spielen mitgenommen habe, lassen wir sie sich endlich in der Hüpfburg austoben. Lassen Sie niemals ein Kind nach dem Essen hüpfen. Das Einmaleins der Kindererziehung. Kayla hat sich kurz zu uns gesellt, aber sie war besorgt um Tank und ist nach Hause geeilt, um nach ihm zu sehen. Als die Zeit der Mädchen in der Hüpfburg um ist, klettert Grace zuerst heraus und hilft ihrer Schwester sicher auf den Boden.

„Hast du gesehen, wie hoch ich gesprungen bin?", fragt Amelia uns. „Meine Zöpfe sind auch gesprungen!"

Ich lache. „So hoch!"

„Komm her, lass mich deinen Zopf reparieren", sagt Izzy. Sie richtet das Haarband, während Amelia fast vor Aufregung vibriert.

„Ich habe einen Überschlag gemacht!", sagt Grace.

„Ich auch!", sagt Amelia und plappert es ihrer großen Schwester nach.

„Hast du nicht!", protestiert Grace, und beide rennen los.

„Gehen!", ruft Izzy.

Die Mädchen verlangsamen sich zu einem Hüpfen und machen eine scharfe Rechtskurve um den presbyterianischen Kirchenanbau. Wir beeilen uns, sie einzuholen.

„Oh nein", sagt Izzy leise.

Wir finden die Mädchen in einem weißen Zelt, das Tierkisten mit Katzen und Hunden beschattet. Ein gutaussehender Typ, wahrscheinlich Anfang dreißig, in blauem Kittel, mit kurzen dunklen Haaren und Stoppelbart, hält einen schwarz-weißen Boston Terrier an seiner Brust. Der Hund hat ein interessantes Gesicht – schwarz, mit Ausnahme eines weißen Streifens von der Mitte seiner Stirn bis zur Nase und der Schnauze. Seine Augen sind groß, seine Nase und sein Oberkiefer kurz. Ein bisschen wie Tanks eingedrücktes Bulldoggengesicht.

Als wir uns nähern, lese ich das Namensschild des Mannes: Dr. Russo, und darunter: Summerdale Veterinary Center. Er muss der Tierarzt sein, von dem Kayla so schwärmt. Sie liebt seine Art, mit ihren Haustieren umzugehen, und findet auch das Tierheim, das er in einem hochmodernen Gebäude hinter seinem Büro gegründet hat, fantastisch. Da hat sie Simba her. Sie sagte, Dr. Russo arbeite auch eng mit Best Friends Care zusammen, indem er Heimhunde mit Militärveteranen zusammenbringt, die einen Therapiehund benötigen.

„Hi, ich bin Dominic, Anführer dieser Bestienbande", sagt er mit einem bezaubernden Lächeln. Er neigt seinen Kopf zu dem Hund, den er hält. „Das hier ist PJ. All diese Tiere stehen zur Adoption bereit. Lassen Sie es mich wissen, wenn Sie einen kennenlernen möchten, und ich werde ihn für Sie rausholen."

„Können wir PJ streicheln?", fragt Grace.

Dr. Russo geht in die Hocke und dreht sich um, damit sie das Gesicht des Hundes besser sehen können. Wenn ein Hund hochmütig und genervt aussehen kann, dann dieser. „Ganz vorsichtig", sagt Dr. Russo. „Er ist nicht an Kinder gewöhnt."

Die Mädchen machen das toll und streicheln ihn sanft. Grace streicht zwei Finger über seinen quadratischen Kopf. Amelia streichelt ihn hinter seinem spitzen Ohr, und es zuckt.

„PJ ist ein 13-jähriger Seniorenhund", sagt Dr. Russo.

„Dreizehn ist nicht alt", sagt Grace. „Zwanzig ist alt."

„Für einen Hund schon", sagt Dr. Russo.

Die Mädchen eilen zu ihrer Mom. „Können wir ihn behalten?", fragt Grace.

„Ja!", sagt Amelia.

Izzy schüttelt den Kopf. „Wir haben doch darüber gesprochen. Keine Haustiere, bis ihr alt genug seid, um selbst die Verantwortung dafür zu übernehmen."

„Ich kann das!", ruft Grace aus.

„Ich auch!", sagt Amelia.

Izzy schüttelt den Kopf.

Dr. Russo richtet sich wieder zu seiner vollen Größe auf und lehnt sich zurück, um nach PJ zu sehen, der immer noch verärgert dreinblickt. Oder vielleicht sind das nur sein eingequetschtes Gesicht und die müde aussehenden großen Augen. Dieser Hund braucht ein ruhigeres Heim als das Haus der Mädchen. Sie würden ihn wahrscheinlich wie eine Puppe anziehen und in einer Kutsche herumschubsen. Die Demütigung!

Die Mädels laufen los, um sich ein paar Katzen anzusehen. Izzy streichelt PJ und spricht leise zu ihm.

„Denkst du darüber nach, dir einen Hund zuzulegen?", fragt eine vertraute Baritonstimme hinter mir.

Ein heißer Schauer läuft mir den Rücken hinunter, als ich mich zu Levi drehe. „Wir besuchen sie nur mit den Mädchen."

Er küsst meine Wange. „Ich bin froh, dass ich euch wieder aufgespürt habe. Ich habe meine offiziellen Pflichten erfüllt."

„Hey, Levi", sagt Dr. Russo. „Wir haben einen weiteren Beagle reinbekommen. Ich hatte gehofft, dich hier zu treffen. Sie ist auf dem neuesten Stand mit Spritzen, kastriert und sucht ein gutes Zuhause." Er senkt seine Stimme. „Sadie wurde verlassen, weil sie zu viel bellte, wenn ihr Besitzer bei der Arbeit war. Sie konnte die langen Stunden allein in einer Wohnung nicht ertragen, und das störte die Nachbarn. Ich denke, sie wäre in einem Haushalt mit zwei Hunden am besten aufgehoben."

Levi stöhnt. „Baxter macht schon so viel Arbeit." Er wird weicher. „Wo ist sie?"

Dr. Russo setzt PJ ab, der ihn sofort erwartungsvoll ansieht. Der Tierarzt nimmt ein Leckerchen aus seiner Tasche und gibt es ihm, bevor er ihn wieder in eine Kiste mit einem weichen Bett steckt.

Einen Moment später bringt Dr. Russo einen Beagle mit ähnlichen Flecken wie Baxter heraus. Sadies sind schwarz, braun, weiß und rot. Baxter hat mehr Braun als Rot. Sie ist schön und läuft direkt zu Levi, schnüffelt an seinem Bein, als wäre es der interessanteste Duft der Welt.

Levi hockt sich hin, um sie zu streicheln. „Sie riecht wahrscheinlich Baxter." Sadie springt an ihm hoch und leckt sein Gesicht. Levi lacht, drückt sie zurück und krault sie hinter den Ohren. Sie schließt die Augen vor Wonne. Ja, ich kenne das Gefühl von diesen magischen Fingern. Ähem.

„Sie ist zwei", sagt Dr. Russo. „Und mehr werde ich dazu nicht sagen."

Levi sieht zu ihm auf. „Ist sie eine Fluchtkünstlerin?"

„Nicht, dass ich gehört hätte."

Levi sieht Sadie an. „Soll ich dich mitnehmen? Hättest du gern einen Hundefreund?"

Sadie springt noch einmal an ihm hoch, ihre Pfoten gegen seine Schultern, während sie sein Ohr leckt.

Levi lächelt. „Ich glaube, das ist ein Ja. Ich nehme sie."

Mein Herz zieht sich zusammen. Das ist ein Mann, der viel Liebe zu geben hat. Ich spüre, wie meine Verteidigung zerbricht, als er Sadies Leine nimmt und sie streichelt, während er gleichzeitig Papiere unterschreibt.

Ein Herz aus Gold. Es ist schwer, wütend auf ihn zu bleiben, weil er mich mit einer Anwältin überfallen hat und den Streit mit Kevin hat eskalieren lassen, wenn ich ihn so in Aktion sehe. Er ist ein guter Mensch mit guten Absichten. Ich glaube, er hat wirklich versucht, mir zu helfen, obwohl ich eine Vorankündigung und ein privates Treffen vorgezogen hätte.

Izzy und die Mädchen schließen sich ihm an und sind verrückt nach Sadie, die um die Mädchen herumläuft und sie in der Leine verheddert.

„Wie heißt sie?", fragt Grace.

„Sadie", sagt Levi.

„Du hast so ein Glück! Mom lässt uns *nichts* haben."

„Wenn ihr älter seid", sagt Izzy.

„Können wir Sadie bei dir zu Hause besuchen?", fragt Grace.

„Wenn das für eure Mom okay ist, sicher", sagt Levi. „Aber nicht heute. Sie muss sich jetzt erst einmal an ihren neuen Mitbewohner, meinen anderen Beagle Baxter, gewöhnen."

„Zwei Hunde!", ruft Grace aus.

Die Mädchen werfen ihrer Mom flehende Blicke zu.

„Wenn man Bürgermeister ist, kann man auch zwei Hunde haben", sage ich den Mädchen.

„Was macht ein Bürgermeister?", fragt Grace.

Levi geht in die Hocke, um seinen Job zu erklären, während er Sadies Leine von den Mädchen entwirrt und den Hund gleichzeitig streichelt. Vergessen Sie Schmetterlinge, die in meinem Bauch tanzen, jetzt tanzen meine Eierstöcke.

Izzy schenkt mir einen wissenden Blick.

Vielleicht ist es an der Zeit, der Liebe eine Chance zu geben. Ein Schauer durchzieht mich bei dem Gedanken.

Kein Zurückhalten! Die neue Galena geht Risiken ein. Wenn es nur nicht so beängstigend wäre.

15

Levi

Ich war so beschäftigt, mit den Stadtverpflichtungen und damit, Sadie und Baxter zusammenzubringen, dass ich Galena nur kurz mit ihrer Familie auf dem Jahrmarkt gesehen habe. Aber jetzt gehe ich nach nebenan zu einem Barbecue bei Kayla und Adam. Kayla sagte, sie habe Galena eingeladen, also hoffe ich, dass sie hier ist.

Ich entdecke sie sofort in einem Kreis von Frauen, die sich um ein Baby in einem Kinderwagen versammelt haben. Es ist Sydneys Tochter, Quinn. Galenas Nichten reden lebhaft mit dem Baby und bieten ihm eine Rassel an, die es ständig wegwirft.

„Hey, alle zusammen", sage ich und gebe Galena einen Kuss auf die Wange.

Sie wird rot und sieht zu mir auf. „Hey, Fremder. Kevin ist ernsthaft sauer wegen der Anwältin. Er schickt mir ständig wütende SMS von der Arbeit."

Ich schiebe eine Strähne hinter ihr Ohr. „Er ist wütend, weil er endlich kapiert, dass er die Idee, ihr zwei könntet wieder zusammenkommen, aufgeben muss."

„Das habe ich auch gesagt!", sagt Izzy.

Die Frauen, die sich um Baby Quinn versammelt haben, stimmen zu. Es ist die übliche Gruppe von der Ladys Night.

„Ich bin gerne bereit, meine Sachkenntnis im Immobilien-bereich anzubieten", sagt Paige. Sie hat früher in der Stadt in der Immobilienbranche gearbeitet. „Und ich kann dir helfen, dein Haus für einen schnellen Verkauf zu inszenieren."

„Rechtsanwaltsverfahren können langsam ablaufen", warne ich.

„Der Sommer ist jedoch die beste Zeit zum Verkaufen", sagt Paige.

Galena reibt sich die Schläfe. „Ich würde wirklich gerne eine Weile nicht an die Situation mit Kevin denken."

Ich reibe ihr den Rücken. „Ich versuche nur, das Kevin-Problem zu lösen."

„Was muss gelöst werden?", bellt eine Frau von hinten. „Ich habe die Antwort oder kenne jemanden, der sie hat."

Wir alle wenden uns Mrs. Joan Ellis, alias General Joan zu. Wir mögen alle allgemein etwas voreingenommen sein, weil sie unsere Lehrerin in der dritten Klasse war und wir ein wenig Angst vor ihr hatten.

„Hi, Mrs. Ellis", sagen wir in einem bunten Chor.

„Wie geht's euch allen?", fragt sie, und ihre scharfen Augen betrachten uns der Reihe nach.

Alle antworten „Gut", aber Mrs. Ellis merkt es kaum, ihr Blick klebt an Galena. „Freut mich, dass Sie den gesunden Menschenverstand haben, bei Levi zu bleiben. Warum sehen Sie dann so elend aus? Hat Levi etwas falsch gemacht? Sagen Sie ihm einfach, was das Problem ist, und ich bin sicher, er wird sich entschuldigen." Sie wirft mir einen harten Blick zu.

„Oh, nicht er ist das Problem", sagt Galena.

Kayla, die immer zu viel weitergibt, erzählt Mrs. Ellis sofort die ganze Situation im Detail, von der schrecklichen Hochzeitskatastrophe bis zum Haus, das verkauft werden muss.

General Joan dreht sich zu mir um. „Wissen Sie noch, wie wir über Harpers Dreharbeiten in der Stadt sprachen? Machen wir das möglich. Sie arbeitet gerade an einem Thril-ler. Wir bringen sie dazu, in Galenas Haus zu filmen, und dann wird Harper Kevin überreden zu verkaufen. Wenn er nicht schon ein Fan ist, können wir ihn mit dem Glamour locken, Statist in einer Szene zu sein. Sie werden erstaunt sein, wie es einen Menschen beeinflussen kann, so nahe an der Filmhandlung zu sein."

„Wie genau wird Harper ihn überzeugen zu verkaufen?", fragt Galena.

„Sie ist sehr einflussreich", sagt der General einfach.

„Es könnte nicht schaden", sage ich.

General Joan hebt einen Finger. „Und die Produktionsfirma wird Sie für die Nutzung Ihres Hauses für einige Tage bezahlen. Ich bin sicher, dass wir jemanden finden können, der Sie beide, natürlich separat, während der Dreharbeiten mitnimmt."

Sydney meldet sich: „Machen wir das, Mrs. Ellis. Ich habe Harper ewig nicht gesehen und möchte, dass Caroline und Quinn sich treffen."

„Caroline ist jetzt zwei und wird langsam anstrengend", warnt General Joan. „Ich bin mir nicht sicher, wie gut sie sich bei einem Säugling benimmt."

„Quinn ist zäh."

Wir sehen uns alle das vier Monate alte Baby in seinem Kinderwagen an, als es die Rassel wirft, damit Grace und Amelia sie holen.

„Vielleicht wird sie es wirklich gut machen", gibt General Joan zu.

Alle lachen.

Galena

Nachdem meine Schwester und Nichten nach Hause gegangen sind, gehe ich mit Levi nach nebenan zu ihm. Wir sind nicht hier, um zu reden. Hoffe ich.

In dem Moment, als sich die Tür hinter uns schließt, kracht sein Mund auf meinen. Ich liebe ihn. All meine Probleme, all meine Sorgen, verblassen in nichts. Das hier funktioniert, und ich habe es satt, es infrage zu stellen.

Das Nächste, was ich weiß, ist, dass wir uns gegenseitig an der Tür die Kleider herunterreißen. Er drückt den Lichtschalter aus und hebt mich an die Tür. Es ist hart und schnell und genau das, was ich brauche. Dieser große Mann, der in mich pumpt, seine starken Arme, die mich halten, die Muskeln in seinem Rücken, bewegen sich unter meinen Handflächen. Er gleitet eine Hand zwischen uns, streichelt mich, und ich gehe hoch. Sein Mund dämpft meinen Schrei, und dann lässt er los.

Ich klammere mich in den Nachwirkungen an ihn, keuchend. Er küsst mich, umrahmt mein Gesicht mit seinen Händen. Und dann schaltet er das Licht an und hilft mir, mich anzuziehen. Da ist etwas so Intimes daran, dass er mich anzieht, er mich betrachtet, seine Hände sanft sind, während er mein Oberteil zurechtrückt.

Wir lächeln einander an.

Er nimmt meinen Kiefer und küsst mich vorsichtig. „Ich muss heute Abend zurück zum See für das Feuerwerk einer Zeremonie, bei der ich den Vorsitz führe. Wir könnten es uns zusammen ansehen."

„Das fände ich schön." Ich ziehe seinen Kopf herunter und küsse ihn wieder.

Nach einer Weile hebt er den Kopf. „Deine Schwester sagte mir –"

Ich löse mich von ihm. „Izzy hat mit dir über mich gesprochen?"

„Ja, als du deine Nichten beaufsichtigt hast, während sie mit Tank und Simba in Kaylas Haus gespielt haben. Sie hat mir gesagt, dass dein Ex irgendwelchen Schaden angerichtet hat, und du mehr Zeit brauchst, um für eine Beziehung bereit zu sein. Es fällt mir schwer zu warten, aber nimm dir die Zeit, die du brauchst, auch wenn du mich dann eine Weile nicht siehst." Er blickt mir so warm in die Augen, dass meine Gliedmaßen schwach werden. „Okay? Ich möchte nur, dass du dich wohlfühlst."

„Willst du eine Beziehung?"

„Ich will", sagt er feierlich.

Ein Schauer läuft mir die Wirbelsäule hinunter. „Das klang ja wie bei einer Hochzeit."

„Ich bin offen für das ganze Tamale."

„Was ist das ganze Tamale?"

„Ehe, Kinder, Arbeit. Keine Eile, aber ich möchte das erleben."

„Hast du immer noch das Gefühl, dass dir die Zeit ausgeht und du viele neue Erfahrungen machen musst, weil du dich dem Alter deines Vaters näherst, in dem er gestorben ist?"

Er legt einen Arm um meine Taille und zieht mich an sich. „Witzig. Seit ich dich kenne, schien die Zeit stillzustehen. Ein ganz anderer Kopfraum. Der Galena-Raum."

Mein Herz pocht. Ich könnte diesen Mann lieben. Ich liebe diesen Mann. Und dann nimmt seine große Hand meinen Kiefer, und seine Lippen treffen in einem zärtlichen Kuss auf meine.

„Ich könnte etwas Wasser gebrauchen", sagt er, um die Stimmung aufzuheitern. „Und was ist mit dir?"

„Klar."

Ich folge ihm in die Küche. Er öffnet den Kühlschrank für den gefilterten Krug und schließt dann mit besorgtem Blick die Tür. „Hast du Baxter und Sadie gesehen? Mir ist gerade erst aufgefallen, dass sie sich gar nicht an der Tür auf mich gestürzt haben. Und Baxter kommt in der Regel jedes Mal, wenn ich den Kühlschrank öffne."

„Nein, ich hab' sie nicht gesehen."

Er stellt den Krug auf den Tisch und ruft: „Baxter, komm! Sadie?"

Kein Hund zu sehen.

Levi wirft mir einen beunruhigten Blick zu, sucht die ganze untere Etage ab und sieht dann in den Garten. „Baxter ist ein Fluchtkünstler. Klettert Zäune hoch, gräbt sich unter ihnen durch, aber ich hatte ihn drinnen, als ich nach nebenan gegangen bin."

„Hat er Angst vor Feuerwerk? Vielleicht versteckt er sich."

Ich habe gehört, wie die Leute vorhin welches haben hochgehen lassen."

Er hebt die Brauen und eilt ins Wohnzimmer. Er duckt sich und blickt unter das Sofa. „Da seid ihr ja!"

Ich schließe mich ihm an. *Aww.* Der arme Baxter liegt fast flach zwischen der Wand und dem Sofa. Sadie ist neben ihm, sieht ruhig aus, als ob sie ihm nur Gesellschaft leistet. Keiner von ihnen hat sich bei all den Aktivitäten im Eingangsbereich gerührt. Gott sei Dank.

Levi deutet auf Baxter. „Ich dachte, du wärst mir schon wieder weggelaufen. Komm raus. Du auch, Sadie."

Baxter bewegt sich nicht, Sadie also auch nicht.

Mir kommt eine Idee. „Oh, ich weiß! Leg ein Leckerchen auf den Boden vor dem Sofa. Wenn er dann bereit ist, sich der Welt zu stellen, wird er einen Anreiz haben. Ich glaube, es war Baxter, der Angst bekommen hat, und sie ist nur seine Unterstützerin."

Levi geht in die Küche und kommt mit einer Leckerchenschachtel zurück. Er schüttelt sie und ruft wieder nach Baxter. Es ist ein Schnüffeln zu hören, aber keine Bewegung.

Levi zerlegt ein großes Leckerchen in Stücke und hinterlässt eine Spur vom Sofa zu Baxters Hundebett neben dem Sofa. „Vielleicht finden wir ihn später dort."

Ich lächle. Levi verdient alles Gute auf dieser Welt. Ich hoffe, ich kann ihm das geben.

Kurz darauf brechen wir Hand in Hand auf, um zum Feuerwerk am See zu gehen, und lassen die Hunde mit Levis T-Shirt zurück, damit sie Gesellschaft haben. Es fühlt sich irgendwie an, als wären wir eine kleine Familie. Zum ersten Mal seit Ewigkeiten freue ich mich auf die Zukunft. Bin nicht nur zufrieden, sondern auch *aufgeregt.* Ich hätte nie gedacht, dass es mich so glücklich machen könnte, eine sitzengelassene Braut zu sein.

Nur eine Person könnte das ruinieren, und ich weigere mich, an ihn zu denken. Heute Abend ist alles perfekt.

~

Zwei Wochen später ...

Kevin und ich sind in einer Pattsituation. Eigentlich steht er still, wie ein Strauß mit dem Kopf im Sand. Er hat sich keinen Anwalt genommen. Er hat mir sogar verziehen, dass ich ihn betrogen habe, und will, dass alles wieder normal wird. Was für ein Scherz!

Meine Anwältin sagt, ich habe Anspruch auf sechzig Prozent des Hauswertes, weil ich sechzig Prozent des Geldes für den Kauf eingesetzt habe. Wir haben hier erst ein paar Monate gelebt, also haben wir nichts für Verbesserungen ausgegeben. Jedenfalls will Kevin nicht verkaufen. Er wehrt sich mit Händen und Füßen dagegen und denkt, wenn wir einfach lange genug zusammenleben, werde ich ihm irgendwann vergeben, dass er die Hochzeit abgesagt hat, so wie er mir den Betrug verziehen hat. Das ist seine typische moralische Überlegenheit. Nur, dass ich ihn nie betrogen habe!

Levi hat mir Freiraum gegeben, sodass ich mich nicht in eine Beziehung gedrängt fühle, und er ist auch tolerant gegenüber der Tatsache, dass ich immer noch mit meinem Ex lebe. Er murrt darüber, aber bis jetzt hat ihn das nicht davon abgehalten, mich sehen zu wollen. Ich verbringe die Nacht nie bei Levi. Ich will nicht, dass Kevin das Haus für sich allein hat und glaubt, ich gebe das Haus auf.

Heute ist ein seltener Freitagabend, an dem Kevin und ich pünktlich von der Arbeit nach Hause kommen. Immer, wenn ich ihn zu Hause sehe, ist er gereizt, wirft aber gelegentlich doch die Möglichkeit einer Versöhnung in den Raum. Ich esse Spaghetti am Küchentisch, und er sitzt am Tresen und isst ein übrig gebliebenes Sandwich, die Packung Milch steht neben ihm. Ehrlich gesagt, ich kann nicht glauben, wie stur er ist, und das sage ich ihm auch.

„Ich weiß, dass du mir eines Tages verzeihen wirst, wie ich dir verziehen habe", sagt er. „Dann können wir weitermachen" Er trinkt die Milch direkt aus der Packung.

„Könntest du dir bitte ein Glas holen? Ich nehme diese Milch für mein Müsli."

„Ist eh fast leer", sagt er und trinkt noch einen langen Schluck.

Vielleicht sollte ich anfangen, meinen Namen auf das Essen zu schreiben, das ich kaufe.

Ich lege meine Gabel ab. „Hör zu, alles, was ich will, ist dieses Haus zu verkaufen und mein Leben weiterzuleben."

Er hebt seine Hände. „Das *ist* dein Leben."

Ich beiße die Zähne zusammen, obwohl ich schreien will, dass es vorbei ist, und ich nie wieder mit ihm zusammen sein will.

„Ich liebe dich immer noch", sagt er um einen Mundvoll Sandwich. Er schiebt sich ein Salatblatt in den Mund. *Eklig.* „Ich sagte doch, ich habe kalte Füße bekommen."

„Kevin, ich liebe dich nicht mehr. Wärst du nicht glücklicher, weiterzuleben? Du könntest jemand Neuen kennenlernen."

„Ich will niemand Neuen. Ich will dich. Man könnte nicht zwei kompatiblere Menschen finden, wenn ein Computer danach suchte. Oh, warte. Das hat er ja!" Wir haben uns über eine Dating-App kennengelernt.

„Menschen sind komplexer, als was jedes Dating-Profil bieten kann."

Er isst sein Sandwich zu Ende, leert die Milch und faltet den Karton. „Du musst Levi aus deinem Leben streichen. Ich weiß es nicht zu schätzen, dass du mir den Kerl, mit dem du mich betrogen hast, so unter die Nase reibst."

Ich schiebe mich vom Tisch zurück und stehe auf, mein Appetit ist verschwunden. „Ich habe dich nie betrogen, und ich reibe Levi niemandem unter die Nase!"

„Er taucht immer hier auf, schickt dir ständig SMS und ruft an. Glaubst du, ich merke das nicht? Du bekommst diesen dummen Blick, wenn du von ihm hörst."

Ich spreche durch meine Zähne. „Ich kann es nicht mehr ertragen, dich anzusehen, geschweige denn mit dir zu reden."

„Das ist Levi, der da aus dir spricht."

„Das ist nicht Levi! Das bin ich."

Es klingelt an der Tür, und ich höre Baxters Hundejodeln.

Sadie macht beim fröhlichem Bellen mit. Sie reagieren auf die Klingel, die Levi gerade gedrückt hat.

„Da ist ja die Ursache für all unsere Probleme", sagt Kevin.

Ich gehe zur Tür. „Hey, Levi, das ist gerade keine gute Zeit." Baxter schnüffelt an der Veranda nach interessanten Düften. Sadie schubst meine Hand an, weil sie Streicheleinheiten will.

Kevin taucht an meiner Seite auf und legt einen Arm um meine Schultern. Ich schüttle ihn ab. „Wir haben gerade von dir gesprochen."

Levi kocht. „Gibt es ein Problem?"

„Ja: dich", sagt Kevin. „Ich schlage vor, dass du verschwindest. Du gehörst hier nicht her."

Ich schüttle den Kopf. „Tut mir leid! Er besteht darauf, dass wir hinter seinem Rücken zusammen waren. Ich möchte nicht, dass du hier mit reingezogen wirst."

Levi betritt das Haus und stößt Kevin in die Brust. „Mit deinen Lügen bekommst du nicht, was du willst, und du hast jegliche Ansprüche auf Galena aufgegeben, als du sie an ihrem Hochzeitstag abserviert hast."

„Das waren kalte Füße!", ruft Kevin aus. „Warum glaubt mir niemand? Außerdem habe ich Nein zur Hochzeit gesagt, nicht zu Galena. Was mich betrifft, haben wir uns nie getrennt."

„Kevin, wir haben uns getrennt", sage ich, vollkommen verärgert über den Mann.

„Galena und ich hatten eine tolle Zeit in Vegas", sagt Levi selbstgefällig.

Levi und Kevin starren sich gegenseitig an, die Spannung ist hoch. Ich hoffe wirklich, dass sie nicht kämpfen werden. Erstens, weil ich nicht will, dass jemand verletzt wird, und zweitens, weil ich befürchte, dass Kevin eines Tages alle mögliche Munition für einen Anwalt haben wird.

Ich appelliere an Kevins vernünftige Seite, wenn sie noch da ist. „Kevin, Levi war an unserem Hochzeitstag für mich da, nachdem du mich verlassen hast, und ich hab' ihn spontan eingeladen, mit mir nach Vegas zu kommen. Davor gab es keine Beziehung. Ich bin nicht untreu."

„Und ich bin nicht blöd!", blafft er. „Ich bin bereit, das hinter uns zu lassen, aber er muss gehen."

„Galena, könnten wir einen Spaziergang machen?", fragt Levi mit grimmigem Gesichtsausdruck. „Wir müssen reden."

Meine Sinne sind in Alarmbereitschaft. Das klingt ominös.

„Klingt wie ein Trennungsgespräch", sagt Kevin mit einem selbstgefälligen Lächeln. „Nur zu, Galena. Ich bin hier, wenn du zurückkommst."

Ich gehe mit Levi nach draußen und atme tief durch. Manchmal fühlt es sich an, als ob Kevin die ganze Luft aus dem Raum saugt.

Levi ist still auf dem Weg zum See.

„Tut mir leid", sage ich. „Kevin ist stur."

„Es ist mehr als das. Er liebt dich immer noch."

„Ich weiß, dass er das sagt, aber er liebt eigentlich nur die Art, wie ich ihn geliebt habe. Unsere Beziehung hat sich um ihn gedreht. Das mache ich nicht mehr."

Er hält am Ende unserer Straße, der See glänzt in der Ferne. Baxter zieht zum See, und ich wünschte, ich könnte auch gehen. Levi sieht viel zu ernst aus, und ich habe ein schlechtes Gefühl bei dem, was er sagen wird. Meine Augen werden heiß. Es ist das Trennungsgespräch, ich weiß es. „Galena –"

„Du sagtest, du würdest mir Zeit geben, um zu wissen, ob ich für mehr bereit bin. Das waren nur zwei Wochen."

Er reibt sich eine Hand über das Gesicht. „Ich habe versucht, dir Freiraum zu geben, das habe ich wirklich, aber es ist schwer, wenn ich weiß, dass du noch mit *ihm* zusammen bist."

„Aber ich bin nicht mit ihm zusammen."

„Ich habe es satt, dich immer bei ihm zu Hause abzuliefern! Ich muss wissen, dass es dir zu Hause gut geht, und will mich nicht fragen, wie es wohl gerade läuft."

„Ich hab' dir doch gesagt, es geht mir gut."

„Nun, mir aber nicht. Ich hasse das."

„Du hasst es, mit mir zusammen zu sein?", frage ich leise.

Er blickt in die Ferne. „Es ist schwer für mich, das zu sagen …"

„Dann sag es nicht."

Seine Augen sind auf meine gerichtet. „Ich liebe dich, aber ich kann das nicht mehr. Nicht, bis du dich dauerhaft von Kevin getrennt hast."

Meine Augen brennen, meine Kehle ist zugeschnürt, und das macht mich wütend. „Deshalb war ich noch nicht bereit für eine Beziehung. Du verletzt ein bereits verletztes Herz. Du sagtest, du würdest mich nicht drängen, doch jetzt, nur zwei Wochen später, drängst du mich."

Er wirft mir einen mitleidigen Blick zu, bei dem ich heulen könnte. „Ich dränge dich nicht. Ich ziehe mich von der Bild-fläche zurück. Ich kann nichts bewirken, und ich will nicht mehr zwischen euch beiden stehen. Solange er in deinem Leben ist, bin ich es nicht. So einfach ist das."

„Mein Leben ist kompliziert. Ich weiß das, aber—"

Er küsst meine Wange. „Bye, Galena."

Und dann marschiert er zum See, seine treuen Hunde traben glücklich an seiner Seite. Ich sehe ihnen hinterher, bis sie nur noch Flecken in der Ferne sind. Schließlich drehe ich mich um und gehe nach Hause.

Und dann kann ich Kevin nicht gegenübertreten, also steige ich in mein Auto und fahre zu meiner Schwester. Sie wird wissen, was zu tun ist.

Aber das tut sie nicht. Denn, wie sie sagt, *Du bist zwischen zwei Männern gefangen, und Männer teilen nicht.*

Verdammt, ich will auch nicht teilen. Ich will nur mein Haus und Levi zurück. Nicht unbedingt in dieser Reihenfolge.

16

Levi

Es ist eine Woche her, und ich kann nachts kaum schlafen, Gedanken an Galena stolpern mir durch den Kopf. Wie ihr Gesicht mit ihrem Lächeln aufleuchtet, ihr schneller Witz, sogar ihre Brille, die ihre tiefbraunen Augen vergrößert. Und diese sexy Nächte, die wir geteilt haben. Einfach alles an ihr. Aber was hätte ich tun sollen, sie immer wieder ausführen und zu ihm nach Hause bringen, dem selbstgefälligen Arschloch, das versucht hat, mich als Bösewicht dastehen zu lassen? Und ich wusste nie, ob es ihr gut geht. Es war alles, was eine verantwortliche Person niemals tun würde – einen geliebten Menschen in einer riskanten häuslichen Situation zu lassen. Ich konnte das nicht mehr ertragen.

Ich starre bei der Arbeit im Rathaus auf meinen Laptop und versuche, mich auf meine vielen Aufgaben zu konzentrieren. Die Stadtschreiberin Megan, eine Frau in den Fünfzigern mit weißblonden Haaren, kommt mit einem fröhlichen Lächeln herein. „Die Post ruft!"

„Leg sie einfach in den Korb."

Sie zieht einen großen verstärkten Briefumschlag heraus, auf dem „NICHT BIEGEN" an mehreren Stellen in schwarzem Marker steht. „Sieht aus, als wären das Fotos. Hast du im Urlaub neue Bürgermeisterfotos machen lassen?"

„Nein." Ich sehe mir die Absenderadresse an. Von Galenas Großmutter. „Das ist persönlich."

„Ooh, persönlich."

Ich sehe sie vielsagend an. Sie grinst und geht an ihren Empfangsschreibtisch zurück.

Ich reiße den Umschlag auf und ziehe Fotos mit einer Notiz auf rosafarbenem Papier heraus. Fotos von unserem falschen Hochzeitsempfang. Mein Bauch brennt, als ich nur einen kurzen Blick auf unsere lächelnden Gesichter werfe. Ich lese die Nachricht:

Levi,

das sieht aus wie eine Wirbelwind-Romanze, wie ich sie noch nie gesehen habe. Gib unsere Galena nicht auf. Sie ist es wert.

Hoffe, dich bald wiederzusehen!

Betsy

Ich atme tief durch und sehe mir die Bilder an. Galena und ich, wie wir dicht beieinander am Geschenktisch stehen, uns gegenseitig Kuchen füttern, der Küss-die-Braut-Moment, und der Moment danach, in dem wir uns gegenseitig in die Augen sehen, mit dem gleichen Blick von Schock und Staunen.

Ich reibe mir die Schläfe. Galena muss ihren Großeltern erzählt haben, dass wir uns getrennt haben. Ich habe mich selbst überzeugt, dass Galena keinen Platz für mich in ihrem Leben hatte, dass sie mich nicht so geliebt hat wie ich sie, aber jetzt, wenn ich mir diese Fotos ansehe, stelle ich fest, dass das, was wir hatten, von Anfang an da war. Sie sieht mich so verliebt an wie ich sie. Und das war der erste Tag. Seitdem sind wir uns nur noch nähergekommen.

Das wahre Problem ist Kevin. Nicht Galena und ich.

Ich verbringe die nächste Stunde damit, einen Plan zu entwickeln, basierend auf General Joans genialer Idee, Harper zum Filmen hierherzuholen. Ich hatte es vergessen, weil ich so darauf fokussiert gewesen war, Galena in meiner Nähe zu behalten. Wenn einem die Situation, in der man festsitzt, nicht gefällt, muss man sie ändern. Zumindest operiere ich immer so. Ich kann Kevin nicht dazu bringen, das Haus zu verlassen, ich kann Galena nicht dazu bringen, das Haus zu verlassen, aber vielleicht kann Harper es.

Am nächsten Tag ist der Plan in Bewegung. Ich habe gestern Abend ein Notfalltreffen einberufen und den Stadtrat dazu gebracht, zu genehmigen, dass unsere Heimatschauspielerin Harper Ellis hier durch Claire Jordans Produktionsfirma filmen darf. Claire Jordan ist ein erstklassiger Filmstar. Harper arbeitet regelmäßig mit ihr zusammen. Das war der einfache Teil, und es war nicht einmal so einfach. Jetzt muss ich Harper überzeugen, bei Galena zu filmen, damit sie und Kevin das Haus verlassen müssen. Wenn ich Galena nicht aus dieser angespannten häuslichen Situation rausholen kann, dann kann es vielleicht eine berühmte Schauspielerin. Galenas Anwältin braucht zu lange.

Ich fahre zum Horseman Inn, um mich mit Mrs. Ellis, alias General Joan, zum Mittagessen zu treffen. Sie sagte, sie wollte mit mir über Harpers Film reden. Ich hoffe, sie hat Insider-Informationen, die ich benutzen kann, wenn ich mit Harper rede.

Ich bin überrascht, General Joan im hinteren Speisesaal mit Harper sitzen zu sehen, die strahlend aussieht, ihre Haut glüht, ihre lockigen Haare sind voll und glänzend. Ich schwöre, dass sie mit zunehmendem Alter immer schöner aussieht. Habe ich erwähnt, dass ich sie in der achten Klasse mal zum Tanz eingeladen habe? Mein Anspruch auf Ruhm. Es ist irgendwie cool, dass ich sie damals kannte.

Harper steht auf und öffnet ihre Arme in meine Richtung, ihr weiches, gelbes T-Shirt klammert sich an einen leicht gerundeten Bauch. Daran kann ich mich vom letzten Mal gar nicht erinnern. Schwangerschaft oder Gewichtszunahme? Ich halte den Mund. „Überraschung!"

Ich umarme sie. „Das ist ja wirklich eine Überraschung. Wir haben gerade die Erlaubnis zum Filmen bekommen, und hier bist du. Mrs. Ellis, Sie haben kein Wort gesagt."

Der General zeigt auf einen Stuhl. „Setz dich. Ich wusste es nicht. Harper ist unangekündigt für ihre große Neuigkeit hier aufgetaucht." Dann strahlt sie Harper mit einem seltenen Lächeln an, ihre Augen glänzen von unvergossenen Tränen.

Harper lehnt sich an mein Ohr und flüstert: „Ich bin schwanger. Aber behalt es für dich, okay? Erst im dritten Monat."

„Es könnten Zwillinge sein!", ruft der General. „Sieh dir nur an, wie groß der Bauch schon ist!"

„Danke, Grandma!", sagt Harper trocken. „Es sind keine Zwillinge. Er ist nur dieses Mal schneller rausgekommen. Ich fürchte, es ist nicht alles Baby in meinem Bauch. Ich hab' viel Brot gegessen. Zu viele Kohlenhydrate."

„An Brot ist nichts falsch", sagt der General schnaubend. „Was kommt als Nächstes? Milch? Können wir bitte die Grundlagen in Ruhe lassen? Wenn das Baby will, dass du mehr Brot isst, dann solltest du genau das tun. Nimmst du deine pränatalen Vitamine ein?"

„Ja, und bitte sprich leise", sagt Harper. „Wir wollen noch nicht, dass es publik wird."

„Ich spreche doch leise. Ich habe nur über Brot und Vitamine gesprochen."

Harper und ich tauschen einen amüsierten Blick aus.

„Wie auch immer", sagt Harper zu mir: „Ich habe gehört, dass es ein bestimmtes Haus gibt, an das du für die Dreharbeiten denkst. Könnten wir uns das heute wohl mal ansehen?"

„Ich könnte es dir von außen zeigen. Ich schreibe der Besitzerin, ob sie dir das Innere zeigen kann. Sie ist bei der Arbeit." *Und ich habe ihr noch nicht von meinem Plan erzählt.* Ich schicke Galena eine SMS, während der General Harper dringende Fragen über ihre Schwangerschaft zuflüstert.

Ich: *Hey, erinnerst du dich an Harper Ellis? Sie ist in der Stadt und sucht nach einem Drehort für ihren Film. Ich habe dein Haus vorgeschlagen, weil es eine tolle Terrasse und auch noch eine Terrasse im ersten Stock hat. Könntest du wohl in der Mittagspause nach Hause kommen und es ihr von innen zeigen?*

Galena: *Warum mein Haus?*

Ich: *Wegen der Terrasse oben und unten.*

Keine Antwort. *Mist!* Das läuft nicht gut, und Harper ist hier. Ich muss sie überzeugen, bevor Harper sich andere Immobilien ansieht.

Ich: *Die Produktionsgesellschaft würde für die Nutzung der Immobilie bezahlen. Das könnte in deine Anwaltsrechnungen fließen und diese Sache endgültig regeln.*

Galena: *Das klingt nach Umständen. Ich müsste Kevin dazu bringen, dem zuzustimmen, was er wahrscheinlich nicht tun wird, und warum höre ich eine ganze Woche lang nichts von dir, und jetzt redest du so, als wäre alles normal. Du hast mit mir Schluss gemacht, erinnerst du dich?*

Mein Bauch dreht sich langsam. Ich hätte diese Möglichkeit gestern erwähnen sollen, aber es gab so viele Dinge, die auf den Punkt gebracht werden mussten, und ich war mir nicht sicher, ob das passieren würde. Und jetzt kommt alles so schnell zusammen.

Ich: *Es ist schwer, das in einer Nachricht zu erklären. Ich vermisse dich. Ich versuche, uns dabei zu helfen, gemeinsam weiterzumachen.*

Galena: *…*

Ich halte den Atem an. Die Punkte verschwinden. Mein Magen sackt tiefer. Sie wird nicht antworten, sie ist fertig mit mir. Ich schlucke einen Klumpen Emotionen herunter und sehe mir die erwartungsvollen Gesichter von Harper und dem General an.

„Äh, ich muss vielleicht …" Ich spreche nicht weiter, als mein Telefon mit einer weiteren SMS dingt.

Galena: *Ich werde Kevin fragen. Ich könnte frühestens um halb sechs da sein.*

Ich stoße einen langen Atem aus. „Sie sagt, sie muss das

mit dem Mann, der bei ihr wohnt, besprechen. Frühestens um halb sechs."

„Du bleibst zum Abendessen", sagt der General zu Harper.

„Aber dann verpasse ich Carolines Badezeit."

Der General zieht ruhig das Handy aus der Handtasche und tippt ein paar Mal darauf. „Hallo, Garrett. Grandma hier." Das ist Harpers Mann. General Joan kichert und verdreht die Augen. „Ich bin keine Königin; Schluss mit dem Unsinn." Sie lächelt breit und fährt dann fort. „Harper besteht darauf, zum Abendessen hier bei mir zu bleiben, also möchte ich, dass du dich uns mit Caroline anschließt. Harper will ihre Badezeit nicht verpassen. Ihr könnt alle bei mir übernachten, wenn ihr wollt."

Harper schüttelt den Kopf und flüstert mir zu: „Er wird alles für sie tun."

„Nein, du brauchst deinen Werkzeugkasten nicht mitzubringen", sagt der General. „Dank dir ist alles okay. Bring nur dich und mein süßes Mädchen mit." Sie kichert – kichert tatsächlich – und glättet ihr Haar. „Schön. Wir sehen uns dann gleich." Sie dreht sich zu Harper um. „Er sagt, ich bin sein süßes Mädchen. Dieser Mann weiß, wie man einer Frau schmeichelt."

„Du hast ihn um deinen kleinen Finger gewickelt", sagt Harper.

General Joan winkt das beiseite. „Unsinn."

Harper trinkt einen Schluck Wasser. „Also, wo waren wir?"

„Könntest du mir mehr über deinen Film erzählen?", frage ich.

Harpers Augen funkeln vor Aufregung. „Es ist ein Thriller, der teilweise in einem Vorstadthaus spielt, und dann kommt noch eine Katz-und-Maus-Jagd durch die City. Ich spiele die Frau auf der Jagd, nachdem ich den Spieß über meinen scheinbar unschuldigen Ehemann umgedreht habe."

„Wie willst du deine Schwangerschaft vor der Kamera verbergen?", fragt der General.

Harper sieht sich zu ein paar Leuten um, die zu Mittag essen und neugierig herübersehen. „Das ist noch ein Geheimnis."

„Nicht für die Kamera", erinnert der General.

„Ich halte Sachen vor den Bauch oder trage etwas Lockeres. Wir bekommen das schon hin."

Der General wackelt mit dem Finger. „Keine Stunts."

„Keine Stunts", stimmt Harper zu. „Dafür gibt es ein Double."

Der Kellner kommt zurück, um unsere Bestellungen entgegenzunehmen. Harper informiert mich über den Filmplan und die Anzahl der Crewmitglieder, die wahrscheinlich für den Summerdale-Teil des Films benötigt werden. Das ist alles faszinierend für mich. Ich hatte keine Ahnung, dass man so viele Leute braucht, um auch nur ein kleines Segment eines Films zu drehen.

Mein Handy vibriert mit einer Nachricht.

Galena: *Kevin ist ganz aufgeregt. Ich wusste nicht, dass er so ein großer Harper-Fan ist. Er wird in einer Stunde am Haus sein. Ich sollte auch kommen, da wir beide unterschreiben müssen. Ich muss dann heute Abend lange arbeiten, um das aufzuholen.*

Ich: *Großartig. Ich denke, das wird für alle Beteiligten gut sein. Ich seh' dich dann bald.*

Galena: *Wird es unangenehm werden? Du, ich, Kevin.*

Ich: *Und Harper. Wird schon schiefgehen.*

Ich erzähle Harper die Neuigkeit. Einen Moment später kommt das Mittagessen, und wir machen uns darüber her. Der General ist ein langsamer Esser. Harper und ich essen gerade zu Ende, als ein Chor weiblicher Stimmen sie ruft.

„Oh mein Gott, Sie sind Harper Ellis!", ruft Sydney und wirft die Hände in die Luft.

„Ich bin solch ein Fan!", sagt Jenna und klopft sich mit der Hand aufs Herz.

„Ich auch!", sagt Audrey und lächelt.

Die alte Vierergruppe, seit der ersten Klasse unzertrennlich, vereint sich zu einer fröhlichen Gruppenumarmung. Ich bin mit ihnen aufgewachsen. Alle sind schließlich zurück in die Stadt gezogen, außer Harper. Sydney gehört dieser Laden, Jenna leitet das Summerdale Sweets, und Audrey ist unsere Bibliothekarin.

Harper ruft laut über Jennas schwangeren Bauch. „Sieh dich mal an! Wann ist dein Termin?"

Jenna reibt sich den Bauch. „Am 23. September."

„Kann es nicht abwarten, Baby Robinson kennenzulernen!", sagt Harper. „Und wie geht's deinem Baby Robinson?", fragt sie Sydney.

Sydney neigt den Kopf. „Sie ist eine Winters mit Robinson-Feuer. Wyatt macht das Hin- und Herlaufen, versucht, sie zu einem Nickerchen zu bewegen. Sie würde lieber den ganzen Tag wach bleiben, bis sie nachts zu einem elenden weinenden Haufen zusammenbricht. Sie ist eine Kämpferin."

„Gegen den Schlaf", sage ich.

Alle lachen.

„Und wie geht's deinem Buchbaby?", fragt Harper Audrey freundlich und versucht, sie in die Babysache einzubeziehen.

Audrey winkt das ab. „Nicht das Gleiche, aber ja, äh ich habe es fertig." Sie starrt Harpers Bauch an. „Warte, bist du ...?"

„Jupp!"

„Oh Gott, herzlichen Glückwunsch!"

Eine Reihe von Glückwünschen und Umarmungen folgt, bevor der General bellt: „Setzt euch, ihr alle! Habt ein wenig Anstand. Das hier ist ein nettes Restaurant."

„Vielen Dank, Mrs. Ellis", sagt Sydney. „Da es mein Restaurant ist, wird unser Verhalten toleriert."

Der General schnaubt verärgert und wendet sich dann Audrey zu. „Ich könnte dir an der Männerfront helfen, weißt du."

Wir alle unterdrücken ein Lachen. Hier kommt Amor.

Audrey legt ihre Hand an die Kehle. „Ich brauche keine Hilfe, aber trotzdem danke."

Der General zuckt mit dem Daumen in meine Richtung.

„Du hast deine Chance bei diesem Kerl verpasst. Sein Herz ist vergeben."

Harper dreht sich zu mir um. „Ooh, bist du immer noch mit dieser süßen Brünetten mit der Brille zusammen? Die, mit der ich das letzte Mal in der Stadt ein Foto gemacht habe?"

„Galena, nun, im Moment nicht wirklich zusammen. Ich arbeite daran."

Der General klopft mir auf die Schulter. „Ich habe volles Vertrauen in dich." Dann richtet sie ihren scharfen Blick auf Audrey. „Du bist die Nächste."

„Die Nächste wofür?", fragt Harper.

„Deine Großmutter glaubt, sie sei unser Stadt-Amor", sage ich.

„Ich *bin* der Stadt-Amor", sagt der General. „Ich kann schon nicht mehr zählen, wie viele Paare ich zusammengebracht habe, einschließlich meiner Hilfe für euch Damen. Leugnet es nicht!" Sie zeigt mit einer langsamen Geste auf sie, bevor sie stoppt und mit dem Finger auf Audrey zeigt. Alle Frauen werden ruhig und still. Als pensionierte Lehrerin der dritten Klasse hat sie immer noch diese magische Note an sich.

Audrey lacht nervös und dreht ihr langes dunkles Haar. „Eigentlich gehe ich morgen Abend mit jemand anderem aus. Wie sich herausgestellt hat, ist er Veteran, also war er daran interessiert, mehr über meine Buchforschung zur Militärgeschichte zu erfahren."

Ihre Freundinnen brechen in einen Refrain von Fragen aus.

„Wer?"

„Im Ernst?"

„Was wirst du anziehen?"

„So eine große Sache ist das nicht." Audrey dreht sich zu mir um. „Ich habe gehört, dass in der Stadt gefilmt wird. Ich biete dir gerne die Bibliothek als Drehort an."

Die Frauen brechen in Lachen aus.

„Was?", fragt Audrey beleidigt. „Es könnte romantisch oder spannend zwischen den Regalen sein."

„Es ist ein Thriller", sagt Harper. „Ich glaube nicht, dass es funktionieren würde. Trotzdem danke."

Jenna lächelt Audrey verschlagen an. „Erzähl uns vor deinem falschen Date, Aud."

Audrey dreht ihr Haar wieder, sieht schuldbewusst aus. „Es ist nicht falsch."

„Wir kennen dich, wir sehen dir das an", sagt Sydney, verdreht ihr rotes Haar und sieht schuldbewusst drein.

Audrey lässt ihre Haare fallen. „Es ist Dr. Russo, okay? Er war sehr freundlich zu mir, als ich Cinder für eine weitere Untersuchung hingebracht habe. Sie hat abgenommen und wir wissen nicht, warum. Sie bekommt jetzt spezielle Nahrung und Vitamininjektionen, und deswegen treffen wir uns wöchentlich." Cinder ist ihre graue Katze. Sie hatte mal eine weiße Katze namens Ella, aber die ist weggelaufen und nicht mehr zurückgekommen. Vor Jahren habe ich ihr geholfen, Zettel in der ganzen Stadt aufzuhängen, um Ella zu finden.

Jennas Brauen heben sich. „Interessant. Wie hat er dich eingeladen? War es: „Wie geht's Cinder, und lass uns am Samstag was trinken gehen?"

Audrey schüttelt den Kopf. „Nicht ganz." Sie blickt kurz an die Decke und sagt dann eilig: „Er hat gefragt, ob ich am Samstagabend schon was vorhabe, und ich sagte Nein, und darauf hat er vorgeschlagen: Lass uns was trinken gehen. Wir treffen uns in Clover Park in der Happy Endings Bar."

„Woher weißt du, dass er Veteran ist?", fragt Sydney und klingt immer noch misstrauisch.

Der General sieht mich mit gehobener Braue fragend an. Ich weiß nicht, ob Audrey die Wahrheit sagt. Wer könnte es ihr verübeln, dass sie die Aufmerksamkeit des Generals von sich wegdrängen will?

Audrey spricht langsam, als würde sie gleichzeitig nachdenken. „Nun, wir haben über mein Buch gesprochen und darüber, wie Best Friends Care Veteranen hilft und warum Dr. Russo die Sache unterstützt. Er wurde aus medizinischen Gründen von den Marines entlassen, nachdem er sich das

Bein gebrochen hatte. Jetzt ist es besser, aber er ist nicht in der Verfassung zu kämpfen. Dann hat er Tiermedizin studiert, und jetzt ist er hier."

„Das klingt tatsächlich wahr", sagt Sydney.

Audrey dreht ihr Haar und lässt es dann fallen. „Mhmm, wir reden."

„Und du nennst ihn immer noch Dr. Russo?", fragt Harper. „Ich nenne ihn Dominic."

„Er hat sich einen Titel verdient", sagt Audrey halb murmelnd und wendet den Blick ab.

„Wow, dann mal los, Audrey!" Jenna hebt eine Hand für ein High Five und muss einen langen Moment warten, bis Audrey einschlägt. „Er ist ein großartiger Typ. Ich arbeite viel mit ihm zusammen, um das Tierheim zu unterstützen. Da habe ich meinen tollen Hund Mocha her."

„Richtig", sagt Harper. „Ich habe mehrmals im Namen von Best Friends Care mit ihm gesprochen."

Sydneys Lippen zucken. „Warum trefft ihr euch dann nicht hier, Aud? Du hattest alle anderen ersten Dates hier, damit wir sie für dich überprüfen konnten."

Audrey nimmt mein Wasser, trinkt einen Schluck, verschluckt sich und hustet.

Ich klopfe ihr auf den Rücken. „Geht's dir gut?"

Drew Robinson taucht aus dem Nichts auf. „Hast du dich verschluckt?"

Audreys Gesicht ist leuchtend rot, als sie ihn wegwinkt, und ihre Augen tränen. „Mir geht's gut. Hab' das nur in die falsche Röhre bekommen."

„Was machst du denn hier, großer Bruder?", fragt Sydney ihn mit neckender Stimme.

Drews Blick ruht auf Audrey, um sicherzugehen, dass es ihr gut geht. „Ich habe nach Audrey gesucht. Sie war nicht in der Bibliothek."

„Du weißt, dass sie die Bibliothek verlassen darf, oder?", fragt Jenna. Sie mag es, Drew zu ärgern, weil er nie etwas wegen seiner Anziehung zu Audrey unternimmt. Es ist schwer zu sagen, ob es Lust oder tiefe Besorgnis ist, aber er ist oft da, wo sie ist, und sieht nach, ob es ihr gut geht.

„Das ist mal ein echter Mann", sagt der General und wirft Drew einen verschlagenen Blick zu, während sie ihn lobt. „Ein Veteran, der sein eigenes Unternehmen besitzt. Alt genug, um sich niederzulassen." Sie dreht sich zu Drew um. „Ich hätte dich ja mit Audrey zusammengebracht, wenn sie nicht schon morgen Abend ein Date mit genau diesen Qualifikationen hätte."

Drew starrt Audrey an. „Du hast ein Date mit einem Kerl wie mir?"

Audrey wird rot und schiebt sich die Haare hinters Ohr. „Nicht genau wie du. Ist keine große Sache. Jedenfalls ist Harper schwanger."

Er sieht zu Harper. „Glückwunsch." Er dreht sich zu Audrey zurück. „Wer ist der Typ?"

„Dr. Russo", sagt sie heiser und räuspert sich dann. „Ich meine Dominic."

Drew verschränkt die Arme. „Ich bin nur vorbeigekommen, um dir von einer neuen Eisenhower-Biografie zu erzählen. Ich dachte, du könntest daran interessiert sein, da du ja so in die Militärgeschichte eingestiegen bist."

„Danke", sagt sie. „Lass die Informationen einfach an der Rezeption, ich werde sehen, ob wir das bestellen können."

Die Frauen starren ihn alle erwartungsvoll an.

Schließlich knurrt er: „Klar. „Ich muss zurück zur Arbeit."

„Bye!", rufen die Frauen im Chor, außer Audrey, die wieder ihre Haare dreht und aus irgendeinem Grund schuldbewusst aussieht.

Drew marschiert zur Tür. Er gerät kaum ins Straucheln, als der General laut sagt: „Drew, du bist der Nächste auf meiner Amor-Liste!"

17

Galena

Okay, das ist surreal. *Die* Harper Ellis, für die ich bei meinem ersten Treffen als Fan so geschwärmt habe, ist jetzt bei mir zu Hause, und ich werde sie herumführen! Levi ist auch hier, und ich hatte Angst, dass das ein Problem mit Kevin werden würde, aber Kevin ist so begeistert von Harper, dass er sprachlos ist, während er mit uns geht. Er wirft ihr immer wieder Blicke zu.

Wir beenden die Tour mit dem Wohnzimmer.

„Sie haben ein wunderschönes Zuhause", sagt Harper.

„Danke", sage ich und klinge ein wenig außer Atem. Ich liebe dieses Haus, ein weißes Haus mit schwarzen Fensterläden, im Kolonialstil in den Siebzigerjahren gebaut. Es ist genau das Haus mit vier Schlafzimmern, zweieinhalb Bädern und Garten, von dem ich als Kind geträumt habe. Die Art von Haus, in dem sich eine Familie ausbreiten kann, anstatt aufeinanderzuhocken, wie es meine Familie in unserer Wohnung getan hat. Aber ich vermisse den Familienteil. Keine Kinder, kein Ehemann.

„Sie können hier so lange filmen, wie Sie wollen", flüstere ich. „Ich schlafe auf der Couch eines Freundes."

Mir bleibt der Mund offen stehen. Für Harper wird er

umziehen, aber nicht für mich? „Ich bin auch damit einverstanden, dass Sie hier filmen. Ich kann bei Bedarf woanders übernachten."

Kevin nickt wie eine Puppe mit Wackelkopf.

Levi wirft mir hinter Kevins Rücken ein langsames sexy Lächeln zu. Die Hitze strömt durch meinen Körper. Er denkt wahrscheinlich, dass ich bei ihm bleibe. Wir haben noch nicht darüber gesprochen, wieder zusammenzukommen, aber ich fange an zu glauben, dass er das alles geplant hat, um es auf eine Art und Weise zu verwirklichen, mit der er umgehen kann. Ich hatte einige Zeit, darüber nachzudenken, und mir würde es wahrscheinlich auch nicht gefallen, wenn er mit einer Ex zusammenlebte.

Harper betrachtet noch einmal das Erdgeschoss und sieht tief in Gedanken aus. „Okay, ich werde die Fotos, die ich gemacht habe, meiner Produzentin Claire zeigen, aber ich denke, es wird gehen. Es hilft, dass es fast ein unbeschriebenes Blatt ist. Sie haben nicht viel gestrichen oder dekoriert. Jetzt kann unser Set-Designer ganz einfach alles machen, was wir brauchen. Wäre es in Ordnung, wenn wir die Küche renovierten? Schränke, Arbeitsflächen und Waschbecken modernisieren, damit sie zeitgemäßer aussehen? Die Geräte sehen bereits neu aus, also sind sie gut."

„Kein Problem", sagt Kevin.

„Für mich klingt das gut", sage ich.

Harper lächelt. „Großartig. Sie werden für die Nutzung Ihres Hauses bezahlt. Ich schicke Ihnen den Papierkram, sobald Claire mir das Okay gibt. Oh, ich hätte erwähnen sollen, dass der Dreh in einem Monat beginnt, und es wird zwei Wochen dauern. Funktioniert das?"

„Ja", sagen Kevin und ich fast gleichzeitig.

„Kann ich Ihnen was zu trinken anbieten?", fragt Kevin Harper.

„Gerne etwas Wasser."

Er geht mit ihr in die Küche.

Ich wende mich zu Levi und flüstere: „Ich hatte keine

Ahnung, dass Kevin so ein Fan von Harper ist. Ich schwöre, wenn sie sagte, er solle von einer Klippe springen, würde er es tun."

„Sie ist sehr beliebt. Mich überrascht das nicht." Er zieht mich an sich und flüstert mir ins Ohr: „So gewinne ich dich zurück, ohne dass Kevin dabei ist. Er ist das Problem, nicht wir."

„Ich freue mich, das von dir zu hören. Ich stimme voll und ganz zu."

„Zieh mit mir zusammen."

Mein Atem stockt. Das Zusammenleben ist kein Schritt, den ich auf die leichte Schulter nehme. „Nur für die zwei Wochen während des Drehs."

Er küsst meine Schläfe. „Erst einmal."

Levi

Als ich den Film-Deal arrangiert habe, tat ich es hauptsächlich, um Galena von Kevin wegzubekommen und uns eine Chance zu geben. Natürlich ist es auch toll für die Stadt. Im letzten Monat hab' ich Galena immer wieder um ihren Ex herumschleichen gesehen, denn wenn ich den Kerl sehe, wird es eine weitere Konfrontation geben, die niemandem hilft. Es war hart für mich, aber es hat sich gelohnt, denn Galena hat sich mir nach und nach geöffnet, Woche für Woche. Jetzt, da das Filmen schon eine Woche geht, ist alles toll zwischen uns. Sie ist letztes Wochenende bei mir eingezogen.

Es ist nicht nur großartig, dass Galena bei mir wohnt, ich verbringe auch viel Zeit beim Dreh in ihrem Haus, wenn sie bei der Arbeit ist. Es ist wirklich cool zu sehen, wie die Besetzung und die Crew zusammenarbeiten, um eine Szene zu schaffen und eine Geschichte zu erzählen. Ich habe jedes Crewmitglied nach seiner Arbeit und den dazugehörigen Techniken befragt.

Harper hat ihre Magie bei Kevin spielen lassen, der die ganze Zeit am Set ist, um zuzuschauen. Er hat sich zwei

Wochen freigenommen, und Galena sagt, das hat es bei ihm noch nie gegeben. Wie auch immer, ich habe Harper die Situation mit ihm erklärt, und sie wird ihm ein wenig mit ihrem Ruhm den Bauch pinseln. Wir hoffen, wenn *sie* ihm sagt, dass die beste Idee wäre, das Haus zu verkaufen und weiterzuziehen, er tatsächlich zuhören wird. Mal sehen, ob eine berühmte Schauspielerin seine Meinung ändern kann. Vernunft hat nicht funktioniert, und ich weiß genau, warum. Er liebt Galena noch. Er hätte sie nie gehen lassen dürfen. Sein Verlust und mein Gewinn.

Ich beobachte, wie sich eine Szene in der frisch renovierten Küche zwischen Harper und Sam, ihrem Mann auf dem Bildschirm, entwickelt. Harper spielt eine gruselige Figur, die süß und fürsorglich wirkt, aber eine dunkle Seite hat.

Der Regisseur schreit: „Cut! Das war's für heute."

Die Crew räumt die Ausrüstung ein, während die Schauspieler aus dem Weg gehen.

Harper kommt zu mir. „Willst du am Montag ein Extra in der Barbecue-Partyszene auf der Terrasse sein?"

„Sicher. Was habe ich zu tun?"

„Einfach in legerem Outfit kommen, im Hintergrund einen Drink halten und so tun, als würdest du dich mit einem anderen Statisten unterhalten."

„Das kann ich machen."

Kevin eilt herüber. „Großartige Arbeit heute, Harper. Es ist unglaublich, was du machst. Ich habe das Drehbuch gelesen, und es kam mir so seicht vor, bis du es zum Leben erweckt hast."

„Danke", antwortet sie liebenswürdig. „Willst du am Montag ein Extra in der Barbecue-Partyszene sein?"

„Ja. Absolut! Um wie viel Uhr?"

„Kannst du um elf hier sein?"

„Definitiv."

„Kein Text, aber du wirst für deine Zeit bezahlt. Frag Diana nach den Unterlagen."

Er geht geradewegs auf sie zu.

Ich beuge mich zu ihrem Ohr. „Muss schön sein, so eine Macht zu haben. Die Männer eilen, um nach deiner Pfeife zu tanzen."

Sie neigt den Kopf. „Manche Leute sind beeindruckt, wenn sie jemanden treffen, den sie einmal auf einem großen Bildschirm oder in ihrer Lieblingssendung gesehen haben. Außerdem verwechseln mich Typen wie er oft mit den Figuren, die ich spiele. Ich schätze, er ist jemand, der meinen toughen CEO-Charakter liebt, was der Grund ist, warum ich Joe überhaupt eingestellt habe. Zu viele Männer wollten mir entweder einen Dämpfer verpassen oder dass ich sie auf eine intimere Art und Weise hart rannehme." Sie sieht ihrem Bodyguard Joe in die Augen, der in der Nähe steht und mit seinen riesigen Muskeln und seinem Halstattoo bedrohlich aussieht.

Ich hebe zum Gruß eine Hand, und er nickt.

„Wie willst du Kevin zum Verkauf bringen?", frage ich leise.

Sie zieht an meinem Arm, um mich näher zu sich zu holen, und flüstert zurück: „Ich werde ihm sagen, dass, wenn es auf dem Markt ist, ich daran interessiert sein könnte, es zu kaufen. Dies ist meine Heimatstadt."

Ich sehe sie an, überrascht. „Wirklich?"

„Es geht darum, es auf den Markt zu bringen. Jeder *könnte* es kaufen. Außerdem bin ich glücklich mit unserem Haus in Brooklyn. Ich bin in der Nähe von Garretts Familie, direkt gegenüber von seinem Bruder Sean und meiner Schwägerin Josie. Sie ist meine beste Freundin und Ehrenschwester. Ich freue mich, Grandma hier oft besuchen zu können, aber ein wenig Abstand lässt das Herz wachsen und unsere Beziehung wärmer werden. Sie kann manchmal etwas hart sein."

„Nein, der General?"

Sie lacht. „Nennt sie *jeder* hinter ihrem Rücken so? Ich dachte, das wären nur die Mädchen und ich."

„Das hat sich herumgesprochen."

„Ist es nicht niedlich, wie sie im Ruhestand zur Kupplerin geworden ist?"

„Hängt davon ab, ob man selbst derjenige ist, den sie verkuppeln möchte."

Sie drückt meinen Arm. „Da bin ich mir sicher."

Kevin hüpft herüber, seine Augen sind riesig. „Ich hab' ein Okay! Ich werde in deinem Film sein."

„Großartig!", sagt Harper strahlend. „Ich besorge dir Karten für die Premiere in der City, damit du dich auf der großen Leinwand sehen kannst, wenn er herauskommt."

Kevin bleibt der Mund offen stehen, und er schließt den Mund mit einem Geräusch. „Wirklich?"

„Absolut! Es ist dein Haus, und jetzt bist du Teil des Films."

Er sieht mich an. „Sind alle eingeladen?"

„Begrenzte Verfügbarkeit", sagt sie feierlich. „Wir machen immer eine VIP-Liste."

Er fährt sich mit beiden Händen durchs blonde Haar, seine Augen weit aufgerissen. „Wow. Okay. Vielen Dank."

„Kein Problem. Ich muss los." Sie winkt der Menge beim Packen zu. „Habt ein schönes Wochenende!" Sie umarmt mich und geht zur Tür hinaus, Joe ist direkt hinter ihr.

„Du stehst ihr nahe, richtig?", fragt Kevin mich.

„Wir sind zusammen aufgewachsen." Und dann kann ich nicht anders, als ein bisschen anzugeben. „Ich habe sie in der achten Klasse mal zum Tanz eingeladen."

„Glaubst du, sie wird wirklich Karten für die Premiere besorgen?"

„Natürlich."

„Gehst du?"

„Ich weiß nicht, ob ich eingeladen bin."

„Sie hat nichts zu dir gesagt?"

„Nö."

Er reibt die Hände an seiner Jeans und stößt einen zittrigen Atem aus. „Okay, okay. Ich muss mir eine Garderobe für meine Szene ausdenken. Ich kann nicht glauben, dass das wirklich passiert. Ich in einem Film und mit Harper Ellis auf einer Premiere."

Bevor ich sagen kann, dass er zur Premiere eingeladen ist,

aber nicht wirklich mit Harper hingeht, stürzt er aus der Tür und kollidiert mit dem Tonassistenten. „Tut mir leid!"

Ich helfe, Ausrüstung zum Van zu tragen, und rede dabei mit der Crew. Der gesamte gemeinschaftliche Prozess der Filmproduktion fasziniert mich genauso, wie Kevin von Harper begeistert ist. Jetzt können wir nur hoffen, dass ihr Einfluss ausreicht, um ihn dazu zu bringen, das Richtige zu tun.

Ich habe rechtzeitig vor Galenas Ankunft Abendessen zu Hause gemacht. Das ist ihr Favorit aus meinem begrenzten Repertoire: Spaghetti Bolognese mit hausgemachter Tomatensauce. Volles Geständnis: Ich kaufe die Sauce auf dem Wochenmarkt hier. Es zählt trotzdem.

Sie öffnet die Tür mit ihrem Schlüssel, und Baxter rennt herbei und bellt fröhlich. Sein Schwanz wedelt kräftig, während er an ihre Beine springt. Sadie kommt einen Moment später angelaufen, um ihn einzuholen, und rutscht vor Galena zum Stehen. Sie hockt sich hin, um beide zu streicheln. „Da ist ja mein braver Junge. Und da ist mein braves Mädchen."

Baxter schnüffelt an ihrem Ohr und leckt es, einige ihrer Haare verfangen sich an seiner Nase.

Sie kichert und richtet sich auf. „Hier drin riecht es göttlich. Hast du mein Lieblingsessen gemacht?"

Ich überwinde die Distanz und lege meine Arme um sie. „Hab' ich. Wie geht's dir?"

Sie erwidert die Umarmung. „Ich habe bei der Analyse der neuesten Daten über das Alzheimer-Medikament gute Fortschritte erzielt. Sieht vielversprechend aus. Wie war der Dreh?"

Sie geht in die Küche, und ich folge ihr, aufgeregt, es ihr zu erzählen. „Wirklich cool. Ich habe so viel über die Kameraarbeit und die Winkel gelernt, die sie für verschiedene Szenen benötigen."

„Allmählich stehst du wirklich auf diese technische Seite, nicht wahr?"

„Nicht nur die Technik. Das Handwerk, das jede Person mitbringt, vom Set-Design über Requisiten bis hin zur Beleuchtung. Jeder ist für sich ein Künstler, und sie arbeiten zusammen, um ihr Projekt zu kreieren, eine Geschichte, die sie mit der Welt teilen."

Sie wäscht sich die Hände und nimmt sich ein Glas Wasser. „Jemals daran gedacht, Filmemacher zu werden?"

Ich starre sie an, bin von der Idee erstaunt. „Nein. Ich habe es nicht mal als Karriere angesehen, keinen Teil davon. Es schien mir wie eine ferne Hollywood-Sache."

„Es wird auch viel in New York gefilmt."

„Das hat Harper auch gesagt."

Sie lächelt. „Etwas, das du in Betracht ziehen solltest."

Ich schalte die Herdplatte für die Sauce aus, und denke darüber nach. Ich habe eine Verantwortung gegenüber Summerdale. Diese Gemeinde ist für meine Familie und mich eingetreten, nachdem Dad gestorben war. Als Bürgermeister zu dienen, ist meine Art, diese Schuld zurückzuzahlen. Sie stimmen immer für mich. Natürlich tritt niemand sonst je für den Posten an.

Andererseits, ging es mir nicht darum, offen für neue Erfahrungen zu sein? Dieses drohende Gefühl des Untergangs ist mit Galena in meinem Leben verblasst. Ich fühle nicht mehr diese Dringlichkeit, als müsste ich so viel wie möglich hineinpacken, bevor mir die Zeit ausgeht. War es nur Liebe, nach der ich gesucht habe, um endlich Frieden zu finden?

Was würde passieren, wenn ich hier alle meine Pflichten und Verantwortlichkeiten fallen ließe und wieder zur Schule ginge, um das Filmen zu lernen? Würde Summerdale scheitern? Würde ich das?

„War Kevin wieder den ganzen Tag dort?", fragt Galena und reißt mich aus meinen Gedanken.

„Soweit ich weiß. Er wird am Montag als Statist auftreten

und ist aufgedreht wie ein Kind. Hättest du auch Interesse daran?"

„Ich? N-e-i-i-i-n."

„Weil du nicht den ganzen Tag mit Kevin zusammen sein willst?"

„Das, und ich habe kein Interesse daran, vor der Kamera zu stehen. Ich erschaudere bei dem Gedanken. Falls du es nicht bemerkt hast: Ich stehe nicht gerne im Mittelpunkt. Ich bin damit zufrieden, im Hintergrund hart zu arbeiten und mein Ding zu machen."

„Warum hast du dann zugestimmt, bei deiner Hochzeit in der Zeitschrift zu sein?"

„Als Gefallen für Kayla."

„Obwohl du bei dem Gedanken erschauderst?"

Sie zuckt mit den Schultern. „Das spielt jetzt keine Rolle."

„Er steht noch auf dich."

Sie küsst mich. „Ich bin darüber hinweg."

Ich serviere das Abendessen und stelle die Teller auf den Tisch, während ich darüber nachdenke. Jetzt, wo sie bei mir wohnt, glaube ich, dass sie mit ihm fertig ist. Aber ein Teil von mir konnte es nicht glauben, während sie noch zusammenlebten. Was passiert, wenn die Dreharbeiten vorbei sind?

Wir essen zusammen zu Abend, wie in der letzten Woche. Baxter und Sadie parken sich unter den Tisch, für den Fall, dass Krümel runterfallen. Daran könnte ich mich gewöhnen. Es ist so einfach, mit ihr zusammen zu sein, mit ihr zu reden, und ihre Sichtweise auf die Dinge ist immer einzigartig. Ich erzähle ihr alles, was ich heute bei meinem Gespräch mit dem Kameramann erfahren habe, der nicht nur für die Kameras zuständig ist, sondern auch für Beleuchtung, Elektronik und die Mitarbeiter. Der Kameramann leitet das Kamerateam und stellt eine Szene so ein, wie der Regisseur sie sehen möchte.

Wir essen zu Ende, und Galena räumt den Tisch ab, lässt Wasser über die Teller laufen und stellt sie in die Spülmaschine. Wir haben das so abgemacht: Einer kocht, der andere räumt auf. Ich stehe neben ihr an der Spüle, ein Gedanke quält mich im Hinterkopf.

„Was?", fragt sie und sieht zu mir auf.

„Ich habe gar nichts gesagt."

„Du siehst mich an, als hättest du etwas zu sagen. Was?"

„Was, wenn Kevin die Hochzeit nicht abgesagt hätte? Du könntest jetzt mit ihm verheiratet sein."

„Das stimmt." Sie schließt den Geschirrspüler und trocknet ihre Hände an einem Handtuch. „Ich habe viel darüber nachgedacht, und die Sache ist die, ich wäre wahrscheinlich zufrieden gewesen. Wir haben schon zwei Jahre zusammengelebt, und wir haben uns nie gestritten. Es wäre eine sichere und vernünftige Entscheidung gewesen, aber ich hoffe, irgendwann wäre mir klar geworden, dass eine Beziehung mehr beinhaltet, als miteinander kompatibel zu sein." Sie legt ihren Arm um meinen Hals und schenkt mir ein sexy Lächeln.

Jedes Nervenende stellt sich aufmerksam auf und auch ein anderes beliebiges Teil. „Ja?"

„Ja. Wie Leidenschaft, Aufregung, Spaß an gemeinsamen Dingen, anstatt die ganze Zeit zu arbeiten."

„Wie bei einem Hochzeitsempfang so zu tun, als wären wir verheiratet?"

„Genau."

„Und an Spielautomaten in Vegas spielen."

„Mmm … manchmal. Und vor allem: Hausarbeit teilen." Sie lächelt schelmisch. „Teilen ist sehr wichtig. Eine Beziehung sollte eine Zweibahnstraße sein."

Ich lege meine Hände an ihre Hüften und hebe sie auf die Theke. „Beziehung, wie? Da sind wir also gerade?"

„Endlich, oder? Warum hast du so lange gebraucht, um es zu verstehen?"

Ich küsse sie und spüre ihr Lächeln an meinen Lippen. „Du sagst also, dass eine Beziehung auch anders funktionieren kann." Ich trete zwischen ihre Beine, ziehe sie an mich und küsse sie lang und tief. „Auf eine bessere Art."

Sie küsst mich leidenschaftlich als Antwort. Rohe Lust feuert durch mich, während ich meine Finger in ihre Haare schiebe und sie halte.

Sie ist meine. Sie muss es sein.

18

Galena

Ich habe mir heute freigenommen, um mir den letzten Drehtag anzusehen. So ein Dreh ist ein langsamer, langweiliger Prozess, viel langsamer, als ich angenommen hatte. Irgendwann stelle ich fest, dass ich mehr die beiden Männer in meinem Leben als die Schauspieler beobachte. Da ist Levi, der aufmerksam zusieht und mit Crewmitgliedern spricht, wann immer er kann, und dann ist da noch Kevin, fixiert auf Harper. Und das Lustige ist, Levi und Kevin sind jetzt seit zwei Wochen im selben Haus und haben kaum ein Wort miteinander gesprochen, weder freundlich noch unfreundlich. Es ist, als ob sie beide zu beschäftigt mit dem Dreh sind, um sich darum zu scheren.

Ich sehe mir an, was, wie ich hoffe, die sechste und letzte Aufnahme der Charaktere Lila und Sam ist, die sich verabschieden, als Sam zur Arbeit geht. Er ist Lila gegenüber misstrauisch, aber sie hat eine Erklärung für alles. Wie ihr Papagei starb, wo sein Lieblingspullover hin ist, warum seine Eltern das Essen abgesagt haben, an dem Abend, an dem sie einen männlichen Kollegen zum Abendessen eingeladen hatte. Ich habe das Drehbuch nicht gelesen, also weiß ich nicht, wohin es geht. Levi sagt, es gäbe Hinweise auf das, was Lila vorhat und dass sie Sam später töten will, um sein Geld zu erben. Er sprach außerdem von weiteren überraschenden Wendungen danach, aber ich habe ihn gebeten, nicht zu spoilern. Ich werde mir den Film ansehen, wenn er nächsten Sommer in die Kinos kommt.

Schließlich verkündet der Regisseur, er habe es im Kasten, und alle machen sich bereit zu gehen, packen die Ausrüstung ein und unterhalten sich fröhlich.

Kevin kommt stirnrunzelnd zu mir. „Ich kann es nicht fassen, dass es so schnell schon vorüber ist."

„Es waren zwei Wochen. Sie drehen hiernach noch in der City."

„Ich frage mich, ob ich dort nicht auch Statist sein könnte."

Ich starre ihn an „Wie viel Urlaub willst du dir noch nehmen?"

Er sieht mich an, als wäre ich diejenige, die sich seltsam benimmt. „Galena, ich habe keinen Urlaubstag genommen, seit ich vor vier Jahren im Labor angefangen habe. Ich habe die Zeit, vor allem, weil ich nicht in den Flitterwochen in Vegas war. Gott sei Dank. Jetzt kann ich das tun." *Ja, Gott sei Dank.* Er winkt wie wild. „Harper! Kann ich eine Minute mit dir reden, bevor du gehst?"

Sie lächelt. „Sicher. Einen Moment, ich mache das eben hier fertig."

„Harper und ich reden jeden Tag", sagt Kevin zu mir. „Sie besorgt mir Karten für die Premiere. Ich könnte sie fragen, wenn du auch gehen möchtest."

„Nein, ist schon okay. Du solltest ein Date mitnehmen."

Er reibt seine Hände aneinander, sein normalerweise kühles Verhalten strotzt vor Energie. „Wer würde nicht zu sowas Coolem gehen wollen?"

Ich bin überrascht, ihn das sagen zu hören. „Richtig."

Er sieht mir in die Augen. „Tut mir leid! Das war unhöflich. Du und ich haben uns vor nicht allzu langer Zeit getrennt, und wir haben eine Vergangenheit. Ich sollte keine Dates ansprechen."

„Kevin, es ist okay. Ich möchte, dass du glücklich mit jemand anderem bist."

Er sieht nach, ob jemand zuhört, und sagt dann: „Du bist die einzige Frau, mit der ich je eine Beziehung hatte. Ich weiß nicht, ob ich jemals wieder jemanden wie dich finden werde."

Ich suche nach den Worten, um ihm vorsichtig zu sagen, dass ich weitergezogen bin, also sollte er es auch. „Ich weiß es zu schätzen, dass du mir das mitteilst, aber –"

„Hey, Harper!", sagt er mit viel zu viel Begeisterung, als sie vor uns auftaucht.

Ich verziehe das Gesicht. Ich hoffe, ich habe mich nicht so wie ein zu großer Fan angehört, als ich sie die ersten paar Male getroffen habe.

„Ich bin froh, dass ihr beide hier seid", sagt Harper. „Ihr seid natürlich beide zur Filmpremiere eingeladen, und ich gehe nächstes Wochenende zu Claire Jordans Filmpremiere in der City, wenn ihr auch Karten dafür haben möchtet. Ich weiß, es war eine Unannehmlichkeit für euch, aus eurem Haus geworfen zu werden. Das ist das Geringste, was ich tun kann."

Kevin sprudelt heraus, bevor ich etwas sagen kann: „Ich komme! Vielen Dank für deine Großzügigkeit."

„Danke", sage ich. „Ich sehe mal nach Levi. Er hat sich wirklich für den ganzen Filmprozess interessiert. Er würde es wahrscheinlich gerne sehen."

Harper lächelt. „Ist mir auch aufgefallen. Ich habe ihm gesagt, ich könnte ihn mit Leuten in Kontakt bringen, die wissen, wohin er sich für Filmunterricht wenden muss."

„Klingt aufregend." Ich denke daran, wie sehr Levi darauf aus war, neue Dinge auszuprobieren, und das klingt nach einer ganz neuen Welt für ihn. Aber würde das bedeuten, dass er Summerdale verlässt?

„Ich würde gerne zusehen, wie ihr in der City weiter filmt", sagt Kevin zu Harper. „Ich könnte dort auch Statist sein. Du müsstest mich nicht einmal bezahlen."

Harper und ich starren ihn an. Ihr Bodyguard kommt und stellt sich neben Kevin, der ihn ansieht und hörbar schluckt.

„Ich bin nicht gefährlich, ich schwöre es", sagt Kevin. „Ich habe mich nur noch nie mehr amüsiert als am Set und als Statist. Das ist wie Ferien für mich."

Harpers Lächeln bleibt an Ort und Stelle, aber ihr Gesichtsausdruck ist vorsichtig. „Ich bin so froh, dass du die Erfahrung genossen hast. Dazu melde ich mich noch mal bei dir."

„Natürlich. Kein Problem. Du hast ja meine Karte."

Sie sieht uns beide an. „Apropos: Ich mag dieses Haus sehr und frage mich, ob ihr in Erwägung ziehen würdet, es zu verkaufen."

„Du willst unser Haus kaufen?", fragt Kevin ungläubig. „Du würdest in Summerdale wohnen?"

Sie hebt ihre Handflächen. „Ich bin schließlich von hier. Das ist eine Möglichkeit. Oder ich kenne vielleicht jemanden, der interessiert ist. Viele meiner Freunde in der City denken darüber nach, in die Vororte zu ziehen, um mehr Platz zu haben."

„Ja, auf jeden Fall", sagt Kevin. „Galena und ich haben ohnehin über einen Verkauf gesprochen, richtig, Galena?"

„Ja", sage ich gleich. Es war eher so, dass ich geredet habe und er es ignoriert hat, aber was auch immer.

„Großartig!", sagt Harper strahlend. „Sagt mir Bescheid, wenn es zum Verkauf steht. Und danke euch beiden noch einmal für die Nutzung eures Hauses."

„Gern geschehen", sage ich.

„War mir ein Vergnügen", sagt Kevin.

Sie lächelt mich direkt an, dreht sich um und geht zur Tür hinaus. Kevin kollabiert auf dem Sofa und sieht benommen aus.

Die Kostümbildnerin, eine hübsche Rothaarige in ihren Dreißigern, lässt sich neben ihn fallen. „Also sehen wir dich nächste Woche beim Dreh?"

Kevins Augen weiten sich. „Ja. Würdest du gerne mit mir zur Premiere von Claire Jordan gehen?"

„Sehr gerne."

Ich bin mir nicht sicher, wo ich im Moment sein sollte.

Kevin zieht endlich weiter. Seine neuen Freunde werden ihn wahrscheinlich fallen lassen, sobald er wieder im Labor arbeitet, aber hey. Soll er doch seine Freizeit genießen.

Und was ist jetzt mit mir? Muss ich wieder ins Haus ziehen, um meinen Anspruch zu behalten, oder soll ich bei Levi bleiben, bis das Haus verkauft ist? Es ist viel verlangt von Levi, zu ertragen, dass ich mit meinem Ex zusammenlebe, und Levis Haus ist komfortabel. Aber mache ich es mir zu einfach, wenn ich in eine neue Zusammenwohnsituation mit meinem Freund springe? Vielleicht wäre es das Beste, wenn ich etwas Zeit allein hätte. Meine gute Laune stürzt bei dem Gedanken in sich zusammen.

Kevin ruft mir zu: „Galena, das ist Iris! Sie ist ein Genie mit den Kostümen. Das ist meine ... Freundin Galena. Wir sind im Moment Mitbewohner. Ich werde mir eine eigene Wohnung suchen, sobald das hier verkauft ist."

„Ich suche einen Mitbewohner", sagt Iris und legt ihre Hand auf sein Bein. „Wenn du in der City sein wirst."

Er nickt mehrmals, während er spricht. „Ich arbeite hier, aber ich würde gerne nächste Woche zum Filmen und zur Premiere bei dir übernachten."

Sie hält ihm ihre Hand entgegen. „Abgemacht. Du bezahlst die Lebensmittel, und wir sind quitt."

„Ich werde auch mehr bezahlen", sagt er großmütig. „Ich werde mir die Airbnb Preise für die Gegend ansehen und dir den entsprechenden Betrag zahlen. Ist ja mein Urlaub. Wie lautet die Adresse?"

Sie spielt mit dem Haar in seinem Nacken. „Du bist zu süß. Ich wüsste vielleicht einen anderen Weg, wie wir einen fairen Deal aushandeln könnten."

Er springt vom Sofa auf. „Ich packe meine Sachen."

Sie lacht. „Großartig."

Schätze, dann werde ich hier wohl allein sein. Oder vielleicht ist es Zeit, meine Sachen zu packen, Paige das Haus für einen Verkauf vorbereiten zu lassen und endlich loszulassen. Ich kann bei Levi bleiben, bis ich mir eine eigene Wohnung leisten kann. Was ist das Richtige? Ich bin so verwirrt.

Ich atme zitternd aus. Vielleicht ist etwas an dem dran, was meine Eltern gesagt haben, dass man nicht zusammenleben soll, bis man verheiratet ist. Habe ich meine Lektion bei Kevin nicht gelernt? Mein Herz rast. Verheiratet? Ist das etwas, woran Levi denkt? Er hat gesagt, dass er mich eines Tages heiraten würde, als wir in Vegas waren. Wir waren im Bett. Zählt das überhaupt?

Bin ich bereit dafür?

Levi

„Du kannst gerne bleiben", sage ich, während Galena ihre Sachen packt. Mein Magen dreht sich um.

Wir sind in meinem Schlafzimmer. Das hatte ich nicht erwartet. Ich dachte, sobald Kevin ausgezogen ist und ihr Haus zum Verkauf steht, wäre das unser Startschuss. Sie war nur drei Tage hier, während ihr Haus für den Verkauf vorbereitet wurde, aber als es dann auf den Markt kam, beschloss sie, wieder einzuziehen. Das ergibt keinen Sinn. Sie wird es für potenzielle Hauskäufer unberührt halten müssen. Es ist so viel einfacher für sie, bei mir zu bleiben. Wir hatten diesen Streit bereits, und sie ist wild entschlossen zu gehen.

Sie wirft mir einen kurzen Blick zu, bevor sie sich wieder ans Packen macht. „Ich denke, es ist das Beste, wenn ich eine Weile allein lebe. Ich bin von einer Beziehung zur nächsten gewechselt und muss mir einfach sicher sein, weißt du?"

Ich schlucke den Kloß der Emotion, der in meinem Hals festsitzt, herunter. „Sicher worüber?"

„Dass ich nicht nur, ich weiß nicht, die guten Gefühle mit dir ausnutze, um mich vor all dem Schmerz zu schützen. Ich bin von der sitzengelassenen Braut in die Flitterwochen mit dir übergegangen. Bis auf eine Woche sind wir seitdem zusammen."

Ich greife ihre Hand und ziehe daran, bis sie neben mir auf dem Bett sitzt. „Ich bin verwirrt. Ich dachte, wir hätten etwas Gutes."

„Das haben wir. Ich muss mir nur sicher sein."

Ich nehme ihre Wange, und sie schließt die Augen, lehnt sich in meine Hand. „Ich bin mir sicher."

Sie zieht meine Hand von ihrem Gesicht und hält sie fest. „Das ist nicht das Ende. Ich will dich weiter daten. Ich möchte nur nicht, dass wir zusammenleben. Nicht bis …"

„Bis was?"

Sie schüttelt den Kopf. „Ich muss eine Weile allein leben. Wenn ich mein Haus verkauft habe, suche ich mir ein anderes, das ich mir leisten kann."

„In Summerdale?"

„Wenn etwas auf den Markt kommt, denke ich schon. Solange ich ein Haus in der Nähe der Arbeit finde, wird es für mich gut sein."

Verzweiflung krallt sich in mich. Sie zieht sich zurück, obwohl wir endlich einen klaren Weg nach vorn haben. Keine unangenehme häusliche Situation mehr. „Du könntest einfach bei mir einziehen, nachdem du verkauft hast. Ich habe reichlich Platz. Spar dir dein Geld für etwas anderes."

„Aber das ist *dein* Haus. Ich will etwas, das mir gehört. Ich bin in einer winzigen beengten Wohnung mit drei Generationen Familie aufgewachsen. Alles, was ich je wollte, war ein Haus, in dem ich mich ausbreiten und meinen eigenen Platz haben konnte. Ich bin endlich in der Lage, das zu tun."

Ich bemühe mich, ruhig zu bleiben, es zu verstehen. „Du willst also einfach allein sein?"

„Nein, ich will meine eigene Wohnung."

„Ich hatte lange eine eigene Wohnung. Es ist nicht immer so, wie man es sich erhofft. Du musst dich um sämtliche Probleme kümmern, und es kann einsam werden." *Ich habe mich nie einsam gefühlt, bis ich dich vermisst habe.*

In dem Moment legt Baxter seinen Kopf aus Mitleid auf mein Bein. Ich kraule ihn hinter den Ohren, bin ihm dankbar für seine Loyalität. Sadie kommt hereingeschlendert, sie folgt ihm wie immer.

„Wie kannst du einsam sein, wenn du diesen Typen

hast?", fragt sie. „Und Sadie." Sadie eilt zu Galena und klettert auf ihren Schoß. Galena umarmt und streichelt sie.

„Richtig."

Sie sieht mich hinter Sadie an. „Außerdem hast du gesagt, du willst dich für einen Filmkurs in der Stadt anmelden. Du hast ein neues Abenteuer vor dir, einen neuen Weg."

„Das ist nur ein Kurs. Ich habe darüber nachgedacht, einen Dokumentarfilm über das Tierheim in der Stadt und Best Friends Care zu machen. Es könnte ein Vorbild für andere Tierheime sein. All dies geschah durch die Spendenaktionen der Gemeinde und die Bemühungen eines fürsorglichen Tierarztes."

„Und vergiss nicht die Wundertäterin Harper."

„Ja." Aber Harpers Magie hat mich und Galena am Ende nicht geheilt. Vom ersten Tag an hab' ich mich zu ihr hingezogen gefühlt, und sie hat mich vertröstet.

Sie setzt Sadie ab. „Okay, ich gehe nach Hause, aber komm heute Abend zum Essen vorbei."

Ich presse die Lippen fest aufeinander. „Darf ich die Nacht bei dir verbringen, oder steht dir das beim Alleinsein im Weg?"

Mein Sarkasmus entgeht ihr vollkommen. „Du kannst nicht über Nacht bleiben. Du hast zwei Hunde, um die du dich kümmern musst."

„Ich könnte sie mitbringen."

„Schätze schon", sagt sie flach.

Sie klingt so wenig begeistert davon, dass ich mich bei ihr wie zu Hause fühlen könnte, dass mein Temperament mich überwältigt. Ich hebe die Hände. „Vergiss es."

„Was genau meinst du? Kein Abendessen?"

„Ich meine, ich habe es satt, darauf zu warten, dass du entscheidest, ob ich gut genug bin."

„Du bist gut genug. Ich brauche nur –"

„Zeit", beende ich den Satz für sie.

„Und Raum."

„Nimm dir, was du brauchst. Ich kann nicht versprechen,

dass ich hier bin, wenn du dich endlich dafür entscheidest, dass ich es wert bin."

Sie setzt sich neben mich und lehnt sich an meine Seite. „So ist es nicht. Das hat nichts mit dir zu tun."

„So fühlt es sich aber an." Ich stehe auf. „Ich werde mit den Hunden spazieren gehen. „Ich seh' dich dann in der Stadt. Baxter, Sadie, gehen."

Die Hunde rennen vor mir durch die Tür, ganz aufgeregt. Meine Brust tut weh, aber ich weigere mich, mich umzudrehen. Selbst als ich ein leises Schluchzen höre.

Ich kann einfach nicht mehr die zweite Geige hinter ihrem Ex-Gepäck sein. Es tut zu sehr weh.

Was mache ich jetzt mit diesem Verlobungsring?

19

Galena

Es stellt sich also heraus, dass es nicht einfach ist, allein zu leben. Und es ist nicht einmal die Tatsache, dass ich ein ganzes Haus für mich habe. Mein Leben fühlt sich leer an, weil ich die Liebe verloren habe. Drei Tage nach meiner neu entdeckten Unabhängigkeit wurde mir klar, dass nicht nur die Liebe, die ich für Kevin empfand, nicht annähernd das war, was ich für Levi empfinde, sondern ich fange auch an, mich zu fragen, ob das, was Kevin und ich hatten, einfach nur eine Beste-Freunde-Mitbewohner-Situation war. Es hat keine Leidenschaft gegeben, keine starken Gefühle, ob gute oder schlechte, und definitiv keine Begeisterung für eine gemeinsame Zukunft. Es war einfach nur bequem. Ich muss Levi zurückgewinnen, und mit Kaylas Hilfe habe ich einen Plan.

Ist es ein kluger Plan? Ähm, vielleicht? Oder es könnte die schlimmste Idee meines Lebens sein.

Ich ziehe das kurze rote Kleid wieder runter, als ich aus meinem Auto steige. Es ist ein neues Kleid und etwas kürzer, als ich es gewohnt bin. Das Zurechtziehen ist notwendig, da ich nichts darunter trage. Kayla hat darauf bestanden, dass ich Levi verführen und ihn dann mit meiner Liebeserklärung umhauen muss. Das ist der einzige Weg, um seine Abwehr zu überwinden, die sich voll und ganz gegen mich stellt. Ich habe ihn zweimal am See gesehen, wie er mit seinen Hunden Gassi gegangen ist. Er war freundlich und höflich, genau wie er zu allen anderen in der Stadt ist.

Ich stoße einen Atem aus und läute bei ihm. *Arrooo! Arf! Arf! Arf!* Zumindest weiß ich, dass Baxter und Sadie ihn alarmieren, dass jemand an der Tür ist.

Ich sehe mich um und stelle sicher, dass keine Nachbarn Zeugen meiner Verführung werden. Vielleicht werfe ich mich ihm einfach an den Hals. Es ist die erste Septemberwoche, und die Sommerhitze fängt gerade erst an, sich abzukühlen. Ich sehe auf meine Brust hinunter und hoffe, dass meine Brustwarzen nicht sichtbar nach vorn stoßen, da ich auch den BH weggelassen habe. So weit, so gut.

Die Tür öffnet sich für eine atemberaubend schöne junge Frau mit langen braunen Haaren, die ein Neckholder-Top und winzige Denim-Shorts trägt. *Mist.* Levi hat schon die Nächste abgeschleppt. Es sind erst drei Tage vergangen, aber das passiert. Man wirft einen Fang zurück ins Wasser und jemand anderes nimmt ihn sich. Meine Schwester hat mich gewarnt, dass ich nicht zu lange bei jemandem wie Levi warten sollte.

„Kann ich Ihnen helfen?", fragt die Frau.

„Ähm ..." Meine Füße sind fest verankert, während mein Verstand schreit, dass ich gehen soll.

„Wer ist es?" Levi erscheint direkt hinter ihrer Schulter, ohne Oberteil, mit einem Handtuch um die Schultern. Wenigstens trägt er Jeans.

„Egal", quietsche ich, mache auf dem Absatz kehrt und gehe so schnell, wie Kaylas Stilettos es erlauben.

„Galena, warte!"

Ich winke über meine Schulter. „Wie ich sehe, bist du beschäftigt."

Ich renne zur Fahrerseite meines Autos und reiße die Tür auf. Starke Arme legen sich von hinten um mich. Ich bin zu gedemütigt, um mich zu streiten. Ich stehe nur da, beiße mir auf die Unterlippe und versuche nicht zu weinen.

„Das ist ein hübsches Kleid, das du da trägst", sagt Levi an meinem Ohr.

„Danke", antworte ich steif.

Er drückt die Autotür mit dem Fuß zu und hält mich fest. „Warum bist du weggelaufen?"

Ich versuche eine experimentelle Drehung, und er lockert seinen Halt an mir so weit, dass ich mich zu ihm umdrehen kann. „Du scheinst beschäftigt zu sein."

Er schiebt sein nasses Haar zurück. „Ich bin gerade nach dem Joggen aus der Dusche gekommen. Ich musste den Kopf freibekommen."

Ich sehe hinüber zu seinem Haus und seiner neuen Freundin, die uns durch das Vorderfenster beobachtet. „Du solltest wahrscheinlich zu deiner Freundin zurückgehen."

Er blickt hinter sich und scheucht sie vom Fenster weg.

Sie erscheint auf der Veranda und verschränkt die Arme. „Unhöflich."

Er seufzt und lässt den Kopf sinken.

Sie marschiert zu uns, und für einen Moment bin ich mir nicht sicher, ob sie mich oder Levi schlagen wird. Stattdessen pikst sie ihm in die Seite. „Stell mich deiner Freundin vor."

„Wir haben uns getrennt", sage ich, „vor drei Tagen, und ich hätte nicht kommen sollen. Entschuldige mich." Ich versuche, meine Autotür zu öffnen, aber Levis Hand hält sie geschlossen.

„Galena, das ist Avery, meine Schwester. Sie ist zu Besuch, während ihr Mann im Einsatz ist."

Ich blicke von Avery zu Levi und wieder zurück. Ähnliche Farbe, aber ansonsten haben sie keine Ähnlichkeit. Avery hat hohe Wangenknochen, eine lange dünne Nase und volle Lippen. Levi hat eine breitere Nase, die sich am Ende etwas nach oben schwingt, schmalere Lippen. Ich schätze, er könnte hohe Wangenknochen unter dem Bart haben.

Ich ziehe mein Kleid wieder runter und versuche vergeblich, es länger zu machen.

„Wir wollten zum Mittagessen ins Horseman Inn", sagt Levi. „Möchtest du dich uns anschließen?"

Ich stelle mir sofort vor, mit nacktem Po auf einem Stuhl im Restaurant zu sitzen oder, schlimmer noch, auf einem Barhocker, wo das Kleid sicher hochrutscht und den Großteil meines Beins freilegt, vielleicht auch meine Hüfte und meinen Po. „Ich kann nicht."

„Natürlich kannst du", sagt Avery. „Außerdem möchte ich die Frau kennenlernen, die meinen großen Bruder dazu inspiriert hat –"

„Mir noch einen Hund zuzulegen", beendet Levi den Satz für sie. „Baxter brauchte einen Freund."

Meine Augenbrauen ziehen sich verwirrt zusammen. Das war Levis Idee. Etwas stimmt nicht. Avery und Levi haben eine Art stille Kommunikation. Sie hebt ihre Augenbrauen und wirft ihm einen vielsagenden Blick zu, den ich nicht verstehe. Er hingegen scheint es zu verstehen. Haben sie über mich gesprochen, bevor ich zu meiner großen Verführung gekommen bin?

Gott, das ist so peinlich. Das eine Mal, dass ich meine Sexualität zur Schau stellen will, und das alles mit einem öffentlichen Ausflug in ein Restaurant mit seiner Schwester.

Der Schweiß lässt mir die Brille von der Nase rutschen. Ich hätte hierfür doch auf Kontaktlinsen setzen sollen! Ich rücke meine Brille zurecht. „Eigentlich wollte ich nur Hallo sagen. Ich gehe zum Mittagessen zu Kayla nebenan."

„Du trägst so ein mörderisches Kleid zum Mittagessen mit einer Freundin?", fragt Avery.

Hitze steigt mir den Nacken hoch. „Ich sollte gehen."

Levi packt meinen Arm, bevor ich entkommen kann. „Ich lade sie und Adam auch ein."

Ich drücke seine Hand subtil von meinem Arm und überlege noch, ob ich in mein Auto steigen oder nebenan zu Kaylas Haus gehen soll, als wäre das die ganze Zeit der Plan gewesen.

„Gibt es ein Problem?", fragt Avery.

Ich schüttle den Kopf. „Nö. Kein Problem. Ich schätze, ich bin nur doch nicht so hungrig. War schön, dich kennenzulernen."

Sie wirft mir einen wissenden Blick zu und macht ein paar Schritte zurück, bedeutet mir, mich ihr anzuschließen. Ich gehe gerade hinüber, als eine Brise aufkommt und mich zwingt, mein Kleid mit beiden Händen unten zu halten. Mein Handtaschengurt rutscht, hängt jetzt an meinem Handgelenk und verheddert sich mit meinem Bein, aber ich traue mich nicht, ihn zurückzuschieben.

„Ich glaube, ich weiß, was hier los ist", sagt sie lächelnd. „Du brauchst etwas Zeit allein mit Levi für ein großes Gespräch über die Beziehung. Levi sagt, es gibt nichts zu reden, aber ich habe ihn noch nie so niedergeschlagen gesehen. Kein Problem. Ich werde mir einfach was zu essen holen und euch beiden etwas mitbringen."

Kayla erscheint auf ihrer Veranda und winkt. „Hi, Leute! Wir würden uns euch gern zum Essen anschließen."

Mein Kopf ruckt zu Levi, der sein Handy in der Hand hält. Anscheinend hat er ihnen geschrieben. Adam taucht einen Moment später mit Kayla auf der Veranda auf, und sie kommen zu uns.

Ich sehe zu meinem Auto und zurück auf Averys besorgtes Gesicht.

„Du wirst doch nicht vor deinem großen Gespräch abhauen, oder?", fragt sie leise.

Kayla umarmt mich. „Ich liebe dieses kleine rote Kleid. Ich hab' dir doch gesagt, es wird funktionieren."

„Ich bin gerade erst angekommen", sage ich leise.

„Du bist aber schnell!"

Levi neigt den Kopf. „Was ist hier los?"

„Ihr müsst reden", sagt Avery. „Wir holen Mittagessen für euch. Außerdem kann ich mich mal wieder mit Adam hier unterhalten und Kayla besser kennenlernen."

Bevor ich ein Wort des Protests aussprechen kann, erkennt Kayla plötzlich, dass ich noch keine Schritte unternommen habe, hakt sich bei Avery ein und führt sie zu ihrer Einfahrt. „Ich fahre", bietet Kayla an. „Adam hat mir von dir erzählt. Wie gefällt dir Deutschland?"

Levi sieht mir aufmerksam in die Augen. „Möchtest du reinkommen?"

Ich starre auf das kleine rote Kleid, das die ganze Arbeit für mich erledigen sollte. Die große Verführung kommt mir plötzlich so sehr außerhalb meiner Reichweite vor. Seit wann bin ich der sexy Vamp, der die Männer so wild macht, dass sie vergessen, im Moment nicht glücklich mit mir zu sein?

„Klar", sage ich.

Er geht zur Tür und hält sie für mich offen. „Kling nur nicht zu erfreut."

Ich trete ein, und die Hunde bestürmen mich, springen an meinen nackten Beinen hoch, ihre Krallen kratzen über die empfindliche Haut. Ich springe herum, hebe meine Beine von ihnen weg, in einem verrückten Tanz. „Autsch, runter!"

„Runter!", befiehlt Levi, packt sie an den Halsbändern und wartet darauf, dass sie gehorchen. Sie legen sich schließlich beide hin, und er lässt los, steht langsam wieder auf, und sein Blick wandert von meinen leicht geröteten Beinen zu meinen kaum bedeckten Hüften und dann nach oben, verweilt auf meinen Brüsten, BH-frei, die Brustwarzen pikser durch die dünne Baumwolle nach vorn. Sie mögen ihn. Endlich sieht er mir in die Augen.

„Galena, bist du nackt unter diesem hübschen Kleid?" Seine Stimme ist rau.

Ich klatsche auf das Kleid. „Ja! Ich sollte dich verführen, damit du nicht mehr wütend auf mich bist, und jetzt weiß ich nicht, was ich mir dabei gedacht habe."

Sein Arm legt sich um meine Taille und zieht mich an ihn. „Ich bin nicht wütend auf dich."

Ich lege meine Hände an seine Brust und fühle, dass sein Herz so kräftig schlägt wie mein eigenes. „Bist du nicht?"

Er schüttelt den Kopf.

„Ich wollte eine große Geste machen. Verführung, gefolgt von einer Liebeserklärung."

Er lässt eine Hand an meiner Wirbelsäule hinuntergleiten und legt sie auf meinen unteren Rücken. „Lass dich nicht aufhalten."

Mist, ich stecke so tief drin. Ich öffne den hinteren Reiß-verschluss und schiebe mich aus dem Kleid. Ich trete hinaus. „Ich liebe dich. Ich vermisse dich."

Sein Blick verschlingt mich von Kopf bis Fuß. Als er spricht, klingt er außer Atem. „Gott, du bist schön."

Ich halte den Atem an, habe mich ihm gegenüber entblößt, an Herz und Körper. Ich habe vielleicht seine Lust entfacht, aber was ist mit dem Rest?

Er nimmt mein Gesicht in seine Hände und legt seine Stirn an meine. „Ich liebe dich auch. Ich werde dich immer lieben."

Meine Kehle verschließt sich vor Emotionen, Tränen laufen aus meinen Augen. „Es tut mir leid, dass ich so lange gebraucht habe, um dir mein Herz anzuvertrauen."

Seine Augen werden ebenfalls feucht. „Es muss dir nicht leidtun. Du hast Zeit gebraucht. Ich war derjenige, der zu sehr gedrängt hat. Ich bin nur so froh, dass du zurückge-kommen bist."

„Und auch noch nackt."

Wir lachen.

Und dann hebt er mich hoch, legt mich in seine Arme und trägt mich nach oben für die Verführung, die nicht so lief, wie ich sie geplant hatte, aber trotzdem funktioniert.

Die Liebe gewinnt gegen alle Wahrscheinlichkeiten. Dieses Ergebnis hätte ich nie berechnen können.

EPILOG

Drei Wochen später ...

Levi

„Kannst du das noch einmal sagen?" Ich blicke um die Kamera auf Dr. Russo, unseren örtlichen Tierarzt. „Das, wie man bestimmt, welche Hunde gute Therapiehunde werden?"

Wir sind im Wartezimmer seiner Tierarztpraxis und filmen meinen ersten kurzen Dokumentarfilm. Er kommt meiner Bitte mit genauso viel Enthusiasmus nach wie beim ersten Mal. Ich lächle hinter meinem neuen Video-Camcorder. Ich habe einen Filmkurs in der City belegt, und für meine erste Aufgabe will ich eine Dokumentation über die coole Sache drehen, die Dr. Russo mit dem Tierheim hier in der Stadt macht. Ich denke, er kann es benutzen, um es in Endlosschleife in seinem Wartezimmer laufen zu lassen, oder wenn er mit Adoptivtieren zu Stadtveranstaltungen kommt. Wer weiß, vielleicht wird es mehr Aufmerksamkeit erregen und andere Tierheime im ganzen Land inspirieren.

Galena ist hier bei mir. Es ist die Nacht vor dem Herbsternte-Festival, und wir helfen Dr. Russo, die Spendenaktion heute Abend im Horseman Inn vorzubereiten. Viele Leute haben Spenden abgegeben, die er in seinem Büro aufbewahrt. Heute Abend ist eine stille Auktion für die Spenden, gefolgt von einer Party. Das Heim braucht immer mehr Geld, um sich um die Hunde und Katzen kümmern zu können. Morgen beim Fest hat das Heim einen Stand mit Tieren, die zur Adoption angeboten werden.

Nach ein paar weiteren Fragen, die Dr. Russo pflichtbewusst beantwortet, sage ich: „Das haben wir im Kasten."

„‚Das haben wir im Kasten.' Du klingst so professionell!", sagt Galena.

Ich küsse sie. „Es ist wichtig, sich an den Fachjargon zu gewöhnen."

„Sie waren auch großartig, Dr. Russo", schwärmt sie. Galena hat mir gesagt, Dr. Russo sei gutaussehend genug, um im Fernsehen aufzutreten, was *nicht* der Grund dafür war, dass ich hier filmen wollte, aber sie sagt, es wäre ganz hilfreich. Besonders auffällig sind seine blauen Augen zum braunen Haar und der leicht getönten Haut. Er ist ungefähr in meinem Alter, nicht zu alt. Man sehe sich mich mal an, ich fühle mich wieder jung. Die Frist von Dads frühem Tod gilt nicht mehr für mich.

Er setzt ein Lächeln auf. „Nennt mich Dominic oder Dom. Ich weiß, dass ich mir nicht viel Zeit genommen habe, um Kontakte zu knüpfen, aber ich hoffe, dass ihr mich beide als Freund betrachten werdet."

„Absolut", sage ich.

Galena nickt, ihre Wangen sind rot. Es ist okay, wenn sie schwärmt, solange sie zu mir nach Hause kommt.

Dominic bedeutet uns, ihm hinein zu folgen. „Machen wir uns an den Stapel. Die Menschen in dieser Stadt sind sehr großzügig."

Ich räume meine Ausrüstung weg, während Galena mit ihm geht. Ihr Haus ist auf dem Markt und hat bereits Interesse gefunden. Sie lebt jetzt bei mir und riskiert es mit uns. Ich habe sie auf jede Weise beruhigt, wie ich nur konnte. Heute Abend mache ich es offiziell.

Als ich sein Büro betrete, kommen Galena und Dominic gerade mit großen Körben in farbenfrohem Zellophan mit Schleifen heraus.

„Kannst du das glauben?", fragt Galena mich. „Ich dachte, es wäre nur ein Haufen unnötiges Zeug. Aber es sind alles thematisch passende Geschenkkörbe! Da hat jemand viel Arbeit hineingesteckt."

Ich nehme vier Körbe und folge ihnen zu Dominics Tierheim-Van. Er wird morgen die Kisten mit den Tieren hier reinstellen. Im Moment ist es nur ein Haufen Körbe.

Zu dritt schaffen wir alles ganz schnell. Dominic schließt den hinteren Teil des Wagens. „Danke für eure Hilfe. Ich treffe euch dann am Horsemann Inn."

„Machen wir", sage ich.

Ich schließe den Wagen auf und halte Galena die Tür offen.

„Danke", sagt sie freundlich.

„Ich hab' gesehen, wie du für Dominic geschwärmt hast."

„Ich darf doch wohl schauen. Das hast du selbst gesagt."

Ich steige auf die Fahrerseite. In dem Moment, in dem ich es tue, packt sie meinen Kopf und zieht mich für einen leidenschaftlichen Kuss zu sich.

Sie löst sich von mir, um mich anzusehen. „Du bist der Einzige, auf den ich heiß bin. Sei doch froh, dass er so fotogen ist. Ich wette, dein erster Film gewinnt Preise. Du solltest ihn für Wettbewerbe anmelden."

Eine Welle der Zuneigung bringt mich dazu, sie wieder zu küssen. „Ich liebe deinen Glauben an meine Fähigkeiten. Ich bin noch neu, was das angeht."

„Du bist ein Naturtalent."

Wir lächeln uns an, etwas, das wir oft tun. Mit Galena in meinem Leben ist alles heller.

„Ich liebe dich", sagen wir gleichzeitig und lachen.

Ich starte den Motor und fahre rückwärts vom Parkplatz.

„Die Leute werden sagen, dass wir eines dieser ekelhaft süßen Paare sind", sagt sie.

„Für mich ist das in Ordnung."

Eine kurze Fahrt später biegen wir auf den Parkplatz des Horseman Inn. Dominic ist schon da und hat die Tür offengelassen, also fangen wir an, Körbe zu nehmen, die wir sofort reintragen können.

Sobald alles drin ist, stellen Dominic und ich Tische für die Auktionskörbe um. Gerade als wir fertig sind, kommen noch zwei Freiwillige. Audrey und Evie Larsen, Jennas jüngere Schwester. Ich habe Evie seit Jahren nicht gesehen, aber sie sieht Jenna so ähnlich, dass sie es sein muss. Die Schwestern sind große, dünne Blondinen mit scharfen, kantigen Wangenknochen und Kiefern. Evies dunkelblonde Haare sind an ihrem Kiefer kurz geschnitten. Ich wette, sie ist in der Stadt, um Jenna mit dem Baby zu helfen. Jenna hat letzten Sonntag einen Jungen bekommen, Theo.

Ich gehe zu ihnen. „Hey, Aud. Evie, schön, dich zu sehen. Ist schon lange her."

Evie neigt den Kopf und mustert mich. Ich heiße jetzt Eve."

Audrey meldet sich zu Wort: „Das ist Levi Appleton, unser Bürgermeister."

Eve öffnet überrascht den Mund. „Ich habe dich mit dem Bart zuerst gar nicht erkannt. Und auch noch Bürgermeister."

„Niemand sonst wollte den Job", sage ich.

Galena erscheint an meiner Seite. „Er ist ein großartiger Bürgermeister, und er wagt sich gerade auch noch in die Filmproduktion."

„Das ist meine Freundin Galena", sage ich.

„Hi, Galena", sagt Eve freundlich. „Interessant zu hören, dass du in die Filmproduktion einsteigst. Ich schreibe für eine Fernsehsendung. Ich habe eine Woche freibekommen, um Jenna mit dem Baby zu helfen."

„Audrey hier ist auch Autorin", sage ich.

„Sie hat mir davon erzählt", sagt Eve.

Audrey lächelt uns ein wenig an. Sie redet nicht gern über ihr Buch, weil sie noch nicht bereit ist, es zu teilen.

Dominic schließt sich uns an. „Mehr Freiwillige, hoffe ich?"

Audrey deutet auf ihn, als wäre sie froh über die Ablenkung. „Eve, das ist der begehrteste Junggeselle von Summerdale."

Eves Brauen schießen über großen Augen in die Höhe. „Hi!"

Dominic starrt sie für einen langen Moment an, bevor er heiser „Hi!" antwortet.

Haben sie sich schon mal getroffen? Dominic ist hier nicht aufgewachsen, und Eve war schon lange nicht mehr hier.

„Was meinst du damit ‚begehrtester Junggeselle'?", fragt Galena Audrey. „Ich dachte, ihr zwei seid zusammen."

Audreys Wangen werden leuchtend pink. Eve wendet den Blick ab.

Dominic sieht zu Eve, bevor er sich zu Galena zurückwendet. „Woher hast du das denn?"

Audrey antwortet für sie. „Stadttratsch. Wollen immer jemanden verkuppeln. Ha-ha."

„Audrey und ich sind Freunde", sagt Dominic und sieht Eve in die Augen.

„Genau", sagt Audrey mit einem Nicken.

„Aber Levi sagte …" Galena spricht nicht weiter, als ich ihre Hand drücke. Was auch immer passiert ist, Audrey will nicht vor Dominic darüber reden. Klingt nach gemischten Signalen. Entweder das, oder Audrey hat eine kleine Lüge darüber erzählt, dass Dominic sie auf einen Drink eingeladen habe. Ich würde es ihr nicht verübeln. General Joan hatte sie im Blickfeld ihres Amor-Bogens.

Eve stößt einen Atem aus, während sie sich im Raum umsieht. „Richtig. Okay. Ich bin für Jenna hier, also lass mich arbeiten."

Dominic will, dass sie ihm zu einer großen Kiste mit Dekorationen und Schildern folgen.

Galena flüstert mir ins Ohr: „Habe ich was Falsches gesagt?"

Ich blicke zurück zur Gruppe. Audrey organisiert effizient Körbe auf den Tischen, während Eve Rollen mit Luftschlangen aus der Schachtel holt. Und Dominic scheint von Eve fasziniert zu sein.

„Alles gut", sage ich. „Ich habe zu Hause eine Überraschung für dich."

Sie lächelt mich wissend an. „Ich glaube, ich weiß, was es ist."

Ich umarme und küsse sie. „Nicht das."

Sie legt ihre Arme um meinen Hals und lächelt mich an. „Was könnte es sein? Ich habe jedenfalls nicht Geburtstag. Irgendein Jubiläum?"

Ich schmiege mich an ihren Hals, bevor ich flüstere: „Unser dreimonatiges Jubiläum war letzte Woche. Weißt du noch? Ich habe dir Rosen geschenkt, und du hast mir die Lieblingssache beschert, in der du so gut bist."

Sie kichert. „Schh!"

„Hey, ihr Turteltauben!", ruft Dominic. „Wir haben hier alles im Griff. Ihr seid offiziell aus dem Dienst."

„Bist du sicher?", frage ich.

„Ich bin mir sicher. Danke für eure Hilfe."

„Bye!", ruft Galena.

Ich winke zum Abschied, nehme ihre Hand und wir gehen zur Tür hinaus.

„Kann ich einen Tipp bekommen?", fragt Galena, als wir im Auto sind.

„Nein."

„Du hast nicht noch einen Hund gekauft, oder? Dann sind sie uns zahlenmäßig überlegen."

„Keine Hunde mehr. Zwei energiegeladene Beagles sind reichlich."

„Kannst du dir zwei energiegeladene Kinder und zwei Hunde vorstellen?", fragt sie.

Ich lächle breit und nehme ihre Hand. „Das kann ich."

Auch sie lächelt und blickt aus dem Fenster. „Ich weiß, was auch immer es ist, es wird großartig sein. Ich habe volles Vertrauen in dich."

Meine Brust schwillt vor Stolz. Ich habe mir ihr Vertrauen verdient. Sie hat mir gesagt, ich sei der Erste, dem sie ihr Herz geöffnet hat. Das bedeutet mir viel.

Kurz darauf fahre ich in meine Garage und führe sie ins

Haus. Die Hunde begrüßen uns freudig, als hätten sie uns seit Tagen statt seit einer Stunde nicht gesehen. Galena gibt beiden etwas Liebe und lässt sie hinten raus. Sie kommen sofort wieder rein, begierig darauf, bei ihr zu sein. Galena ist eine Frau, die viel Liebe zu geben hat.

„Wir treffen uns in fünf Minuten oben", sage ich.

„Ich wusste es", sagt sie lachend.

Galena

Nicht, dass ich mich beschweren würde, aber Levis Überraschungen sind oft von der erotischen Art. Das ist fantastisch, vor allem nach dem glanzlosen Liebesleben mit meinem Ex. Kevin arbeitet wieder im Labor und pendelt jedes Wochenende in die Stadt für eine leidenschaftliche Affäre mit Iris, der Kostümbildnerin von Harpers Film. Ich freue mich für ihn. Wir beide zusammen – das war einfach nur bequem. Wir waren mehr wie beste Freunde, die zusammenlebten, während wir eigentlich einen Liebhaber und Partner gebraucht hätten.

Ich öffne meinen BH, ziehe ihn unter meinem Pullover mit V-Ausschnitt heraus und werfe ihn aufs Sofa. Wäre es nicht eine sexy Überraschung, oben nackt aufzutauchen, wenn Levi mich ruft? Er zündet wahrscheinlich gerade Kerzen an und legt Musik mit tiefem Bass auf. Er weiß, dass ich den tiefen Bass-Beat mag. So sexy. Ich ziehe meine Schuhe aus. Ich bin voll dabei und werfe jedes Teil aufs Sofa.

Pullover aus.

Jeans aus und Slip gleich mit.

Socken auch. *Hui!*

Oh-oh. Die Hunde springen nach den Socken, und ich renne, um sie zu bekommen, aber es ist zu spät. Baxter und Sadie machen ein Spiel daraus und jagen in entgegengesetzte Richtungen. Ich laufe hinter Sadie her, die viel mehr kaut als Baxter, renne um den Küchentisch und ins Esszimmer.

„Alles bereit!", ruft Levi. „Komm hoch!"

„Okay, Hunde, dieses Mal habt ihr gewonnen." Ich habe lieber sexy Zeit mit Levi, als meine Socken zu retten.

Ich stürze nach oben und komme im Flur geradezu quietschend zum Stehen, mein Herz klopft gegen meinen Brustkorb. Levi filmt mich!

Ich bedecke meine Brüste mit einem Arm und mache ein Feigenblatt aus meiner Hand. „Levi!"

„Tut mir leid!" Er nimmt die Kamera herunter. „Ich wusste ja nicht, dass du nackt bist."

„Was machst du denn?"

„Ich dachte, es wäre cool, das Ereignis aufzuzeichnen. Ich habe im Schlafzimmer ein Stativ aufgestellt."

„Für ein Sexvideo?", kreische ich.

Er lacht. „Würdest du darauf stehen?"

„Nein!"

„Es ist kein Sexvideo." Er betrachtet mich gründlich. „Ich liebe es, wenn du nackt bist."

Ich werfe ihm einen finsteren Blick zu und drehe mich um, um meine Klamotten von unten zu holen. Wenn er für was auch immer angezogen ist, werde ich auch angezogen sein. Ich schaffe zwei Schritte, als ein starker Arm sich um meine Taille legt und mich gegen ihn zurückzieht.

„Halt dich fest", sagt er mit rauer Stimme an meinem Ohr. Diese Stimme klingt vielversprechend.

Ich drehe mich zu ihm um, als er sein langärmeliges Baumwollhemd auszieht und es stattdessen mir anzieht. Es ist lang genug, um mich wie ein Nachthemd zu bedecken.

Er öffnet die Tür zu unserem Schlafzimmer und bedeutet mir, einzutreten.

Ich gehe hinein, und meine Hand fliegt zu meinem Mund. Es ist wunderschön auf eine kitschige Vegas-Art. Über dem Kingsize-Bett hängt ein „Welcome to Las Vegas"-Banner. Von der Decke baumeln Partydekorationen mit Pokerchips, Karten und Würfeln. In einem Eiskübel kühlt sogar Champagner neben einer Platte voller Erdbeeren mit Schokoladenüberzug.

Ich nehme die Hand herunter. „Sieht aus wie eine Flitterwochensuite!"

Er geht zum Nachttisch, nimmt eine Rose und reicht sie mir. „Ich dachte, es wäre cool, das erste Mal, dass wir zusammen waren, nachzubilden. Es war etwas Besonderes. Einzigartig. Wie du."

Ich atme den süßen Duft der Rose ein und schließe die Augen, während ich versuche, mir alles von diesem Moment zu merken. Dieser unglaublich fürsorgliche Mann, der sich immer bemüht, mir seine Liebe zu zeigen.

Ich öffne die Augen. „Das gefällt mir sehr."

Oh mein Gott. Levi ist auf einem Knie und hält mir einen Diamant-Verlobungsring hin. Ich lasse die Rose fallen, Tränen schwimmen in meinen Augen.

„Galena, ich liebe dich so sehr, jetzt, für immer und ewig. Du warst das fehlende Stück meines Lebens. Die perfekte Passform. Würdest du mir die Ehre erweisen und meine Frau werden?'

„Ja", bringe ich erstickt hervor, Tränen strömen über mein Gesicht. Rasch wische ich sie weg. „Ich weiß nicht, warum ich weine. Ich bin so glücklich."

Er schiebt den Ring auf meinen Finger, steht auf und schließt mich in seine starken Arme. Ich drücke meine Wange gegen seine Brust und lausche dem soliden Schlagen seines Herzens. Mein Herz hämmert drauflos, meine Knie sind schwach, während mir dieses bedeutsame Ereignis langsam klar wird. Nachdem ich bei ihm eingezogen war, haben wir nie über Heirat gesprochen, und ein Teil von mir fürchtete, er wolle mich nicht mehr heiraten. Vielleicht war es meine eigene Angst, wieder eine Braut zu sein.

Ich hebe den Kopf. „Du solltest die Hochzeit aber besser auch durchziehen."

Er wischt meine Tränen mit seinen Daumen beiseite. „Soll das ein Scherz sein? Ich würde dich liebend gern schon morgen heiraten, aber ich habe das Gefühl, dass du deine Familie dabeihaben willst."

„Alle werden so glücklich sein. Sie lieben dich, obwohl

wir vor der Hochzeit zusammengelebt haben." Meine Eltern haben uns vor zwei Wochen besucht, und ich war sehr offen, als ich alle vorgestellt habe. Ich würde nicht zulassen, dass sie Levi so ignorieren wie Kevin. Levi ist mir zu kostbar.

Er umfasst meinen Kiefer, sein Daumen streichelt entlang meines Halses. „Volles Geständnis: Ich habe deinen Eltern versichert, dass ich dir einen Antrag machen werde, sobald ich sicher bin, dass du Ja sagen würdest."

Ich starre ihn schockiert an.

Er blickt mir in die Augen, mit so viel Liebe, dass ich mich völlig entspanne, Wärme, die sich in mir ausbreitet. „Es stimmt."

Ich umarme ihn fest und küsse ihn dann über sein Gesicht. Seine Wange krümmt sich zu einem Lächeln an meinen Lippen.

„Jedenfalls", sagt er, „Ich wollte diesen Moment aufnehmen, damit wir uns immer daran erinnern, aber ich werde ihn nie vergessen. Du hast mich so glücklich gemacht."

Euphorie hebt mich zu einem schwebenden Glücksgefühl. „Ich werde es auch nie vergessen. Ich liebe dich so sehr."

„Ich liebe dich auch." Er küsst mich und knabbert an meiner Unterlippe. „Und jetzt zurück zur nackten Galena." Er zieht mir sein Hemd aus, hebt mich vom Boden und macht sich auf den Weg zu seinem Bett.

„Du bist so gut in diesem sexy *Das-Herz-im-Sturm-erobern-Zeug*", schnurre ich praktisch.

„Wir sind es, die so gut sind. Wir sind füreinander bestimmt."

„Die Wahrscheinlichkeit war so gering, bei diesem holprigen Start", sage ich mit einem Lächeln, als er mich auf das Bett legt.

Er bedeckt mich und küsst mich innig. „Ich war noch nie gut in Mathematik."

Ich lache und mache mich dann an die ernsthafte Angelegenheit, den Mann zu lieben, der für mich bestimmt ist.

Verpassen Sie nicht das nächste Buch der Reihe, *Racing – Deutsche Ausgabe*, in dem Dominic und Eve sich nach einem One-Night-Stand unerwartet wiedersehen und sich so sehr bemühen, sich nicht zu verlieben.

Eve

Ich bin nicht für Beziehungen gemacht. Ja, ich habe einen guten Grund. Und eine Affäre mit jemandem aus einer anderen Stadt am Tag, bevor ich nach Summerdale, New York, fliege, um meine Schwester zu besuchen, scheint mir die perfekte Situation ohne weitere Verpflichtungen zu sein.

Nur, meine Schwester überredet mich, an einer Spendenaktion teilzunehmen, und da ist er! Dominic, Tierarzt (kein Nachname bekannt), lebt *hier*. In Summerdale.

Kann ich eine ganze Woche lang die knisternde Chemie und sein verführerisches Aussehen überleben? Meine einzige Rettung ist, dass keiner von uns eine Beziehung will, und ich muss für meinen Job in einem Fernsehschreiberraum nach LA zurück.

Doch dann streikt die Schriftstellergewerkschaft, und meine Schwester bittet mich, länger zu bleiben.

Und da ist Dominic, der mich zu mehr verführt.

Es gibt hier keine Zukunft für mich, und er widmet sich voll und ganz seiner Kleinstadt-Tierarztpraxis. Ich bin kein Kleinstadtmensch, er ist kein Stadtmensch. Ja, ich sollte auf jeden Fall nach Hause zurück. Aber ich kann mich einfach nicht dazu bringen, dieses Ticket zu kaufen.

Erhalten Sie die neuesten Nachrichten zuerst in Kylies Newsletter! https://www.kyliegilmore.com/DEnewsletter

WEITERE BÜCHER VON KYLIE GILMORE

Liebe von der Leine gelassen Serie << Heiße romantische Komödien mit Hunden!

Fetching – Deutsche Ausgabe (Buch 1)

Dashing – Deutsche Ausgabe (Buch 2)

Sporting – Deutsche Ausgabe (Buch 3)

Toying – Deutsche Ausgabe (Buch 4)

Blazing – Deutsche Ausgabe (Buch 5)

Chasing – Deutsche Ausgabe (Buch 6)

Daring – Deutsche Ausgabe (Buch 7)

Leading – Deutsche Ausgabe (Buch 8)

Racing – Deutsche Ausgabe (Buch 9)

Loving – Deutsche Ausgabe (Buch 10)

Die Clover Park Serie << Brüder, für die die Familie an erster Stelle steht!

Clover Park: Die O'Hare-Familie

Das Gegenteil von wild (Buch 1)

Daisy schafft alles (Buch 2)

In den Falschen verguckt (Buch 3)

Ein Weihnachtsmann zum Küssen (Buch 4)

Raus aus der Tretmühle (Die O'Hare-Familie – Wie alles begann)

Clover Park: Die Reynolds-Marino-Familie

Vermieter küsst man nicht (Buch 1)

Nicht mein Romeo (Buch 2)

Bring mich auf Touren (Buch 3)

Clover Park Braut (Buch 4)

Abtrünniger Engel (Buch 4)

Abtrünniger Fratz (Buch 5)

Abtrünniger Beschützer (Buch 6)

Die Clover Park Charmeure Serie << süße und sexy Charmeure!

Beinahe drüber weg (Buch 1)

Beinahe zusammen (Buch 2)

Beinahe Schicksal (Buch 3)

Beinahe verliebt (Buch 4)

Beinahe romantisch (Buch 5)

Beinahe frisch verheiratet (Buch 6)

Sehen Sie sich auf meiner Website die aktuelle Liste meiner Bücher an: https://www.kyliegilmore.com/deutsch/

ÜBER DIE AUTORIN

Kylie Gilmore ist die USA Today Bestsellerautorin der Happy End Buchclub Serie, der Clover Park Serie, der Clover Park Charmeure Serie, der Rourke Serie und Liebe von der Leine gelassen Serie. Sie schreibt unterhaltsame Romanzen, die die LeserInnen zum Lachen und zum Weinen bringen und zu einem Glas Eiswasser greifen lassen.

Kylie lebt mit ihrer Familie, zwei Katzen und einem verrückten Hund in New York. Wenn sie nicht gerade schreibt, Kinder bändigt oder bei Autorenkonferenzen pflicht-bewusst Notizen macht, findet man sie beim Stretching – bis ganz nach oben ins oberste Regal, um dort ihren geheimen Schokoladenvorrat zu erreichen.

Melden Sie sich für Kylies Newsletter an, damit Sie keine ihrer Neuerscheinungen verpassen. https://www.kyliegilmore.com/DEnewsletter

Mehr finden Sie auf Kylies Website https://www.kyliegilmore.com/deutsch/